燕歌行
卷9
驚天秘密
酒徒
著

目錄

CONTENTS

第一章 勝負手 5

第二章 淮安鐵三角 33

第三章 探馬赤軍 63

第四章 兩手準備 99

第五章 暗藏禍心 129

第六章 驚天秘密 159

第七章 試金石 189

第八章 還我河山 233

第九章 仁義之師 267

第十章 黃金家族 293

第一章

勝負手

王保保道：「算是勝負手吧！山上的人想要重整旗鼓，
就一定得派精銳下來接應船上的人登岸。
咱們正好以逸待勞，把這股最後的支撐力量吃掉。
如此一來，明天再攻山時，便能省下不少力氣。」

理想與現實的巨大落差讓所有人都亂了方寸，臨時趕鴨子上架出任水師統領的探馬赤軍千戶哈力克不甘心撅著屁股挨打，揮舞著彎刀，大聲命令道：

「開船，開船，把船開回岸邊去，讓岸上的大炮轟碎它們！」

「開船，開船，把船開到岸邊去！」甲板上的親兵們舉起專門為徐州軍將領配備的銅皮喇叭，將命令大聲向周圍重複。

在隆隆的戰鼓聲和聲嘶力竭的求救聲裡，他們的命令根本不可能被其他船隻上的人聽見。驚慌失措的各船正按照各自的想法自謀出路；或者下令將座艦扯滿木帆，衝向岸邊；或者下令船隻借助水流奔向下游。

還有一、兩艘心存僥倖者，則繼續調整船頭，試圖用炮口對準已經成功切到上游的淮安艦隊，想一炮創造奇蹟。

如此混亂的應對，無異於自尋死路，佔據了上游位置的淮安艦隊嫻熟地調了個頭，由右向左，斜切而下，在水流、划槳的雙重作用下，船速迅若奔馬。

第四輪齊射就在高速奔行中砸向哈力克的座艦，八枚落入水面，一枚砸中甲板，還有一枚不偏不倚砸中副桅，將粗大的桅桿直接擊成了上下兩段。

甲板上血肉橫飛。實心炮彈直接砸入底艙，然後從另外一側船舷穿了過去，帶走數名士兵和水手的性命。還沒等船上的人發出慘叫，漕船的木帆已經從半空中拍落下來，將更多閃避不及的戰兵拍成了肉醬。

戰艦繼續高速馳騁，淮安軍的紅旗在桅桿頂端迎風招展，一艘兩百石貨船晃晃悠悠擋在了航線上，黑洞洞的炮口瞄準旗艦，噴出一枚生鐵彈丸。

呼嘯的彈丸由下而上，砸爛船頭左側的護甲；破碎的木板射在臨近幾名戰兵的臉上，讓他們慘叫著倒下，痛苦地在甲板上翻滾。

水手長馬武帶領幾名弟兄迅速衝過去，將傷者拖入底艙。隨船木匠扛著板子跑上前，檢查船隻，準備應付突發險情。

「都趴下，拉住甲板上的纜繩！」副艦長孫德一手拉緊側面護欄上的木柄，一手高高地舉起鐵皮喇叭，大聲喊道：

「準備撞擊！」

「保持航向，準備撞擊！」

操舵手使勁全身力氣，將船舵卡死，底層槳手們則奮力將木槳划動了兩下，然後收回船槳，雙手牢牢抓住橫在身側半空中的纜繩。

成功射出了一枚炮彈的貨船，根本來不及檢視自己的戰果，搖搖晃晃，拼命挪動瘦小的身體，試圖躲開從上游高速碾壓過來的龐然大物。

然而，這種努力註定徒勞，順流而下的淮安軍旗艦轉眼就衝到了近前，船頭上的金屬撞角閃著冰冷的光芒。

「轟！」一千五百石對二百石，宛若犀牛撞上了綿羊。鋒利的金屬撞角根本沒能發揮作用，只是在根部與對手的桅桿接觸了一下，然後就快速分離。

不算高大的三層甲板仿阿拉伯式三角帆船，直接從低矮的內河貨船上碾了過去，船舷兩邊，漂滿了破碎的木材和屍體。

「撞擊結束，繼續加速！」槳手長在底艙的窗口清楚地看到了整個碾壓過程，然後毫不猶豫地舉起喇叭，朝艙內的槳手們發出命令。

寬大的木槳再度深入水裡，淮安軍旗艦開始加速。

頂層戰兵從甲板上站起身，小跑著趕赴各自的指定警戒位置，二層甲板裡的炮手則重新調整炮口，用最快速度瞄準下一個目標。

「轟！」「轟！」兩枚炮彈呼嘯著，砸到四十步外一艘正在努力後退的貨船上，將其送進了水底。

「轟轟轟轟！」更多的炮彈則奔向了已經失去了移動能力的敵軍旗艦，痛下殺手。

千瘡百孔的蒙元水師旗艦上，水師統領哈力克欲哭無淚，舉起喇叭，命令臨近的船隻過來保護自己。

然而，無論是一千石的大漕船，還是兩百石的小貨船，都對旗艦上發出的命令置若罔聞。**巨大傷亡面前，所謂榮譽和勇氣，比秋風中的枯葉還要單薄。**

探馬赤軍的戰場在陸地上，而不是水裡，剎那間，幾乎所有船隻上的正將都醍醐灌頂般頓悟。

在他們聲嘶力竭的指揮下，所有還能移動的船隻，紛紛向下游與兩側河岸快速逃竄。寧願屁股對著淮安軍的炮口，也不願意繼續做無謂的掙扎。

而淮安軍的戰艦，則理智地放棄了逃命的對手，繼續集中火力，對著隨波逐流的敵軍旗艦發起炮擊。

一輪，兩輪，三輪，在前後又挨了五枚實彈之後，漕船的承受能力終於達到了極限，「轟」地一聲，在水面上化作了一團絢麗的火焰。

「調整航向，去敵軍水寨！」淮安軍旗艦的艦長常浩然衝上甲板，驕傲地將戰刀指向上游。

斜陽下，他的身軀顯得格外偉岸。

初夏已經到了，白晝的時間正在變長。他今天有足夠的時間去讓對手知道，並不是將大炮架在船上就能自稱水師！

「去敵軍水寨！」瞭望手用旗幟和鐵皮喇叭將命令逐次向後傳遞。舵手和操帆手們則相互配合著，努力調整航向，讓戰艦駛過漂滿屍體的河面，逆流而上。

隨船木匠用繩子綁住自己的身體，吊出船外，修補戰艦上的破損。槳手停下來，大口大口地喘氣。炮手們則用沾了水的抹布，在火炮內外來回擦拭，以圖炮身在下一次戰鬥開始之前降回正常溫度。

剛才在戰鬥中未找到任何發揮空間的近衛們，則在幾層甲板之間上下跑動，看到能幫忙的地方，就毫不猶豫地衝上去，唯恐落在同伴後邊。

所有人都士氣高漲。雖然整個艦隊的火炮加在一起也不過才二十門，而對手所掌握的火炮，卻可能是自己這邊的五到十倍。

把大炮綁上船頭上，不能叫做戰艦，陸地上的精兵強將走上甲板，也未必不是一群軟腳蝦。連續兩場酣暢淋漓的勝利，令這支小型艦隊的每個人都相信，這一刻，在水面上他們是無敵的，任何對手都必將被碾成齏粉。

但是，戰鬥卻未必只發生於水面上。當發現自己派出的攔截船隊被打了個落花流水之後，王保保怒不可遏，立刻把所有綁上了大炮的船隻全都派了出來。共計三十四艘，大的載重兩千多石，小的載重不過百，密密麻麻的，將半邊河面遮擋得密不透風。

雙方交手沒幾分鐘，戰事就到了白熱化狀態。

幾艘大漕船開完了一炮之後，立刻以最快速度衝了上來，把自己當成了一台攻城鑿，準備與淮安軍的戰艦撞個玉石俱焚。

眾多的小貨船則各自為戰，「轟隆！」「轟隆！」，將炮彈打得到處都是。他們既不懂得保持隊形，也不懂得集中火力，完全打算依靠數量優勢，與淮安軍以命換命。

還有數艘百石不到的河船，居然異想天開地在自家船頭上點燃猛火油，準備衝到淮安軍的戰艦身邊展開火攻。

懷著最後一種想法的「勇士們」，全都第一時間就倒在了衝鋒途中。淮安戰艦上的火炮無暇招呼他們，但甲板上的近衛卻早就蓄勢以待，從護欄上探出線膛槍去，居高臨下一通齊射。

轉眼間，縱火船上就再沒有一個可以站立的人。

失去控制的船隻冒著滾滾濃煙，順流而下，不知道最後燒到了誰的屁股。

「轟隆！」有艘貨船在極近的距離上開了一炮，然後調轉船頭，奮不顧身衝向淮安軍旗艦。

「所有人站穩！」副艦長孫德一手抓住桅桿上的纜繩，一手舉起鐵皮喇叭，大聲高呼。

「站穩，站穩！」甲板上的將士們彼此提醒，儘量壓低重心，用手牢牢握住纜繩和護欄上的把柄。

「轟隆！」

「轟隆！」

「咚咚咚，咚咚咚咚！」炮聲宛若驚雷，鼓聲連綿不斷。在炮聲和鼓聲的伴奏下，一千五百石的三角帆船猛的加速。包了鐵皮的船頭劈開水面，蕩起一團團紅色的波浪。精鋼打製的撞角在斜陽下，閃爍著耀眼的冷光。

「喀嚓！」下一個瞬間，那艘七百石的貨船被戰艦攔腰撞中，開腸破肚。原本就不是為作戰而設計的船身被撞角捅了個透心涼，松木打造的龍骨瞬間斷裂，船頭和船尾徹底分家，彼此各不相顧。

河水迅速漫進斷裂的船艙，蒙元將士像爛倭瓜一樣，從甲板上掉進河面。身穿重甲的戰兵們沉得最快，轉眼就不見蹤影。臨時抓來的水手們則抱著破碎的木板，在血水中掙扎游動，大聲哀嚎。

「轟隆！」另外一艘淮安軍戰艦從側舷上發射炮彈，在極近距離上，將一艘兩百石的貨船打了巨大的窟窿，受傷的貨船立刻開始傾斜，無數人掉進河裡，且沉且浮。

「砰！」一艘五十石小船借著貨船屍體的掩護，突然從側面衝了過來，朝著隊伍中央的淮安軍戰艦開了一炮。

生鐵打造的彈丸呼嘯著砸中側舷，將戰艦打得碎木飛濺。然而，沒等貨船上的人發出歡呼，令人牙酸的斷裂聲卻從他們腳底下響了起來。

「咯咯咯，咯咯咯，咯咯咯！」火炮的後座力，在不知不覺間已經毀掉了小船內部結構。轉眼，小船四分五裂，將火炮和開炮的人一併送進了水底。

側舷受損的淮安軍戰艦，一邊繼續跟敵軍廝殺，一邊自我搶修。幾個戰兵抬著木板衝上去，封堵缺口，木匠們則拿出半尺長的鐵釘子，迅速將木板釘死。其他火槍兵和操帆手趁機豎起活塞式水龍，將湧進艙內的河水接連不斷地排出船外。

「砰！」「砰！」「砰！」另外幾艘載重兩百石左右的貨船，一邊開著炮，一邊努力向受了傷的淮安軍戰艦靠近。試圖用接舷戰術拿下對手。

沿途不斷有落水的探馬赤軍將士將手伸出河面求救，卻被它們毫不猶豫地撞進了水底。機會難得，為了幾個落水的笨蛋，不值得浪費時間。

臨近的另外一艘淮安戰艦發現了險情，迅速趕過來幫助同伴。巨大的船身堵住敵艦的航道，甲板上的近衛們紛紛開火。

「乒」「乒」「乒」「乒」，火繩槍的聲音，轉眼成為這一片水域裡的主旋律。貨船上的炮手和弓箭手們紛紛倒下，死得慘不忍睹。

「轟轟轟轟，轟轟轟轟！」一連串炮彈砸進水面，將已經死去和尚在掙扎的落水者一併拋上半空。

血光飛濺，殘破的屍體被水柱托上半空，然後落得到處都是。一艘正努力朝戰艦靠近的貨船首部中彈，「轟隆」一聲，變成了一支巨大的火把。猩紅色的火焰冒著濃煙扶搖而上，照亮所有人的眼睛。

「誰在開炮？」指揮艙裡的朱重九心裡猛然湧起一股不祥的預感，撲向窗口，舉起望遠鏡迅速掃視整個戰場。

周圍的情況極其混亂，雖然淮安水師佔據了絕對的上風，但敵軍的戰船卻借助數量優勢，成功闖入了淮安水師的航道。雙方在不到一百步的距離上，用火炮、火槍和弓箭對射，每一秒鐘都有很多人慘叫著死去。

然而，這些都不是危險的根源。淮安軍的五艘戰船都是專門訂製的，加強了龍骨、船肋，有專門的水密艙，外舷還採用專門從湖廣購買來的鐵力木，即便在很近的距離上挨上兩、三炮，都不會立即傾覆。

相反，對手由漕船、貨船和漁船臨時改造的戰船，則根本沒有任何抗打擊能力，基本上只要被命中一炮，就是沉底的結局。

真正的危險，來自岸上。

不知道什麼時候，王保保已經將三十餘門火炮全都調轉了炮口，衝著敵我雙方糾纏在一起的艦隊，展開了無差別轟擊。

所有火炮，都是淮安將作坊出品，那些正在開炮和裝填彈丸的炮手們，則全部來自徐州紅巾，他們甚至連衣服都沒更換，前胸上還畫著一個巨大的「徐」字。

「小心岸上，別讓敵軍纏住！」朱重九沒有太多時間思索，立刻大聲發出提醒。

「保持隊形，保持速度，遠離南岸，不要讓敵軍靠得太近！」旗艦長常浩然衝上甲板，朝瞭望臺上大聲命令。

「隊形，速度，距離！」瞭望手王三迅速掛起三面不同顏色的角旗，然後舉起鐵皮喇叭，將命令高聲重複：

「大總管有令，保持隊形，保持速度，遠離南岸，不要讓敵軍靠得太近！」

「隊形，速度，距離！」其他四艘戰艦由近到遠，迅速打起角旗。

無數木槳從底艙伸出來，奮力划動。包括已經受傷的戰艦，也果斷放棄與敵軍的糾纏，跟在隊伍的尾部重新開始加速。整個艦隊如發怒的蛟龍般碾過敵軍的屍骸，在河面上留下一道巨大的水波。

「轟轟轟轟，轟轟轟轟！」第二輪來自岸上的炮彈落下，在艦隊身後，將兩艘躲避不及的小貨船砸得四分五裂。

「轟！」跑在最後位置的那艘戰艦尾部再度中彈，傷上加傷，船艙中冒出滾滾濃煙。

「讓它去北岸！」朱重九看了一眼臉色青黑的常浩然，大聲命令。

「發信號，讓五號艦去北岸搶修！」常浩然舉起鐵皮喇叭，朝瞭望台大聲命令。

信號迅速打了出去，受傷的戰艦含恨脫離隊伍，退出了戰場。

「加速，加速！」重新從朱重九手中接管了整個艦隊指揮權的常浩然揮舞著拳頭，朝瞭望台大喊大叫。指甲刺破了他的手掌，血順著手腕滴滴答答往下淌。

八個多月的訓練，讓他適應了新式水戰，卻遠遠沒能適應對手的凶殘。連自己人一起轟，這簡直是瘋子才能做出的決定；然而，對於能夠扒開黃河，讓上百萬黎庶葬身魚腹的魔鬼來說，做出這種決定卻是輕而易舉。

「轟隆！」「轟隆！」「轟隆！」憤怒的淮安戰艦對著岸邊射出一排彈丸，

向魔鬼還以顏色。

包了鉛的彈丸掠過三百餘步的距離，一頭砸進沙灘上，濺起成團的泥沙，岸上的徐州炮手們嚇得一哆嗦，從炮位後站起身，撒腿就逃。

押陣的色目刀斧手毫不猶豫地衝上去，砍下一排死不瞑目的頭顱。

「不准退，誰退，誰死！」

手無寸鐵的炮手們欲哭無淚，只好哆嗦著重新返回炮位。

「給我轟！給我使勁地轟！」

王保保放下一把從徐州軍手裡拐騙來的望遠鏡，咬牙切齒。

被李思齊拐帶到蒙元一方的炮手們被逼無奈，只好鼓起全身勇氣，重新調整炮身，裝填彈藥。朝著以前的袍澤，傾瀉心中的恐懼。

「轟隆！」「轟隆！」「轟隆！」

高出水面的地形，讓滑膛炮的射程也得到了很大的延長，水柱一個接著一個，繞在徐州艦隊的前後左右濺起，白花花遮住人的視線。

「讓戰船全都撤回來，把火炮全拆下來，架在岸上，跟他們對轟！」王保保得意地笑道：「老子就不信了，就憑這四艘破船，他還能攻到岸上來？」

他的判斷非常準確。

四艘船，單側八門火炮，的確攻不破三十餘門火炮組成的灘頭陣地。

儘管淮安軍的戰艦上裝備的全是線膛炮，無論射程還是彈道穩定性方面，都遙遙地領先於對手。但在沒有任何瞄準器具的情況下，依舊不可能保證任何命中率，更何況還是在運動中瞄準，船身一刻不停地隨著波濤上下起伏。

除此之外，被洪水泡軟的土地，也極大地抵消了線膛炮的優勢。炮彈旋轉著落地，卻無法再跳起來進行二次殺傷。除非正好砸在灘頭的炮位上，否則除了嚇人一哆嗦之外，沒有任何效果。

而岸上的徐州炮手，卻借助數量和地形的優勢，打得像模像樣，每當淮安軍的戰艦進入三百五十步以內，就是一排齊射，有好幾次都蒙中了目標，打得戰船側舷木屑飛濺。

「就這樣，告訴他們就這樣打。每打中一炮，給十貫賞錢，當場兌現！」王保保看得心情大悅，揮舞著拳頭命令。

以前沒有火炮，所以他和自家舅舅察罕帖木兒只能望河興嘆，如今己方大炮數量已經絲毫不亞於紅巾軍，作為世代以征戰為職業的探馬赤軍，又豈會懼怕一群剛剛放下鋤頭的農夫？

打，打得那些艦船灰溜溜地離開，讓山上的殘匪徹底失去念想。然後好整以暇的攻上去，收穫最後的榮耀。

那是屬於他們舅甥二人的榮耀。

自從劉福通造反以來，地方官員死得死，降得降，朝廷的兵馬一敗再敗。只有他們舅甥，始終擋在紅巾軍的面前。這回，又第一個打過了黃河！

「將軍，河面上的賊船不足為慮，還是小心些身後！」大名路判官蔡子英湊上前，小心翼翼地提醒。

王保保文武雙全，驍勇善戰，唯一毛病就是年輕氣盛，所以此番領兵出來博取功名之前，大名路達魯花赤察罕帖木兒特地將自己的心腹狗腿、左榜進士蔡子英派了來，隨時為自家外甥「參贊」軍務。

「嗯！」聽了蔡子英的話，王保保低聲沉吟。

他自幼博覽群書，對於歷代名將的故事都瞭熟於心。知道想要建立不世功業，就必須要有納諫之量，不能一意孤行，因此雖然對蔡子英的潑冷水行為略感不快，卻依舊強迫自己笑著點頭，道：

「你說得沒錯，山上那群紅巾軍才是咱們此番出兵的主要目標，但眼下的麻煩是，芒碭山太大，他們對地形又遠比咱們熟悉，所以我的打算是**示敵以虛，騙**

他們主動下來！」

「少將軍的意思是？」蔡子英愣了愣，迷惑不解，「您是故意露個破綻給他們，然後等著他們上鉤。」

「也不完全是故意。」王保保伸出一根手指，在嘴巴前晃了晃，繼續耐心地解釋，「最開始，我也沒想到河上的這幾艘戰艦如此難纏，所以太輕敵大意，讓他們撿了個大便宜走。但眼下情況已經變了，這幾艘船卻是個送上門來的好機會。」

「這……」蔡子英皺起眉頭，眼睛裡流露出了幾分茫然。

寫文章、打理糧草輜重，坐下來仔細琢磨敵我雙方的弱點，制定長遠作戰方案，以上這些都是他的強項；但是在臨敵機變方面，他的反應速度卻有點慢，遠遠跟不上王保保這種將門之後。

「山上已經斷糧多日，據說芝麻李還身負重傷！」不忍看對方憋得難受，王保保笑了笑，耐心地道：

「紅巾賊的士氣必然十分低落，咱們今天下午攻山時，你也看到了，要不是一個姓徐的帶著親信四處救難，他們根本守不住入山的第一個陡坡。所以那四艘船上的紅巾賊能不能衝上岸與山上的人會合，就至關重要，如果能，哪怕是只上去幾十個人，也可以令山上的紅巾賊士氣大振；如果始終被擋在水面上，或者被咱們擊沉，那對山上的人來說，無疑是雪上加霜。」

「所以少將軍就將計就計？」畢竟是中過進士的人，蔡子英的眼神立刻大亮，瞬間明白了王保保的所有意圖。

「算是勝負手吧！」王保保笑了笑，非常謙虛地搖頭。「我估計山上的人想要重整旗鼓，就一定得派精銳下來接應船上的人登岸，而咱們正好在山下以逸待勞，把這股最後的支撐力量吃掉。如此一來，山上的紅巾賊就徹底死了心，明天再攻山時，便能省下不少力氣。」

「少將軍高明！」蔡子英佩服地點頭，滿臉崇拜。

「先生過譽了！」王保保笑了笑，輕輕向蔡子英拱手，「在下年輕，慮事難免不夠周全，還請蔡先生多多提醒，及時為王某查缺補漏！」

「蔡某敢不從命！」蔡子英的臉笑得如喇叭花一樣，整個人輕飄飄的如在雲端。

什麼叫主客相得，這就是！以察罕帖木兒舅甥的勇武機智，再加上自己的沉穩老到，還愁平不掉紅巾反賊？到那時，蔡某人就是中興大漢的鄧禹，重振大唐的裴度，何愁不青史留名？

「大哥，我已經按你說的，把埋伏佈置好了！」王保保的弟弟，脫因帖木兒恰恰走過來，看了蔡子英一眼，皺著眉頭彙報。

不像察罕帖木兒和王保保，脫因帖木兒對於蔡某人這條忠犬，向來不是很瞧得起，所以每回見到了此人，都不給任何好臉色看。

誰料蔡子英正在興頭上，絲毫沒有主動避開的覺悟，衝脫因帖木兒拱了下手，湊趣道：「什麼埋伏？是設了個圈套，準備擒拿山上下來的虎狼麼？」

「當然！」脫因帖木兒橫了蔡子英一眼，鼻孔裡冷氣亂冒，「否則又何必我親自去佈置？我說老蔡啊，你一個讀書人，不到後面去躲著運籌帷幄，跑到兩軍陣前來幹什麼？一旦讓流矢給傷到了，豈不是哭都來不及？」

「二將軍說笑了！」蔡子英搖了搖頭，絲毫不以脫因帖木兒的話為忤，「蔡某雖然是個讀書人，卻也略通弓馬，零星幾根流矢，未必傷得到蔡某。」

說著話，他還將胳膊抬起來，做出一副力可拔山狀，只可惜胳膊腿實在細了些，看上去就像高粱稈紮起來的紙傀儡。

「行了，老蔡，你還是省省吧，小心別弄散了自己的骨頭架子！」脫因帖木兒冷笑著撇嘴，「打仗的事情就交給我們兄弟倆，您去後邊帳篷裡，把相應的文書弄清楚。咱們今天先派出誘餌，將敵艦引到岸邊，然後亂炮轟之……」

「蔡某知道，此事包在蔡某身上，一定讓二將軍滿意就是！」

蔡子英一聽，就明白脫因帖木兒想要讓自己替他們兄弟倆遮掩先前輕敵大意，損失數艘戰船的過錯，心領神會道。

「那你還不快去！放心，等抓到了芝麻李，功勞肯定少不了你的！」脫因帖木兒揮了下胳膊，不耐煩地驅趕著。

「這……」

蔡子英偷偷看了眼王保保，見後者沒有挽留自己的意思，再度笑著拱手，「那下官就告退了，兩位將軍千萬小心，賊人狡詐得狠！」

「再狡詐的狐狸也會死在獵人之手！」脫因帖木兒衝著鬱鬱蔥蔥的芒碭山畫了個大圈子，他自信滿滿。「你忙去吧，我跟大哥還有些私人的事情要說！」

他今年只有十四歲，正是不知道天高地厚的年紀，所以覺得天下之事無不可為，根本不需要蔡子英在旁邊囉嗦。

蔡子英本想再多提醒幾句，但看到脫因帖木兒的眉頭又皺在一起，只好拱了下手，訕訕離開。

「老東西！」望著此人遠去的背影，脫因帖木兒撇著嘴道：「哪兒都想插一腳，也不看看自己的斤兩。」

「老二，你別總針對他！」王保保看不慣弟弟如此慢待蔡子英，皺眉呵斥。「蔡大人做事情很賣力，對舅舅也忠心耿耿。」

「我就是瞧不起這種人！」脫因帖木兒晃了晃腦袋，不以為然地道：「他越賣力，我越瞧他不起。身為一個漢人，殺起自己的同族來，居然比老子還積極。你說他這種王八蛋，對自己的同族尚且如此，哪天要是用不著咱們兄弟了，到時候反戈一擊，豈不是更要心狠手辣？」

「他敢？」王保保的眉毛也立刻豎了起來，滿臉陰狠，「一條好狗而已，如果他敢咬主人，老子一定要親手吊死他！」

「你知道他只是一條狗就好！」脫因帖木兒大笑，搖著頭說道：「我是怕大哥你讀書太多，把咱們跟他們的差別給忘了。對於姓蔡的這種人，可以用，但絕對不能給他們好臉色，否則他們就會忘了本，總想著跟主人平起平坐。」

「這話以後私下說！」王保保不想繼續談論如何駕馭蔡子英，笑著岔開話題，「陷阱都挖好了？籠子做得夠結實麼？」

「大哥儘管放心！」脫因帖木兒眉飛色舞指著山坡側面的幾處樹林說道：「賀宗哲帶著三千弟兄去左邊，我帶了另外三千去右邊，故意把正面的炮陣露出來給山上的人看，如果他們敢下來，咱們就左右合圍，斷其退路，定然讓他們來得去不得！」

「不要大意！」王保保舉了舉手中的望遠鏡，提醒道：「那個姓徐的傢伙來自淮安軍，與其他紅巾賊不一樣。」

「知道，他們兵器和鎧甲比別人都好許多。為將的手裡還有千里眼。」脫因帖木兒自信的回應，「咱們這是陽謀，他們即便看到，也必須想辦法衝下來接應船上的人！」

「嗯！」王保保笑著點頭，舉起望遠鏡，繼續將目光轉向水面。

他一向認為計謀不需要太複雜，有效便好，就像眼下這種情況，山上的紅巾軍明知是圈套，也必須衝下來設法與船上的人取得聯繫，否則即便想互相配合突圍也不可能。

水面上的戰鬥還在繼續，連續挨了幾輪齊射之後，剩餘的四艘淮安戰艦明顯小心了許多。每次靠近，船速都提得很快，絕不在同一個位置上做任何停留。

儘管如此，他們依舊擺脫不了被動挨打的局面，原本光潔的側舷上面很快就被砸出了數個破洞，厚布做的船帆也被打得千瘡百孔。

而他們的火炮，發射節奏已經明顯減慢，幾乎每一回合都只來得及發射一次，然後就加速逃離，直到下次把船頭調轉過來，才能用另外一側的艦炮進行第二次進攻。

「這是打的什麼鳥仗！」四號艦的艦長楊九成把頭盔抓起來拍在桌案上，咬牙切齒。

既然敵軍在此嚴陣以待，大夥繞到上游去，換個地方登陸便是，何必明知道打不過人家，還繼續糾纏不清？

「可不是麼？」指揮艙裡的其他幾名將領也急得兩眼冒火。

四號艦是由哨船改造來的，雖然比蒙元那邊的貨船結實一點，卻遠比不上專門為作戰而打造的仿阿拉伯式三角帆船。挨了幾炮之後，船艙裡已經嚴重進水。再一味地堅持下去，估計很快就得步上五號艦的後塵。

「大總管在旗艦上！」副艦長劉十一卻沒有與眾人一起發牢騷，向外看了看道。

淮安水師在訓練時，就一直強調命令和秩序。作為輔助戰艦的指揮者，他們必須時刻與旗艦保持一致，不准自作主張，因此在劉十一看來，旗艦上的主將常浩然之所以跟敵軍泡起了蘑菇，肯定是受了朱總管的指示。否則，任何一個有經驗的艦長，都不會做這種光挨打無法還手的蠢事。

四號艦的艦長楊九成立刻就變成了啞巴，喘著粗氣將頭盔抓起來，再度扣住自己光溜溜的大腦袋。

他有勇氣質疑常浩然的指揮能力，也有膽子偶爾跟水師統領朱強頂上幾句，但是，卻沒有任何膽量去質疑自家主公。這不僅僅出自於對權力的畏懼，還出自於內心深處的崇拜。

不光是他，整個淮安軍上下，都罕見有敢在任何方面對朱重九提出反對意見的武將。相反，這些出身於社會底層、心腸耿直的漢子們，對自家主公有著近乎盲目的信任，相信後者所做的一切都絕對正確，大夥即便暫時看不出正確之處在哪裡，也要緊跟到底，亦步亦趨。

包括剃光腦袋上的頭髮這種驚世駭俗之舉，都要模仿，哪怕被家中的長輩們戳著額頭大罵。整支艦隊中，剃了光頭的不止是楊九成一個；相信自家主公必然還藏著後手的，也不止是楊九成一個。

大夥一邊駕駛著戰艦在炮火中穿行，一邊繼續**等待著自家主公施展後招，等待那個曾經創造過無數奇蹟的男人，再度帶領他們去收穫下一個輝煌**。

「繼續！」那個背負了眾人無數期待的男人，此刻就像個雕塑一般站在旗艦的指揮艙裡，眼睛對著窗外，一動不動。

四艘戰艦都受了輕重不同的傷，其中運氣最差的二號艦，船身已經開始朝一側傾斜，再挨上兩下，很有可能就會下沉，然而，他依舊不準備做任何戰術調整。

他在等，等山上的人做出反應。

剛才在跟岸上的火炮糾纏時，已經有人在山頂用鏡子多次向船上反射陽光，而全天下能奢侈到用玻璃鏡向友隊發出信號的，只有淮安軍一家。

如果山上有一部分紅巾軍來自淮安的話，那帶隊的人必然是徐達。

朱重九相信歷史中的那個名將，那個放牛出身，隨著淮安軍一道成長起來的徐達，絕對不會丟棄部屬獨自逃生。

他相信只要徐達在山上，就會明白自己此刻到底為什麼而徘徊。

「砰！」一枚炮彈砸在戰艦附近的河面上，濺起巨大的白色水柱。

朱重九全身上下被濺進來的河水淋了個透濕。但是他沒有躲閃，只用手在臉上迅速抹了一把，然後舉起手中的殺豬刀，在木牆上的正字又重重添上一筆。

迄今為止，牆上一共畫了六個半正字，不算最初沒有統計的數字，戰艦和岸上的火炮至少已經廝殺了三十四個回合。

「大總管！」副艦長孫德帶著數名弟兄衝進來，急得火燒火燎。

「發信號，讓四號艦退到北岸。其他戰艦，繼續對岸射擊！」朱重九回頭看了看他，臉上沒有任何表情。

「是！」副艦長孫德不敢違抗，躬身施禮，然後快步衝上甲板。「四號艦退出，其他戰艦繼續戰鬥！」

「四號艦退出，其他戰艦繼續戰鬥！」瞭望手王三迅速掛出信號旗，然後高高地舉起鐵皮喇叭。

「四號艦退出，其他戰艦繼續戰鬥！」

「四號艦退出，其他戰艦繼續戰鬥！」

一面面信號旗接連在戰艦上掛了起來。

「轟！轟！」四號戰艦側舷上的兩門火炮憤怒地對著岸上來了一次齊射，然後拖著傾斜的身軀，順著水流不甘心地漂向了北岸。

「轟轟轟，轟轟，轟轟轟轟！」岸上的四斤炮用齊射來歡送淮安軍的戰艦離開。剛剛由中軍送過來的賞金就堆在空出來的炮彈箱子裡，閃閃發亮。巨額的犒賞，令來自徐州軍的炮手們暫且忘記了畏懼和負疚，動作嫺熟得如同行雲流水。

「給我狠狠地打！瞄著那支掛紅旗的大艦打！」千夫長李良像隻猴子般在火

炮間竄來竄去，眼裡寫滿了瘋狂。

作為降將，他比身後的色目人還希望建功立業；作為一條瘋狗，他必須用以前袍澤的血，來證明自己對主子的忠誠。

「該死！」王保保狠狠瞪了李良的背影一眼，眉頭緊鎖。

無論此人打得多賣力，此戰之後，炮隊的將領都必須換人。如此威力巨大的兵器，必須掌控在一個值得相信的人手裡，李某人既然能背叛趙君用，誰也保證不了他還會不會背叛第二次。

「大哥，他們馬上要撐不下去了！」

脫因帖木兒的注意力卻在那艘正在退出戰場的大船上，他拉了下王保保的衣角，興奮地道。

「馬上歸隊！」王保保迅速將目光收回來，命令著。

「啊？」脫因帖木兒滿臉不解。

「水上的人撐不下去了，山上的紅巾賊估計也差不多了！」王保保推了他一把，「趕緊回到你的隊伍裡去，讓弟兄們做好準備。等紅巾賊從山上衝下來時，立刻卡死他們的退路！」

「知道了！」脫因帖木兒立即彎著腰，衝向岸邊的樹林。

王保保看著他的背影笑了笑，舉起望遠鏡，仔細搜索鬱鬱蔥蔥的山坡。

整個芒碭山區靜悄悄的，絲毫不被水面上激烈的炮戰所動，但是王保保相信，對手肯定藏在不遠處的某一個隱秘地方。

戰局發展到現在階段，對手其實沒有太多選擇，要麼被困死在山上，要麼豁出去犧牲，將戰船上的人接回去。

他知道對手在等待一個最佳進攻機會。

他也在等，等著對手出現，然後一舉擒之。

作為一個經驗豐富的將領，王保保有足夠的耐心。

·第二章·

淮安鐵三角

裡層的弟兄則逐排向前補位，雪亮的槍鋒平平地指向陣外
肉搏戰幾乎在剛剛展開的瞬間，就進入了白熱化狀態。
從沒被打得如此慘痛的探馬赤軍，在各級將領的督促下，
一次又一次，以各種方式向淮安鐵三角展開了反擊。

作為一名經驗豐富將領，徐達的耐心絲毫不比王保保少。

在距離探馬赤軍炮陣不到五百步的山坡頂上，他穿著一件沾滿了泥巴的鐵甲，靜靜地等待。

在他身後，則是千餘名淮安軍老兵，每人的前胸上都套著半件板甲，用帶子繫緊，在後背處打上死結。

板甲表面，一樣是沾滿了骯髒的泥巴。

團長路順蹲著上前，探手撥開眼前的野草，「徐將軍，差不多了吧？弟兄們都快曬暈了！」

「再等！」徐達數了數身邊樹皮上畫的正字，咬著牙吩咐。

一共九個正字，四十五筆。已經等了這麼久，他不在乎再多等上幾分鐘。

自打被洪水困到芒碭山上那一刻起，他就相信，自家主公不會放棄第三軍。哪怕是在芝麻李昏迷不醒，趙君用已經準備將隊伍化整為零、各謀生路的時候，他依舊沒放棄希望。

他相信，只要自己還在芒碭山中，淮安軍的戰船就一定會主動找過來。因為從徐州城下第一戰時候起，那個殺豬的屠戶就沒放棄過任何弟兄。

今晚，那支船隊終於來了，帥艦上打著一面鮮紅的戰旗。身為淮安軍的指揮使，徐達知道那面紅旗代表著誰。

士為知己者死！人以國士待我，我必以國士報之。而國士之報，就不僅僅是將船上的人接上山，然後商量著如何配合突圍。

「轟隆！」「轟隆！」「轟隆！」山腳下忽然響起一連串爆炸。戰艦改變戰術了，與對手糾纏了四十輪的艦炮，忽然把開花彈打上了河岸。

大團大團的泥巴被炸起，河灘上，硝煙瀰漫。

「換開花彈！」千夫長李良立刻跳起來，瘋狂地咆哮。

那種帶著捻子的開花彈，他這裡也有。因為剛才打得太緊張，一時忘了用而已，既然淮安軍開了頭，那就別怪他還以顏色。

「是！」兩名距離李良最近的炮手興奮地答應著，快手快腳地撬開一個炮彈箱子，將開花彈塞進剛剛發射完的炮口。

壓緊，裝藥捻，矯正炮身，瞄準，點火，所有動作一氣呵成。

「轟！」「轟！」兩枚開花彈先後飛出炮口，在戰艦附近爆炸，一艘三角帆船的主帆，被跳出水面的彈片撕開了個巨大的口子，船隻晃了晃，甲板上的人慌亂地跑動。

「換開花彈！全給我換開花彈！」千夫長李良跳著腳叫嚷。

更多的開花彈被炮手們塞進炮口，接二連三發射出去，或者凌空爆炸，或者沉入水底，打得河面上霧氣瀰漫。

「再來，再來！」李良興奮地大喊大叫，如同一隻狂吠瘋狗。

又一批開花彈被快速塞進了炮膛。

壓緊，裝藥捻，矯正炮身，瞄準，點火。

「轟隆！」忽然間，就在他側前方三步遠處，一門火炮的後半截炮身高高地跳起，打著旋在半空中翻滾，然後狠狠砸下來，正中他的胸口。

「噗！」千夫長李良噴出一口鮮血，仰面朝天栽倒。

「轟！轟！轟！」淮安軍的艦炮開始加快了射擊節奏。

六門線膛炮在岸上的炮兵陣地附近，炸出一連串深深的彈坑。

「轟隆！」「轟隆！」最早退向北岸搶修的五號艦，再度加入了戰局，側著身子，打出兩枚炮彈。河灘上被炸得濃煙滾滾。

驚慌失措的徐州炮手們，在色目督戰隊的逼迫下，哆哆嗦嗦地點燃藥捻。

「轟！轟！轟！」成串的炮彈砸向水面，但是有兩門火炮同時炸裂，將周圍的炮手連同督戰者掃翻一大片。

「轟！轟！轟！」

「轟！轟！轟！」淮安軍的戰艦動作雖然緩慢，可打到岸上的炮彈卻好像沒完沒了。

淮安軍的水師圖窮匕見了！頂著岸上的炮擊，高速向灘頭切了過來。河岸上的徐州炮手們丟下火炮，撒腿就跑。督戰的色目刀斧手站在原地，呆若木雞。

總計才有三門火炮炸膛，但是誰也不敢保證，下一輪炸膛的，不是自己身邊這門。

「採之字形，輪流射擊！」朱重九將手中殺豬刀砍在一堆正字上。九個正字零兩筆，一共四十七劃。

加上先前沒有統計的數字，戰船至少跟岸上對射了六十輪。

艦船上兩側的火炮可以通過調轉船身的方式循環發射，比對方多一倍的冷卻時間，但岸上的火炮卻在色目督戰隊的監視下，從沒做過任何停歇。

所有火炮，都是他親自帶著工匠們做出來的；每一次改進後的試驗，他都曾經參與。整個淮安軍中，沒有任何人，包括焦玉在內，比他還清楚那些火炮的性能。從六斤線膛炮到四斤滑膛炮，再到剛剛設計定型的只能發射散彈的虎蹲炮，每一種型號的資料，他都嫻熟於胸。

他自問不是個將才，無論鬥智還鬥勇，都不是王保保的對手；但他心裡卻裝著王保保永遠也不可能掌握的東西，那是人類從十四世紀中葉到二十一世紀六百多年內，總結、歸納、發明創造出來的科技知識，哪怕是片鱗半爪，都重逾千斤。

「弟兄們，跟著我！殺韃子！」第三軍指揮使徐達跳出草叢，高高地舉起長槍。

為了躲避洪水，他下令丟棄了火炮，丟棄了火藥，丟棄了大部分鎧甲；但是，淮安將士通過艱苦訓練所掌握的本事卻沒有丟下。

「殺韃子！殺韃子！」千餘名第三軍的老兵站起來，手中長矛高高地舉成一片鋼鐵叢林。

一片鋼鐵組成的叢林，沿著山坡緩緩下推。

第三軍指揮使徐達邁開大步走在隊伍的正前方，左右兩側各有五名精挑細選出來的侍衛，與他一起組成整個隊伍的先鋒。

更多的弟兄，則按照平素訓練時養成的習慣，跟在侍衛們身後逐排增加，在移動中，緩緩拉出一個完整的鐵三角。

沒有誰左顧右盼，每雙眼睛都透過面甲上的縫隙，緊盯著正前方。他們大多數人都能清楚地看到，正前方正在倉促整隊的敵軍，還不到先前總兵力的三分之一；還有三分之二的敵軍埋伏山坡兩側的樹林中，隨時都可能殺出來，堵死大夥的退路。

但是，沒有人放慢腳步，左顧右盼。他們都是精挑細選出來的老兵，大部分訓練時間都達到了八個月以上，其中一小部分早在徐州時就已經隸屬於朱重九麾下。長時間的艱苦訓練，已經令紀律刻進了每個人人的骨頭裡。

只要緊跟在徐達身後的那面戰旗不倒，他們就會追隨旗幟所指方向，直到生命中的最後一息。

他們沒有顯赫的家世，沒機會學習任何武藝，他們當中的絕大多數，在一年前，還是徹頭徹尾的職業農夫，然而現在，他們卻是這個時代最職業的軍人。

他們走得不是很快，但始終保持著同樣的節奏。肩膀挨著肩膀，手臂貼著手臂。循著山坡下推，就像一台精密的機器。

「吱——吱——吱！」「吱——吱——吱！」單調的銅哨聲在隊伍中連綿不斷，像平素訓練時一樣，始終伴隨著大夥的腳步。

那是連長的指揮哨，用來協調全連的動作。每聲代表著大腿一次邁動，三聲為一組節拍。不似傳統的戰鼓聲那樣振奮人心，聽在人的耳朵裡，卻遠比戰鼓聲清晰。

很多老兵不由自主地就想起自己剛剛入伍受訓時的場景。為了區分左和右，當時的教官們採取了無數辦法。一隻腳穿鞋，左胳膊上繫繩頭，用木棍戳屁股，花樣百出。誰也沒想到當兵吃糧還要這麼麻煩，挨了收拾後難免怨聲載道，但衝著每天晚上的肉湯和一天兩頓管飽的乾飯，大夥全都咬著牙忍了下來。

大夥慢慢發現，挺胸抬頭，踩著哨子的節奏走路也挺有精神的，挺胸抬頭慢慢成了習慣，**直起來的腰桿再也彎不下去，哪怕面對的是血淋淋的屠刀**。

五百步、四百步、三百步、二百步，他們緩緩走下山坡，絲毫不做停滯。很快，與敵軍之間的距離縮短到了一百步之內。

「嗚嗚，嗚嗚，嗚嗚，嗚嗚……」探馬赤軍的主陣中，狼嚎般號角聲猛然響起，低沉悠長，令來自河面上的北風驟然變得凜冽。

「吱——吱——吱！」「吱——吱——吱！」單調的銅哨聲從狼嚎聲中鑽出來，就像冬夜破曉前的第一絲微光。

單弱，卻桀驁不馴。

王保保被來自對面的銅哨聲攪得心煩意亂，冷笑著將手中的鋼刀奮力揮落。

天空驟然變暗，數以千計的羽箭從天空中落下來，密集如冰雹，層層的鋼鐵「冰雹」砸在淮安軍的身畔，濺起濃濃的煙塵。劇烈的河風吹來，將煙塵迅速托向空中，變成暗黃色的雲霧。

暗黃色的雲霧背後，千餘淮安將士踏著不變的步伐向前，義無反顧。

「吱——吱——吱！」「吱——吱——吱！」銅哨子的節奏始終不變，哪怕面對著的是狂風暴雨。

王保保身後的契丹弓箭手們猛然覺得心裡一陣發冷，以最快速度拉開角弓，將第二輪羽箭以斜向上四十度角射進前方的天空。

天空瞬間變得極暗，倒映在紅巾軍槍鋒上的夕照卻愈發地絢麗奪目。

「豎矛！」走在最前方的徐達猛的發出一聲斷喝，將手中的長矛筆直地豎起。

「豎矛！」「豎矛！」「豎矛！」……一連串渾厚男聲機械地重複。從親兵到旅長、團長。從團長、營長、連長再到隊伍中的夥長。

千餘桿長纓以同樣的角度豎了起來。

「吱——吱——吱！」「吱——吱——吱！」單調的銅哨子聲裡，長矛像上了發條般，以同樣的節奏左右搖擺。

第二波羽箭掠過八十步的距離，來到淮安軍頭頂，呼嘯著落下。

「啪啪！」「啪啪！」「啪啪！」一連串怪異的聲響，在淮安軍的頭頂不斷炸起。

高速飛來的羽箭被豎起的長矛層層過濾，能最後落到目的地區域的還不到總數的五分之一。然而，就這五分之一羽箭當中，還要有一大半射在淮安軍胸前的板甲上，「叮！」「叮！」「叮！」濺起數道火星，然後無力地墜落。

走在前兩排的淮安軍將士挨的羽箭最多，但是冷鍛出來的面甲、板甲和護腿甲，卻將他們遮得密不透風。即便是破甲錐在三十步內正面射擊，也未必能鑿穿堅固的冷鍛鐵甲，更何況是普通的鵰翎羽箭？

從第四排開始，弟兄們就只有面甲和胸甲護身，大腿上不再覆蓋任何防護。然而除了一兩個實在倒楣的傢伙被流矢命中之外，九成九以上的弟兄都在這一輪羽箭覆蓋中毫髮無傷。

受了傷的弟兄，立刻按照訓練時的要求，將長矛杵在地上，牢牢地握住矛桿，讓自己的身體停留在原地。後排的袍澤立刻加快速度上前，補上他空出來的位置，然後將長矛繼續高高地豎起，伴著銅哨聲左右搖擺。

「吱——吱——吱！」「吱——吱——吱！」銅哨聲銳利如刀。

倒映在槍鋒上的夕照點燃整個河灘，點燃所有人的眼睛。

箭雨繼續，無止無休。

淮安第三軍的老兵們頂著箭雨繼續前進，不疾不徐。**三角形的大陣在漫天箭雨中就像一頭睡醒的巨龍，鬚爪張揚，鱗光閃爍。**

牠的身後是芒碭山。一千五百餘年前，那個喊出「**王侯將相寧有種乎？**」的陳勝，最後就埋骨於此。

牠的前方是滾滾黃河。四千餘年前，軒轅氏曾經於河畔鑄戈為犁，播種五穀。**牠的左右，是堯之都，是舜之壤，是禹之封。**一代代華夏的古聖先賢，在此開拓、守護、創造、傳承。

這是牠的土地，牠的家園。數千年來，總有一些野蠻的強盜試圖趁著牠沉睡的時候，進入這裡，偷走牠的財富，玷汙牠的精神。

然而，每當黑暗時刻，牠卻**總能被熱血喚醒，在獵獵的寒風中，再度拍打起兩隻巨大的翅膀。**

凌空翱翔，**左翼承載著歷史，右翼承載著希望。**

八十步、七十步、六十步、五十步……眼看著從山坡上推下來的軍陣越來越近，王保保的鼻尖上慢慢滾下數滴冷汗。

不是第一次和紅巾軍交手，但像淮安第三軍這樣的紅巾軍，他卻是平生第一次見到。

他奮力揮動著彎刀，令軍陣中射出去的羽箭越來越急，急得像狂風暴雨。按照他以往的經驗，如果是潁州紅巾，在如此密集的羽箭打擊下，即便不崩潰，也將被壓制得無法再前進半步。但是，眼前這支鎧甲上塗滿了泥巴的紅巾軍，卻依舊在徐徐前推，永遠保持著同一個節奏。

濃密的箭雨非但沒能讓淮安第三軍的大陣分崩離析，忽明忽暗的天空反倒給本來就殺氣騰騰的軍陣平添了幾分神秘和威嚴。

「換破甲錐！換破甲錐！」蔡子英在王保保身邊聲嘶力竭地吼著。

已經胳膊發酸的弓箭手們，立刻換上了銳利的破甲錐。拉滿角弓，將其平射出去。

「叮叮噹噹」「叮叮噹噹」走在最前排的淮安軍將士身上不斷傳來刺耳的金屬撞擊聲，火星在傍晚的霞光裡，閃爍得如同晨曦中的星星。

有人因為運氣不好，被破甲錐從鎧甲的接縫處射了進去，痛苦地抓住矛桿，在原地轉圈。他們留出的空缺迅速被第二排袍澤填補。整個三角形大陣依舊銳利如初。

他們依舊在推進，不疾，不徐。

「吱——吱——吱！」「吱——吱——吱！」哨聲鑽透連綿的戰鼓，深深地鑽進弓箭手的耳朵，令他們頭皮發乍，兩腿發軟。

四十步、三十步、二十步。

隨著距離的接近，傷亡在不斷增加，但哨音的節奏卻始終不變。淮安軍的將士隨著哨音，邁動整齊的步伐，從容不迫，彷彿要去享受一頓約定已久的盛宴。

刺耳的哨音裡，王保保忽然覺得自己的心臟在迅速下沉。他身邊的兵力足足是對方的兩倍半，但他卻不再有任何把握自己能擋住對手。

「吹角，命令伏兵出擊！」高高地舉起彎刀，他果斷地做出決定。

「嗚嗚，嗚嗚，嗚嗚，嗚嗚……」

「嗚嗚，嗚嗚，嗚嗚，嗚嗚……」

號角聲忽然變得蒼涼，彷彿野獸在召喚失散的同伴。

「嗚嗚，嗚嗚，嗚嗚，嗚嗚……」

「嗚嗚，嗚嗚，嗚嗚，嗚嗚……」

左右兩側樹林裡，有憤怒的號角聲相應。早已急得兩眼冒火的脫因帖木兒與賀宗哲，各自帶著三千伏兵呼嘯而出。

他們從側後方衝向淮安軍。**他們要把這條剛剛醒來的巨龍，再度推入黑暗。**

然而，淮安第三軍中的戰旗卻突然高高挑了起來，在迎面吹來的河風中獵獵揮舞。

「放平長槍！」徐達猛的將自己的長矛對準正前方，大聲斷喝。

「吱——吱——」哨聲猛的一變，由三拍變成兩拍。

「吱——吱——」淒厲的銅哨聲裡，原本高高豎起的長槍，像怒放的鮮花一樣，層層向前綻放。

一層，兩層，三層……

「吱——」所有哨音彙集成一聲長長地龍吟。

所有長槍一齊向前捅去，宛若巨龍磨亮的牙齒。

「全體——迎戰！」王保保大喝一聲，順手從地面上抄起一塊盾牌，大步迎向正對著自己的槍鋒。

對手速度依舊不快，僅僅比先前稍稍提高了一點。應該是不懂得充分利用山勢，或者是由於主將過於死板，為了保持陣形而故意放棄了對山坡的利用。無論如何，這都是一個破綻，他必須牢牢地抓住。

「全體——迎戰！」

百餘名忠心耿耿的家丁大吼著追上去，將王保保團團圍在正中央，每個人手裡都持著彎刀和圓盾，然後像一個車輪般，朝淮安第三軍滾了過去。

這是探馬赤軍老祖宗留下來的戰術，臨陣對敵，再恰當不過。當年王保保等人的祖輩，就靠著這種戰術打得南宋將士抱頭鼠竄。如今，他們要複製祖先的輝煌。

河灘上的兩千餘名探馬赤軍也迅速上前，牢牢護住王保保的左右兩側。弓箭手丟棄了角弓，從腰間拔出彎刀。

重步兵高高地舉起長柄大斧、刀盾手將身體掩在盾牌之後，刀鋒向下斜指，長銑手則將帶著刺的鐵叉子，從第二排位置伸過來，於自家人身前交錯晃動，為敵軍靠近製造障礙……

儘管被銅哨聲吵得心煩意亂，這支探馬赤軍依舊表現出了訓練有素的一面。所有戰陣配合都做得一絲不苟。

他們依舊有信心戰勝對手。

因為對步戰而言，兵種過於單一是純粹的找死行為。雖然對手眼下氣勢正盛，手裡卻只有長槍。而他們手裡的兵器，卻是長短配合，可遠可近。

長槍不利於近戰，按照以往的經驗，只要雙方將距離縮短到半丈之內，等待著淮安軍的，有可能將是一場毫無懸念的屠殺。

「嗚嗚嗚，嗚嗚嗚嗚，嗚嗚嗚嗚嗚——」不需要參戰的蒙古號手，岔開雙腿，站在河灘上，將手中牛角吹得聲嘶力竭。宛若猛獸嗜血的長嚎，帶著金屬的冰冷，透過重重鎧甲，一直刺入人的骨髓。

河灘上忽然變得萬籟俱寂。

不敢保證火炮會不會炸膛的徐州炮手們，被督戰隊逼著返回彈藥箱旁，拼命用抹布沾了河水，冷卻炮身。

待炮身完全冷卻之後，也許他們就有下一次發射機會。

河面上的四艘戰艦也停止了沒有任何準頭的發射，扯滿了風帆，以最快速度向岸邊靠近。沒有鼓聲，沒有號角，只有船槳擊打水面的聲音，嘩嘩嘩，嘩嘩嘩，好像士兵整齊的步伐。

山坡上壓下來的淮安軍也同樣變得悄然無息，平端著長槍，繼續緩緩前行，就像一座移動的高山。

「嗚嗚嗚，嗚嗚嗚，嗚嗚嗚，嗚嗚嗚……」蒙古號角再度響起，充滿了焦躁。兩千餘探馬赤軍在號角的催促下，加速向對手衝去。

從山坡上壓下來的淮安軍繼續下壓，戰術單調得令人髮指。

「啊——啊——！」探馬赤軍們扯開嗓子，像野獸一樣嚎叫。盾牌、長矛、長銑、大斧對準越來越近的槍鋒，兩眼一眨不眨，渾身肌肉僵硬如冰。

對方的陣形太密了，根本沒有任何空檔。長槍緊挨著長槍，就像一排細密的牙齒，所以他們必須找到破綻，頂住對手第一波突刺，才能滲透進去，然後才能施展自己一方最擅長的小隊列配合衝殺。

但，**破綻究竟在什麼位置？**

沒有破綻，只能硬碰硬。

看最後一刻，誰的手更穩當，誰的鎧甲更結實。

「啊——啊——！」探馬赤軍們的叫聲愈發淒厲，恨不能將腔子裡的所有緊張都隨著叫聲排體外。

「轟轟轟！」「轟轟轟！」回應他們的，只有整齊的腳步聲，如上了發條的機器般整齊劃一。

十步、九步、八步、七步、六步……

「啊——！」終於，一群探馬赤軍無法承受槍鋒帶來的壓力，脫離本陣，大叫著向前撲去。

「吱——」長長的龍吟再度響起，刺破天邊絢麗的晚霞，如晨曦一樣滌蕩世間黑暗。

最外側的淮安將士們手裡的長槍，以同樣的速度和角度猛然前刺，整個三角陣的頂端和左右兩個邊緣瞬間向外延伸了半丈寬。

「噗！」冷兵器刺入肉體的聲音，令人額頭發木。用千斤水錘反覆鍛壓出來的槍鋒，毫無阻礙地刺穿了探馬赤軍身上的皮甲，刺破皮膚、肌肉和單薄的肋骨，將裡邊的內臟攪得一團粉碎。

大部分被刺穿身體的探馬赤軍將士當場氣絕，還有十幾個沒被傷到要害的，掛在冰冷的槍鋒上，大聲慘叫：

「啊——啊——啊——」

包裹在面甲後的臉孔上，閃過了一絲不忍。

但長時間的訓練，卻讓位於三角陣最外側的所有淮安將士，毫不猶豫地採用了同樣的動作，槍纂後抽，搶身轉動，銳利的槍鋒迅速拔出。無數條血光緊跟著飛上了天空，然後落下來，不分彼此地染紅敵我雙方的眼睛。

「啊——啊——啊——啊——！」

十幾個沒立刻斷氣的幸運兒或者倒楣蛋，張開雙臂，在血雨中大聲慘叫，身體一圈一圈旋轉著，試圖尋找一個支撐。

然而，他們卻最終什麼都沒有找到，仰面朝天倒了下去，圓睜的雙眼裡，寫滿了恐懼與絕望。

「吱——！」哨聲忽然又響了起來，將所有淮安軍將士從短暫的失神中喚醒。隨即，整個鐵三角大陣又開始向前推進，「轟轟轟」，「轟轟轟」，牛皮戰靴踩得大地上下晃動。

「衝上去，衝上去攔住他們！」探馬吃軍隊陣列裡，有將領在聲嘶力竭地大叫。但是語調裡卻隱隱透出了幾分恐慌。

如此冷酷的殺戮，他們也是第一次見到。在此之前，他們周圍從來沒有任何人將軍隊訓練得像一台機器般，不帶絲毫屬於人類的感情。

「衝上去，衝上去殺光他們！」的確，有大批的回過神來的探馬赤軍，組成他們最拿手的小隊衝上。就像一群秋夜裡的飛蛾，絕望地撲向明亮的篝火。

大批的飛蛾在剛剛接近火焰邊緣就被活活「燒死」，落在篝火周圍，變成一具具屍體。但是也有少數個頭足夠大，運氣足夠好的飛蛾，在同伴的掩護下，成功地砸入了火焰中央，發出「咚咚」的聲響。

長三角形的淮安軍槍陣被砸出一個又一個小的塌陷，然而，這些塌陷卻很快就恢復如初，倒下的淮安軍士卒被迅速推開，無論生死。裡層的弟兄則逐排向前補位，雪亮的槍鋒平平地指向陣外，等待對手下一次靠近，等待下一次出槍，無悔，亦無懼。

肉搏戰幾乎在剛剛展開的瞬間，就進入了白熱化狀態，從沒被打得如此慘痛的探馬赤軍，在各級將領的督促下，一次又一次，以各種方式向淮安鐵三角展開了反擊。

他們不甘心。他們無法忍受。

明明那群剛剛放下鋤頭的農夫什麼都不會，連基本的兵器搭配都不懂。就知道拿著一桿長槍不斷地向前捅。他們卻是祖輩父輩都以征戰為生，每個人至少都熟練掌握了兩種以上兵器，並且通曉不下二十種戰陣配合。

他們是天生的掠食者，而對手不過是一群獵物，**誰曾想到，這群獵物卻突然長出了犄角，捅破了掠食者的肚皮！**

往前捅，往前捅，沒有變化，沒有後招，這算什麼本事？然而，虎撲、蛇盤、狼躍、鷹擊，各種各樣的戰鬥花巧，在上百桿齊刷刷前捅的長槍面前，全都失去了作用。

只要雙方距離接近到半丈以內，三角陣中就是齊齊的一排長槍。每個人身體的寬度至少有一桿。無論是向左挪動，還是向右閃避，總有一桿長槍在那裡等著你。

有些武藝嫻熟的探馬赤軍，毫不猶豫地臥倒在地，試圖從對方的下盤尋找突破口。然而，令他們無比絕望的是，沒等他們靠近攻擊位置，已經有數條長槍從三角陣的第二排捅了出來。自上向下，梳子般護住了第一排將士的雙腿。

攻不進去，他們只能徐徐後退，然後等待對方主動追擊，露出破綻。

但是，淮安軍的三角陣中卻沒有任何人主動追出來，整個軍陣緩緩地調整到最初形狀，緩緩前壓，依舊像先前一樣，不疾不徐。

凡是被三角陣壓到的位置，都迅速土崩瓦解。巨大的壓力下，探馬赤軍紛紛後退，以免成為槍下之鬼。

但是，總會有一些血勇之輩，不甘心就這樣被擊敗，寧願用生命捍衛祖輩的榮譽。他們瞅準機會，咆哮著衝上去，試圖力挽狂瀾。

他們慘叫著被長槍挑起來，掛在三角形大陣邊緣，成為一具又一具屍骸。

「衝上去，保力格，賽絲丁，你帶人衝上去，把他們擋在這裡，脫因帖木兒馬上就會趕過來！脫因帖木兒與賀將軍馬上就到了！咱們已經能看到他們！」王保保被家將們強行協裹著後退向河畔，一邊退，一邊大聲喝令。

不是輸不起，然而，**他無法容忍自己就這樣稀裡糊塗地輸在一個無名小輩之手**。如此醜陋的軍陣，如此簡單的戰術，根本就不是一個懂行的將領所為。王保保甚至相信，三角陣裡頭那個姓徐的傢伙，從來都沒完整地讀過一本兵書，也沒系統地學習過任何臨陣戰術。

但是，他卻被逼得只有招架之功，沒有絲毫還手之力。

還好，在謀略上，他還略勝出了一籌。只要能組織起身邊的弟兄們，將這個三角陣纏住半刻鐘，脫因帖木兒與賀將軍兩個就能從兩側趕過來，從三角陣最薄弱的後方發起攻擊。

他不相信八千多探馬赤軍吃不下這一千淮安農夫。

「衝上去，衝上去，擋住他們，脫因少爺馬上就到了！」家將頭目保力格叫嚷著，從身邊召集起百餘名探馬赤軍，再度頂向那個鐵三角。

「弟兄們，跟著我來！」千夫長賽絲丁抹了一把臉上的血，咬牙切齒地命令。

他們兩個都是王保保麾下有名的勇將，無論身手和威望都遠在其餘將領之上，身先士卒地衝向淮安軍，立刻引起許多人捨命追隨。在極短時間內，就重新組成了一道頑強的攻擊陣列。

「愚蠢！」徐達在鐵三角的正前方，輕輕地搖頭。

腳下被血水浸得又濕又滑，但是絲毫不影響他的動作，在敵軍撲上來的一瞬間，他和身邊的親衛們同時將長槍刺出，刺穿一名探馬赤軍的身體。

被抽走了全身生命力的對手，像團泥巴般軟軟地倒下，土黃色的面孔上寫滿了困惑。一直到死，他都無法理解，自己為什麼會倒在如此簡單的招數之下。

然而徐達卻沒有工夫替他解惑，這種簡單至極的槍陣，完全脫胎於胡大海去年在淮安城下的戰鬥中臨時創造出來的戰術。

千人，千槍，如牆而進。當時的場景令徐達印象如此深刻，永遠無法忘懷。事後他不知道多少次跑去向胡大海討教用槍技巧，從此第三軍中，槍術訓練就成了首選科目，每一名士卒都要練習上數千次，對著木頭的靶子要一刺而穿，並且正中要害才算過關。

泗州城附近那些不肯屈服的山賊草寇，自然就成了下一波練習對象。在單獨領兵在外的那段時間裡，徐達將方圓兩百里內所有山頭水窪都梳理了個遍。

方陣、圓陣、三角陣、魚鱗陣、鋒矢陣，所有窺探淮安的草莽，都成了第三軍的磨槍石。包括一夥從定遠出來四處「打草穀」的紅巾軍，都倒在了槍下。只是事後孫德崖自知理虧，沒勇氣承認，而徐達也裝作不知道對方身分而已。

細算下來，王保保這次已經不知道是槍陣的第多少次發威。甚至連探馬赤軍在初次遭遇打擊之後會做出怎樣的反應，徐達都瞭然於胸。

這些職業強盜，在戰鬥力遠遠高於他們自己的對手面前，表現其實並不比土匪山賊好到哪裡去。他們一樣會緊張，一樣會不知所措，一樣會在絕望中做垂死掙扎。

但是，等待他們的結果也必然一樣。

又一名探馬赤軍將領帶著幾十名親信嚎叫著衝上前來，盾牌護住自家要害，彎刀舞得像一團雪。

他只有兩隻眼睛和一張嘴巴露在外邊，大黃牙上還沾著血絲。徐達深吸一口氣，長槍迅速捅出，直奔黃褐色的牙齒，雪亮的槍鋒如同一道閃電刺進對方的嘴巴，再從後腦處露出，將屍體甩向半空。

徐達迅速收回長槍，再刺向下一名對手的小腹。那人手中提著一面圓盾，從半空中撲下來，試圖將他一刀兩斷。然而，由於跳躍的動作太大，將小腹暴露在了盾牌外邊。

徐達知道自己只有一彈指的機會，沒做任何猶豫。雪亮的槍鋒迅速捅了進去，對方手裡的彎刀也剛好來到了他的頭頂。

身邊的另外一桿長槍，「咚」地一聲，恰恰刺在此人手中的盾牌，此人的動作瞬間定格在半空之中。

下一刻，徐達和身邊同伴齊齊將手中長槍外甩，將屍體甩出了半丈多遠。他們沒時間耽擱，他們必須儘快打垮正前方的敵人，然後才能去迎戰來自側後方的伏兵。

「噗！」蒙古將領保力格的屍體落在鬆軟的河灘上，血漿濺起老高。屍體周圍，再無一個站立的人影。

淮安軍三角陣的正前方，敵人一掃而空。數不清的探馬赤軍將士亂哄哄地向兩側退避，唯恐成為鐵三角的下一個碾壓目標。

「￥#……#%￥！」更遠的地方，有一名年輕的將領，正操著他不熟悉的語言，大聲收攏隊伍。

徐達知道此人就是王保保，探馬赤軍的主將。

徐達聽不懂對方在喊什麼，卻能判斷出此人正在招呼從側後方衝過來的兩支埋伏隊伍，加緊發動進攻。

徐達推開護面鐵甲，將一枚沾滿了血的銅哨塞進嘴裡。

「吱——！」銅哨發出刺耳的咆哮，緊跟著，他猛的一轉身，將長槍指向從左翼殺過來的脫因帖木兒。

整個鐵三角迅速轉動，以最銳利的位置對準了新的一波敵軍。

「吱——吱——吱！」「吱——吱——吱！」單調的節拍又響了起來，連綿不斷。

鐵三角由縱轉橫，對脫因帖木兒所統率的生力軍緩緩迎了過去，他們身後三百步外，則是賀宗哲所率領的另外一支伏兵。一邊靠近，一邊大喊大叫著，唯恐別人不知道自己的存在。

然而，三角大陣中，卻沒有任何人回頭。

由於前幾天那場洪水來得太突然，淮安第三軍在倉促朝山區轉移時，丟棄了絕大多數輜重。所以將剩餘的盔甲都拆散了，才能勉強滿足一千多名老兵的基本需求。

除了最外層的兩排，其餘人都是前胸罩甲，後背裸露。還有一部分人，胸前穿的是臨時從友軍手裡借來的荷葉甲和札甲，身後除了一層單薄的軍服之外一無所有。

然而，他們卻放心地用後背對著包抄過來的另外一夥探馬赤軍，毫無畏懼。

因為他們看到自家的戰艦已經靠近河岸了，看到那艘仿大食三角帆船上懸掛著一面耀眼的紅旗，還有旗面上那顆碩大的星星。

那意味著，船艙裡坐的是他們的主公，他們的神。

雖然朱重九非常不喜歡大夥把他當作神棍，但是在絕大多數淮安軍將士眼裡，**他就是轉世彌勒，就是他們的神，值得他們一生追隨，一生崇拜。**

是他，在他們瀕臨餓死的時候，給了他們第一碗熱粥。

是他，告訴他們男兒走在世上，需要挺胸抬頭，不用向任何人跪拜。

是他，給他們軍餉、榮譽，還有土地。讓他們從此可以直著腰，像個男人一樣活著，像個男人一樣養活自己的老婆孩子。

是他，親口告訴他們，這一切是他們早就應該得到的，不需要任何人的施捨。原來之所以沒有，只是因為無恥之徒掠走了他們的財富而已。

是他，帶領著他們從一個勝利，走向下一個勝利。

是他，讓他們活得像個人樣，所以，寧願死得也像個人樣。

所以，**他們願意追隨他，為了一個自己根本看不懂的目標血戰到底，哪怕他們當中很多人永遠不可能親眼看到目標的實現。**

所以，他們願意將後背交給他，儘管他們不知道他憑藉什麼手段去阻擋那呼嘯而來的三千探馬赤軍。

答案，很快就出現了。

「轟、轟、轟、轟！」

最先靠近河岸兩艘戰艦側過船身，衝著第三軍身後三百步的位置，迅速來了一輪接力射。

四門六斤線膛炮，每門炮口裡射出的都是裝滿了火藥的開花彈。開花彈砸入密集的探馬赤軍隊伍，三顆爆炸，一顆啞火。

「轟！」「轟！」「轟！」

巨大的煙柱在人群中騰空而起，數不清彈片和鉛珠橫掃煙柱周圍，三步之內，所有被波及的活物都被直接打成了篩子，死無全屍！

「嗡！」正在高速跑動的三千探馬赤軍，就像被扼住脖頸的野雞一般，所有動作都戛然而止。

三個黑洞洞的彈坑裸露在隊伍中間，還有十幾具殘缺不全的遺骸圍著彈坑和屍骸，恐懼一圈一圈向外蔓延，無論是衝在隊伍最前方者還是跟在隊伍最後者都被波及，無一倖免。

所有人的上半身都呈傾斜狀，由內向外，彷彿在躲避著一顆看不見的彈片。

那顆無形的彈片沒有射中任何人，卻在一瞬間刺痛了所有靈魂。

第三章

探馬赤軍

賀宗哲身為探馬赤軍的後人，他清楚號角裡的意思，
王保保在催他上前拼命，他先前走得太慢了，
已經徹底惹惱了這位少將軍。
假如此戰失敗，所有責任將由他賀宗哲一個人來承擔。

「整隊，整隊！」賀宗哲拼命抖動韁繩，從隊伍最前方一直跑到隊尾，「整隊前進，不能停，停下來正好給人家當靶子！」

「跑起來，跑起來他們就沒法子瞄準了！」幾個千戶副千戶也騎著馬來回跑動，鼓舞士氣。

對於火炮這東西，他們幾個絲毫都不陌生，以前跟潁州紅巾作戰時，就曾經捱過對方的狂轟濫炸。今天下午向芒碭山發起仰攻時，他們也曾經看到過自家拐騙來的四斤炮，是如何將山上的紅巾賊炸得人仰馬翻。

但是，嘴巴裡說出的對策，遠不如眼睛看到現實確鑿可信。

這一夥探馬赤軍將士的確在努力擺脫火炮帶來的恐懼，繼續向前衝鋒，準備在淮安第三軍隊伍的身後向他們發起致命一擊。

然而，三枚開花彈所帶來的陰影卻令所有人的動作僵硬，兩腿無論如何努力邁動，速度都遠達不到先前水準。

「畜生，廢物！少將軍平素待爾等不薄！」賀宗哲急得火燒火燎，揮舞起刀鞘衝著身邊的弟兄後背上亂砸。

因為騎在馬背上的緣故，他能清楚地看到戰場的全貌，在三百五十多步遠的位置，淮安軍已經推著潰兵，跟脫因帖木兒交上了手。

雖然脫因帖木兒麾下的士兵數量遠遠高於對方，雖然對方剛剛經歷過一場惡戰，而他們是以逸待勞，但是那三千多探馬赤軍依舊被壓得節節敗退。

沒有辦法衝進槍陣半丈之內，即便偶爾成功一兩次，也無法讓槍陣傷筋動骨，而淮安軍手中的長槍每一輪突刺，都能將脫因帖木兒麾下的探馬赤軍刺倒整整一層，如利刃剁筍，毫無懸念！

那個簡單至極的槍陣，正面根本非人力所能撼動，唯一的破綻就在身後，所以賀宗哲必須帶著自己的人馬，以最快速度追過去，及時給自家袍澤提供有力支援。

此時，**速度成了成敗的關鍵**，如果他們能及時趕過去，與脫因帖木兒等人對淮安軍前後夾擊，此戰將勝得毫無懸念。如果他們任由脫因帖木兒的部屬像先前王保保的中軍那樣被紅巾賊殺散，當那面寫著「徐」字的戰旗調轉過來，他們必將死無葬身之地。

道理很簡單，是人都懂，然而**懂得和做到**，**卻是完全不同的兩回事**。

儘管賀宗哲很努力，其麾下的探馬赤軍都是察罕帖木兒一手調教出來的嫡系，很願意為察罕舅甥效死力，但三百五十步的距離卻是如此遙遠。

還沒等他們重新振作起精神，「轟！」「轟！」「轟！」「轟！」，又是四枚開花彈射進了隊伍中，兩枚爆炸，兩枚啞火，掀起大片的殘肢碎肉。

剛剛恢復整齊的軍陣再一次四分五裂，所有僥倖沒被炮彈波及的士卒，都像被一隻無形的大手猛推了一把，側開身體，上半身遠離彈丸落點。蒼白的臉上寫滿了驚恐。

「整隊、整隊！」

「加速，加速跑起來，跑起來他們就沒法子瞄準了！」

千夫長、百夫長們在隊伍中繼續大喊大叫，但是，他們的話已經徹底失去了效果。

誰都知道，隊形越密，就越容易成為炮彈的重點招呼對象，所以倖存的兩千九百七十多名士卒本能地選擇了疏遠身邊的同伴。至於如此鬆散的陣形，還能不能對敵軍構成威脅，那是雙方發生接觸之後才需要考慮到的事情，眼下誰也顧之不上。

「膽小鬼，廢物，混蛋，萬戶大人平素給你的好處，都餵進了狗肚子裡！」賀宗哲揮刀砍翻兩名不服從指揮的部屬，氣得大叫：「督戰隊，開炮，命令炮手給我開炮。你們腳下的大炮難道都是擺設?!」

不用他提醒，岸邊的督戰隊也在努力用鋼刀將徐州炮手逼回炮位。也許會炸膛，可是和被自家火炮炸死和被戰船上的火炮轟死，好像沒有任何差別。況且淮安軍的戰艦已經靠近岸邊三十步之內，閉著眼睛開炮，彈丸都不會偏離目標。

被逼得走投無路的徐州俘虜炮手，哆嗦著撕開火藥包，將火藥從炮口填進去，再哆嗦著塞入彈丸，用木柄搗緊。

炮身已經不燙手了，也許炸膛事故不會再發生。他們這邊有四五十門炮，而淮安水師分出來對準這邊的火炮，只有區區四門。

這一刻，岸上每個人的眼睛裡充滿了希冀。

就在他們手中的艾絨準備遞向藥捻的時候，猛然間，正對著他們的那兩艘哨船上，陸續噴出了四團橘黃色的火焰。

「轟——！」「轟——！」「轟——！」「轟——！」數不清的彈丸呼嘯著掃過河灘，將站在四斤炮附近的炮手和督戰者，不分彼此地掃翻了整整一大片。

「活該！」剛剛修好的五號艦上，一個炮長丁吐了口吐沫，將一包用羊毛料子包裹著的葡萄彈塞進重新裝填好火藥的炮口。

這原本是水戰時，用來近距離「清理」敵艦甲板的殺招。此刻拿來攻擊岸邊投降蒙元的炮手，最合適不過。

沒等被轟炸者從震驚中恢復神智，炮長丁已經再度將火炮的引線點燃。

「轟！」又是一百多顆葡萄大小的鉛彈，狂暴地掃過岸邊炮陣。炙熱的彈丸表面與空氣裡的水分接觸，帶起滾滾白霧。

凡是被白霧波及的地方，炮手和督戰者們成片地倒下。臉上的五官挪位，血肉模糊，身體上大大小小佈滿了紅色的孔洞。

偏偏有人卻不能立刻死去，躺在地上痛苦地翻滾哀嚎。紅色的血柱就從他們的身體上噴射出來，像泉水般，一股股噴得到處都是。

「轟——！」「轟——！」「轟——！」另外三門負責招呼炮陣的艦炮也相繼開火。

距離對雙方的影響都是一樣的，發射實心彈的滑膛炮在三十步之內不需要瞄準。發射葡萄彈的線膛炮也是一樣。

當這一輪掃射結束，岸邊炮陣上已經找不到任何一個站立的人，暗紅色的屍體躺得到處都是，而那些捱過了兩輪葡萄彈掃射還僥倖沒死者，無論是俘虜炮手還是督戰的色目人，全都丟下兵器，撒腿逃向遠方，能跑多快就跑多快。

「轟！」三號艦的一號炮衝著空蕩蕩的河岸又掃出數百粒葡萄彈，不是為了殺人，而是為了單純地劃定勢力範圍。

從水面到岸邊五十步，敢靠近者，死！幾名在附近徘徊的色目督戰兵，嚇得打了個哆嗦，撒腿跑得更遠。

「落半帆，落半帆！」

「收槳，收槳！」

「控制船舵，控制住船舵。」

「慢一些，慢一些，該死！」……

一連串嘈雜的聲音，從甲板上傳了下來。在三號艦的掩護下，五號戰艦緩緩靠近河岸，然後猛的晃了晃，擱淺在灘頭的泥漿中。

已經脫離了黃河主幹道，河水深淺誰也無法判斷，但是這點小麻煩對於常年在運河上謀生的船幫弟兄們來說，不構成任何阻礙。沒等五號艦恢復平穩，已經有十幾名光著上半身的老水手，縱身跳進了暗黃色的泥漿裡。

「噗通！」船頭上抛下一大團纜繩，剛剛從水下探出頭來的老水手們，紛紛游過去，用手拉住繩子，然後快速朝岸邊靠攏。

當他們的雙腳終於和大地接觸，立刻就將纜繩扛上了各自的肩膀。隨即，十幾名漢子扯開嗓子，吟出了一首動人的無字長調：

「嗨呀，嗨呀，嗨嗨呀呀呀……」

粗大的纜繩緩緩繃緊，五號艦滑過水下鬆軟的淤泥，緩緩靠向陸地。

當遠比貨船高大的戰艦再次停下來的時候，更多的繩索從頂層甲板上拋了下來。老水手們撿起一根根繩索，以最快速度跑上河灘，將繩索繫在被敵軍拋棄的火炮上，一根接一根拉緊。

一小隊回過神來的探馬赤軍拼死衝上前，試圖砍斷繩索。沒等他們靠近，「轟！」「轟！」三號艦側舷上的兩門四斤線膛炮先後噴出死亡的火焰。

數以百計的葡萄彈迅速掃過整個隊伍，將隊伍中半數人射翻在地。另外一半倖存者愣了愣，撒腿逃走，再也不敢主動回頭。

「轟！」「轟！」「轟！」「轟！」另外兩艘仿阿拉伯式三角帆船上的火炮，連續不斷地向來自左翼的探馬赤軍發動轟擊，令賀宗哲和他的手下們始終整理不好隊形，也提不起攻擊速度。

一些元兵走著走著，就掉頭朝遠離河岸的方向遁去，然後被騎著馬的軍官追上，從背後砍倒，嚴肅軍紀。

更多的元兵則選擇了聽天由命，將彼此間的距離拉得老遠，一步一步慢慢向前蹭，任隊伍中的將領們如何威逼利誘，都不肯重新聚集成陣。

說時遲，那時快，就在賀宗哲和他的手下們被開花彈炸得苦不堪言的時候。五號戰艦上，有數十名卸去鎧甲，背著盾牌和鋼刀的近衛，雙手握住纜繩一滑而下，轉眼間，從就高大的甲板降落到河岸。

雙腳穩穩地扣住地面，然後向前一個翻滾，乾淨俐落地卸去下滑力道，站起來，左手解盾右手抽刀，在灘頭上站出一個單薄的半弧形。

更多的無甲近衛流星般從船上滑下，背的卻不是盾牌和鋼刀，而是新發下的線膛火槍。當他們與最先登陸的刀盾手會合之後，一個小小的缺月陣列就在河岸上迅速成形。

總計還不到一百人，卻彷彿一根釘子般，猛的插在淮安第三軍和正在努力靠近的賀宗哲部之間，令後者的前進道路再也不是一馬平川。

「轟！」「轟！」「轟！」「轟！」炮響聲不絕於耳。

一號和二號艦的火炮沒完沒了地發射開花彈，速度不夠快，數量也不夠多，卻依舊有效地達到了騷擾目的，讓賀宗哲部苦不堪言。

「噗通，噗通，噗通！」先前擔任威懾任務的三號戰艦上，快速放下了四艘小船。一個又一個近衛團將士順著繩梯爬下來，跳進船艙。

當一艘船上裝滿十個人，船老大立刻撐起竹篙，將大夥以最快速度送向河岸。一切都在有條不紊地進行，長時間高強度的訓練效果，這一刻，在近衛團弟兄們身上迅速得到了體現。

身穿板甲的近衛們，迅速接過鋼刀和盾牌，站到了軍陣的最外側。交出鋼刀和盾牌的無甲近衛，則從有甲袍澤的肩膀上接下火繩槍，有條不紊地檢查槍膛，裝填彈藥。

當缺月陣彙集到一百六十人規模的時候，已經散發出凜然寒氣。兩排全身板甲的刀盾兵，兩排無甲火槍手，緩緩走向戰場中間，橫在賀宗哲部的必經之路上虎視眈眈。

「噗通，噗通，噗通！」兩艘仿阿拉伯式三角帆上，也有小舟接連放了下來。因為艦體相對龐大的緣故，仿阿拉伯船吃水頗深，不敢靠河岸太近，但並不耽誤她將戰兵都放下來，再用小舟運上灘頭。

每艘小舟上不過裝了二十幾名近衛，但是每一名近衛都穿著整齊的板甲，挎著長刀，身後還背著火繩槍。在船老大的指揮下，他們抄起木槳，整齊地划動，令小舟像一條條梭魚一般，貼著水面掠向河岸。

所有人都在默默的划槳，包括朱重九自己，但幾隻小舟所帶來的壓力，卻猶如泰山般沉重。如果他們成功登岸，再與缺月陣彙聚，就能徹底護住淮安第三軍的後背。

屆時，此戰將不存在任何懸念。

「嗚嗚，嗚嗚，嗚嗚……」畢竟是從小讀兵書長大，正在幫自家親弟弟抵抗第三軍的王保保，迅速感覺到了壓力，果斷命令親信吹響號角。

短促和激烈，每一個節拍中都包含著指責。這是軍中的決戰信號，此令一出，任何將領都必須傾盡全力，要麼當場戰死，要麼完成預定的任務，否則，等待著他的，必將是嚴苛的蒙古軍法。

賀宗哲的臉色瞬間變得煞白。身為探馬赤軍的後人，他清楚的懂得號角裡的意思，王保保在催他上前拼命，他先前走得太慢了，已經徹底惹惱了這位少將軍。假如此戰失敗，所有責任將由他賀宗哲一個人來承擔。

這不公平，但是作為屬下，他沒有替自己辯解的權力，危急的形勢，也容不得他做任何辯解。

「探馬赤軍！」賀宗哲咬著牙舉起滴血的彎刀，在馬背上發出最後的召喚。

這四個字的含義在此刻被濃縮到了最小，不是他麾下所有將士，而是兩千九百餘人中那些身上流淌著契丹血脈的人，一共一百四十餘，大部份都是軍官，從千戶、副千戶一直到牌子頭，一半以上有馬，另外一半則披著結實的札甲。

探馬赤軍是整個察罕部的靈魂，如果沒有他們，察罕帖木兒麾下的隊伍根本不會在短短的時間內崛起，傲世群雄。但是，今天為了挽回頹勢，賀宗哲卻不得不將自己身邊的全體契丹男兒一併押上了賭桌。

「探馬赤軍！」他一邊踢打著坐騎繼續高速移動，避免成為艦炮的靶子，一邊大聲召喚：

「跟我來，大賀氏的祖先在看著你們！」

「探馬赤軍！」「探馬赤軍！」隊伍中三名千夫長，迅速策動坐騎，向賀宗哲靠攏。

「探馬赤軍！」「探馬赤軍！」副千戶、百夫長、副百戶、牌子頭、捉生將，整個隊伍中僅有的六十餘匹戰馬，馱著牠們的主人，快速跟在賀宗哲身後。然後是八十多名步將，手裡或挽強弓，或擎長矛。他們放棄了那些躊躇不前的袍澤，邁動雙腿追趕著駿馬，一個個義無反顧。

「轟！」「轟！」一號戰艦上的淮安炮手率先發現了情況變化，將兩枚開花彈接連打了過去。然而，爆炸的煙柱卻彷彿在為這支精銳小部隊送行。

騎兵跑得太快，步卒距離拉得太散。依靠引線點火的開花彈，很難適應他們的速度與密度。

「探馬赤軍！」賀宗哲大聲咆哮著，奮力踢打馬鐙，將坐騎催動得越來越快。

當不再作為一支隊伍的主將的時候，他的個人勇武被充分發揮了出來。

六十幾匹來自西域的大宛良駒跑得風馳電掣，儘量朝山坡上繞著個大圈子，以免成葡萄彈的目標。他們有速度，有衝擊力，只要能成功殺至淮安第三軍的身後，即便不能將那個可恨的鐵三角砸碎，也能予對方以重創。

那樣，憑著王保保和脫因帖木兒兩兄弟的本事，探馬赤軍還有機會反敗為勝。畢竟人數上，他們還佔據絕對的優勢，只要不靠近河岸，艦炮就拿他們無可奈何，而如果今晚收不到這邊的音訊，兩天內，察罕帖木兒肯定會親自帶著大軍殺過來。

加速，加速，加速，霎那間，戰場上一切喧囂都消失殆盡，迴盪在賀宗哲耳畔的，只有天空中的獵獵晚風。

他的頭髮飄了起來、戰馬的鬃毛飄了起來，戰馬的尾巴在空中絲絲畫著長線。他感覺到自己在飛，像撲火飛蛾般地飛，而山坡左下方，那個目標越來越近，越來越近……

「轟！」一記悶雷打破了他耳畔的風聲，緊跟著又是一記，有顆滾燙的東西擦著他的後背飛了過去，留下一道深深的血印。但是，這點小傷並不影響他的動作，他深吸了口氣，將彎刀舉過頭頂，驀然回頭……

硬扛過剛才那輪散彈攔截後，跟在他身後的騎兵還有三十餘人，徒步衝過來的契丹武士卻被淮安軍的缺月陣擋在了半路上，雙方正在戰場中央殊死搏殺。還有三十幾名淮安軍的士卒則從缺月陣中分離出來，抄近路奔向他的戰馬，手裡舉著一根長長的棍子，一邊跑一邊比劃。

他們來不及了！

賀宗哲知道他們來不及了。這群舉著長棍子的傢伙追不上自己，雖然他們在努力抄直線。

不單是他們，戰艦上的火炮也不可能來得及發射第二輪。每輪炮擊結束後，至少需要二十息的時間去裝填，二十息已足夠戰馬跑完後半段的路程。

「啊——啊——啊——」賀宗哲嘴裡發出一聲淒厲的長嚎，就像狼王在招呼自己的同伴。

契丹人是狼的孩子，長生天的寵兒，雖然後來長生天將對他們的寵愛轉移給了小兒子蒙古人。但契丹漢子的驕傲依舊沒有消散。

「啊——啊——啊——」碩果僅存的三十餘名大賀氏子孫以狼嚎聲回應，在高速奔馳中聚攏隊形，以賀宗哲為鋒，組成一支銳利的長箭。

他們要射，射向不遠處那支鐵三角；哪怕自己最後也會被撞得粉身碎骨。

這是臣子的宿命。既然做了察罕帖木兒的家臣，他們就沒有任何資格拒絕。

眼看著距離目標越來越近，鐵三角的後排已經有人驚慌地轉過身，將長矛戳在地上組成拒馬。但那沒有用，太單薄了，想要攔住高速前衝的大宛良駒，像那樣的矛牆至少得三層才行，鐵三角的領軍者肯定來不及下令變陣。

勝利已經觸手可及，長矛手臉上的驚恐可以看得一清二楚。賀宗哲冷笑著在馬背上擰腰舒臂，打算借助戰馬的速度給對方來個力劈華山。

忽然，他聽見了一記極其輕微的霹靂聲。很弱，弱得跟先前的火炮射擊聲不可同日耳語，隨即，**他感覺到自己真的飛了起來，飛過一重重長矛，飛上晚霞中絢麗的天空**。

天空中還飄蕩著他的同伴，每個人臉上都寫著好奇，寫著輕鬆。他們真的自由了，不再是任何人的臣子，不會再被任何人逼著做自己不喜歡做的事。

可戰馬呢？戰馬在哪裡？

賀宗哲好奇地回過頭，看見距離自己二十步處，有名滿頭大汗的淮安士卒跪在地上，手裡的長棍頂端，有縷淡淡的青煙被晚風吹散。

「砰！」「砰！」「砰！」淮安軍近衛團都頭鄭痞子帶著麾下的弟兄們扣動

扳機，朝四十步外的契丹人輪番開火。

線膛槍的威力在這個距離上大得驚人，包裹著軟鉛的子彈只要命中目標，就是一個巨大的血洞。

當三十名近衛都將手中的火銃打空之後，那些瘋狂的契丹武士被幹掉了一大半，剩下的七八騎再也對第三軍構不成威脅，闖過了第一層攔截後，就被轉過頭來的長矛手們亂槍戳死。

「全體都有，裝彈！」都頭鄭痞子深深地吸了口氣，大聲命令。

不用他的提醒，訓練有素的近衛們就已經開始迅速清理槍膛，裝填彈藥。很快，彙報聲就在隊伍中陸續響了起來：

「一夥裝填完畢！」

「二夥裝彈完畢！」

「三夥裝彈完畢！」

「全體都有——」

鄭痞子回頭看了眼自家的缺月陣，相信那邊已經不需要自己。在刀盾兵和火槍手的密切配合下，被缺月陣攔住的幾十名敵軍，連一分鐘時間都沒挺過，就已經徹底潰散，跑得東一個西一個，連頭盔掉了都顧不上去撿。

「跟我來！」他發出一聲大喝，拎著線膛槍趕向徐達的鐵三角。

在距離鐵三角十步遠斜偏北的位置重新停下來，用火槍瞄準擋在鐵三角前方那夥最勇悍敵人，「瞄準六十步外那面黑旗下，開火！」

「開火！」「開火！」「開火！」三個夥長大聲重複著，扣動扳機。

隨即是一連串爆豆子般的槍響。正在鐵三角的重壓下苦苦支撐的那夥元軍精銳瞬間被打得分崩離析。

「殺二韃子！」徐達大聲高喊，揮動長槍，挑翻一名身穿千夫長膚色的元軍將領。

「殺二韃子！」他身邊的弟兄們精神大振，手中長槍齊向前戳，將各自面前的對手戳翻在地。

「殺二韃子！」整個鐵三角的推進速度瞬間加快，老兵們邁開大步，緊跟在徐達身後，將沿途看到的探馬赤軍統統戳死。

頭頂上的鐵盔不再沉重，身上的傷口也不再疼痛。胳膊上突然多出了使不完的力氣，雙腳堅定地踩在大地上，留下一連串染血的印記。

對勝利的渴望，這一刻變得無比清晰，手中的長槍越來越靈活，視覺和聽覺都無比地敏銳，對手的動作變得極慢，慢得全身上下到處都是破綻，而自己只要將長槍捅過去，就能將敵人輕鬆地刺死，一個接著一個，就像在秋天的農田裡收割莊稼。

「殺二韃子，殺二韃子！」李喜喜帶著一隊衣衫不整的徐州軍，忽然從樹林裡殺了出來，從側面殺向王保保的帥旗。

「殺二韃子，殺二韃子！」趙君用氣喘吁吁地衝過山崗，手裡拎著一把寶劍，滿臉油汗。跟在他身後，是更多的紅巾弟兄，一個個眼睛裡寫滿了憤怒。

「殺二韃子，殺二韃子！」馮國勝拎著長槍殺了出來。

「殺韃子，給弟兄們報仇！」彭大紅著眼睛衝了出來。

「殺韃子，殺韃子！」唐子豪殺了出來。

「殺韃子，殺韃子！」山坡上，樹林裡、草叢中，更多的紅巾將士殺了出來。舉著木棍、石塊甚至空著雙手，身上只有單薄的布袍或者光著膀子。

他們是農夫，一群驕傲的農夫。幾千年來，在這片土地上耕耘、收穫、繁衍、傳承，日出而作，日落而息，與人無爭，自給自足。然而，如果有誰入侵了他們的家園，他們不在乎將手中的鋤頭重新打造成利刃。

他們是這片土地的主人，也是這片土地的守護者。他們守護的是自己的文明。在他們的長槍下，探馬赤軍倉惶後退，進而轉身逃走；任隊伍中的王保保兄弟使出渾身解數，也無法重新鼓起勇氣。

幾個慌不擇路的二韃子一頭扎進紅巾軍隊伍裡，瞬間就被打成了肉醬。沒有人制止，也沒有人憐憫。對於毀滅了自己家園的禽獸，大夥不會給與任何憐憫。

大夥已經在芒碭山上躲了太長時間，每個人心裡此刻都充滿了憤怒，必須要讓毀滅者付出代價。**有人種下了因，就必須自食其果，當憤怒彙聚成滾滾洪流，任何阻擋者都會被瞬間吞沒。**

一隊隊探馬赤軍倒下了。

百夫長鐵木爾倒下了。

千夫長薩因逃了幾步，被身後飛過來的石塊拍翻在地，隨即無數雙大腳踩過了他的身體。

王保保在家將的保護下倉惶逃入樹林，如一群喪家的野狗。

脫因帖木兒爬到一棵大樹上，雙手緊緊地抱住樹梢，咧開嘴巴嚎啕大哭。

……

當朱重九的小舟終於靠上河岸時，已經不需要他做任何事情。萬餘前來剿滅紅巾軍的元兵反被紅巾軍剿滅，只有極少的一部分躲進了樹林，等待著他們的，將是大自然的懲罰，絲毫不比戰死來得輕鬆。

「末將徐達，喪師辱國，請求大總管責罰！」滿臉負疚的徐達走上前，大聲向朱重九請罪。

「嗯？你有什麼罪？」

朱重九目光從遠處收回，落在徐達的臉上，又迅速轉向遠方那幾個困獸猶鬥的身影。王保保被困住了，很快就會成為淮安軍的俘虜，這個記憶中的一代名將，好像遠不如傳說中厲害。

「末將沒聽大總管叮囑，輕易出兵，結果正遇到敵軍開河放水……」徐達的臉上寫滿了慚愧，低下頭，不斷地大聲自責。

「你做得非常好！遠比我想像得好！」朱重九搖搖頭，伸出手，輕輕按住徐達肩膀，鼓勵道：「你沒有罪，有罪的是他們，是他們一次又一次突破了作為人類的底線。」

看著徐達感動莫名的模樣，他又笑道：「你剛開始獨自領兵，這回吃的虧，今後有的是機會撈回來，而他們……」

他將目光再度轉向王保保，看到後者已經被打翻在地，遭繩捆索綁住，不禁道：「他們這輩子將很難走出此戰的陰影。」

不是王保保變弱了，而是**自己被另外一個時空中的歷史蒙住了眼睛！**

看著眼前年輕的徐達，聽著四下裡傳來的歡呼，朱重九欣慰地笑了起來。是自己忘記了，王保保今年只有十八歲，遠不是若干年後那個一代名將擴廓帖木兒。

而徐達，此刻也不過才二十二而已。

天色慢慢變暗。

起風了，腳下的黃河，掀起滾滾波濤。

浪花淘盡英雄。

最近一段時間，大元皇帝妥歡帖木兒的心情很是不錯。

自打上次沙河慘敗之後，沉寂了一整年的官軍終於重振聲威，再度攻入了河南江北行省境內，將各路大大小小的紅巾反賊打得七零八落。

布王三丟光地盤，躲入別人的麾下搖尾乞憐；孟海馬身首異處，死無葬身之地；劉福通龜縮進汴梁，閉門不出；芝麻李身負重傷，生死難料；趙君用接連丟了睢陽、徐州，成了寄人籬下的一頭喪家野狗。

即便是先前氣勢最盛的淮安紅巾，也被脫脫的三十萬大軍打得毫無還手之力，接連放棄了睢寧、宿遷、桃園等地，一路逃回了淮河東岸，借助黃淮之險苟延殘喘。

照目前的態勢，徹底將紅巾賊剿滅乾淨，也就是年底的事了，大元朝在他妥歡帖木兒手裡，終於又露出了中興的曙光。雖然為了這縷曙光的到來，民間付出的代價稍微大了些，從睢陽到睢寧，方圓近千里的地域徹底毀於洪水，上百萬黎庶葬身魚腹。

不過對朝廷來說，這點損失有什麼值得可惜的呢？老百姓不過是戶籍冊上的一堆數字而已，今天少個幾百萬，用不了二十年就會又多出來。

想當年蒙古人祖先南下，從斡難河畔一直殺到崖山腳下，將女真人、契丹人、黨項人和漢人殺了不計其數，如今那白骨露於野的地方，不是照樣又湧滿了炊煙麼？

況且睢陽、徐州那一帶，已經被紅巾賊控制快兩年了，老百姓跟反賊你中有我，我中有你，根本分不清楚彼此。即便脫脫不下令炸開黃河，水淹千里。待收復這些地區後，也得好好殺上一番，以儆效尤。同樣是殺，直接用水淹死，反而比用刀子省了官府許多力氣。

如果換做剛繼位沒多久那會兒，發現脫脫殺死了這麼多無辜百姓，大元皇帝妥歡帖木兒即便是裝，也要假惺惺地下旨訓斥一番。

那時候他躊躇滿志，想做全天下人的大可汗。所以漢人在他心中分量雖然輕一些，但也算是四等子民，所以當有人提出要殺光「張、王、劉、李、趙」五大姓時，他立刻毫不猶豫地表示了拒絕。

然而，如果現在有人再把當年的提議重拾起來，妥歡帖木兒就會仔細考慮一番了。經歷了這麼多風風雨雨，他越來越發現，權臣伯顏當年的那個提議其實未必沒有可取之處。

漢人不可信，雖然朝廷裡的漢人臣子絕大部分都忠心耿耿，但十個裡邊，肯定有那麼一兩個不安分的，偷偷地吃裡趴外，與賊人暗通款曲，否則前段時間反賊也不會鬧騰得那麼厲害，居然一而再，再而三地將官軍打得望風而逃。

妥歡帖木兒不知道那個偷偷向紅巾賊洩漏「秘密」的奸臣是誰，但他卻知道怎麼做最為穩妥。當羊群裡發生瘟疫的時候，最聰明的選擇，就是將整群的羊都殺掉。

游牧民族祖先的智慧，給了他足夠的提醒，所以這次炸黃河之舉，他就沒讓朝廷中任何一個漢臣知曉，果然，從始至終，沒有任何消息走漏，十幾萬紅巾賊在睡夢中被河水屠殺殆盡。

水淹了芝麻李和趙君用兩個反賊麾下的十幾萬大軍後，睢陽城就徹底固若金湯了，徐州城也很快就不攻而克。

有了這兩座城池橫在中間，劉福通和剩下的另外一個大反賊朱重九之間的聯繫就被徹底切斷，誰都幫不了誰，朝廷就可以先看住一個，再吃掉另外一個，將他們從容擊破、斬殺。

快了，就快了，雖然他不喜歡脫脫兄弟兩個專權，但妥歡帖木兒依舊相信脫脫的能力，有此人帶著三十萬大軍，和大元朝以傾國之力打造的火炮，反賊朱重九即便真的像傳言那樣有發掌心雷的本事，也蹦達不過這個秋天。

然後朝廷就可以從南方班師，就可以派脫脫帶著大軍去冰天雪地裡討伐那些不安分的女真人，然後借助脫脫常年領兵在外征戰的機會，自己就能提拔賢臣，分散他們兄弟的權力，不聲不響剪除其羽翼，以備不測。

想到心腹大患們即將被逐一剪除，妥歡帖木兒心情就覺得一陣陣輕鬆。高興的時候，他喜歡找幾個年輕的宮女來修習藏傳秘法「演揲兒」，感受這天地間最原始的快樂，進而汲取少女們的陰氣來調和自己的陽氣，以求長生。

這是中書右丞哈麻請來烏斯藏高僧教授他的秘法，要有「大氣運」者才能修習。以前脫脫在朝的時候，他怕脫脫知道後，鬧到朝堂上去不好看，妥歡帖木兒只敢偶爾偷偷跟奇皇后雙修一次。

如今脫脫帶兵南征去了，弟弟也先帖木兒又沒本事把眼線撒入後宮來，所以妥歡帖木兒就堂而皇之地把修行擺在了明面上。

不過今天還沒等他感覺到陰氣潤體，外邊就響起一連串砸門聲，「啪啪啪，啪啪啪！」急躁如夏夜裡的滾雷。

「誰在敲門？」妥歡帖木兒被砸門聲吵得火冒三丈，一把推開懷裡的宮女，紅著眼睛喝問：「阿魯不花，你死了麼？有人闖宮，居然還不把他拿下?!」

「末將不敢！」當值的怯薛軍千戶阿魯不花嚇得噗通一聲跪在宮門口，「是，是皇后來了，是皇后在敲門，請求覲見陛下。」

「皇后？是伯顏乎都嗎？讓她走，朕不想見他！」妥歡帖木兒聞聽，心中的欲火和怒火交纏而起，「朕忙著呢，沒時間聽她囉嗦。」

「陛下，是忙著處理朝政呢，還是忙著教導太子呢？」

寢宮門口立刻傳來一聲低低的冷笑，彷彿秋風般，瞬間讓妥歡帖木兒心中的火焰熄滅了一大半。

他一共有三個皇后。第一個皇后欽察達納失里，是權臣燕鐵木兒的女兒，當年仗著有其父撐腰，橫行後宮，讓他恨得咬牙切齒。所以燕帖木兒屍骨未寒，此女就被他趕出了皇宮，一杯毒酒結果了性命。

另外兩個皇后，就是大皇后伯顏乎都和二皇后奇氏了。

當年他被貶高麗、生死難料的時候，就是奇氏陪著他渡過那段最痛苦的時光，所以賜死第一任皇后欽察達納失里不久，他就準備立奇氏為后。

然而因為奇氏是高麗人，血脈不純，所以在另外一個權臣伯顏的逼迫下，他只能選擇自己的遠親，毓德王弘吉剌・孛羅帖木兒之女伯顏乎都來執掌內宮。

不過妥歡帖木兒一點兒都不喜歡伯顏乎都，所以很少跟後者同房，大部分時間都留在奇氏那裡，並且給奇氏取了個蒙古名字，叫做完者乎都。

而奇氏的肚子也很爭氣，很快就給他產下麟兒，皇太子愛猷識理答臘。他也就名正言順地將奇氏封為第二皇后，與伯顏乎都在後宮內分庭抗禮。

然而愛情這東西，保鮮期向來不會太長，特別是在帝王之家更是如此。妥歡帖木兒雖然跟奇氏屬患難夫妻，但後者畢竟今年已經三十八歲了，曾經柔軟的手早已變得像樹枝般堅硬，曾經完美的玉足，也漸漸起了老繭，所以最近幾次修習「演揲兒」秘法，妥歡帖木兒都沒有派人去請奇氏，並且特地叮囑當值的怯薛和太監、宮女們，誰在也不准向外走漏消息。

顯然在後宮裡，他的話沒有百分之百起到作用，有人偷偷的把事情告知了奇氏，奇氏聞聽後，竟然上門來問罪了！

如果換了別的妃子，哪怕是伯顏乎都這個大皇后，妥歡帖木兒都可以毫不客氣地命人將其趕走，但是來的是完者乎都，當年饑寒交迫時親手給他做衣服穿，給他醃橘梗吃的奇氏，他就徹底心虛了。

他連忙用被子將四名嚇得瑟瑟發抖的年輕宮女蓋好，然後整理了一番衣服，親自走出去開門。

「原來是你啊？既然來了，直接進來便是，又何必一驚一乍的敲門，把自己弄得像個外人一般？」

「陛下沒傳召妾身侍寢，妾身哪裡敢直接闖進來？一旦打擾了陛下的雅興，妾身這無憑無根的異族女人，還不得死無葬身之地麼？」奇氏沒有立刻進門，雙膝跪倒，紅著眼回道。

這段話，句句都帶著刺，既點出了妥歡帖木兒負情薄倖，又擺出了奇家當年為了支持妥歡帖木兒所付出的代價，全家被權臣伯顏指使高麗王斬殺，只留下了奇氏孤苦伶仃一個弱女子。

一剎那，負疚的感覺湧上了妥歡帖木兒的心頭。讓他竟然無言以對。

他喜歡召集年輕的宮女一道修習「演揲兒」密法，圖的是在年輕女人的身體裡，尋找自己早已逝去的充滿灰暗顏色的青春，但是，他卻對她們沒有任何感情，他的感情全都給了奇氏，就像傳說中的唐明皇將感情全都給了楊玉環一樣。

「皇上如果厭倦了妾身，儘管賜妾身一卷經書。妾身願意從此之後青燈古佛，夜夜念誦，以求皇上開開心心，長生不老！」見妥歡帖木兒半晌不接自己的話，奇氏又磕了個頭，揚起臉來說道。

兩行清淚淌在她不再年輕的面孔上，一直流到腮邊，落地無聲。妥歡帖木兒心裡頓時難受得就像被刀子捅了一般，欲火和怒火一掃而空。

「皇后平身，皇后，你明知道我對你的心意，又何必說出如此絕情的話來？」

「妾身原本知道皇上的心意，但是，妾身現在真的不知道了！」奇皇后一邊哭，一邊搖頭，真的是梨花帶雨。

「起來，你有話起來說便是！」妥歡帖木兒的眼裡也隱隱泛起了淚光，伸出手，將奇氏用力拉起，「有什麼話，咱們進去說，外邊露水重，小心傷了身體！」

「妾身早點病死了，不是就能騰出一個皇后的位置麼？嗚嗚，嗚嗚嗚……」奇氏被拖得向前跌了一步，順勢趴在妥歡帖木兒的肩膀上放聲大哭。

「這，朕沒那個意思，朕這不是怕你累到麼？你也知道，烏斯藏高僧的秘法修煉起來有多累人！」妥歡帖木兒紅著臉，訕訕地在奇氏背上拍打。

隨即，迅速回過頭，衝著被子底下瑟瑟發抖的宮女們喝令道：「都愣著幹什麼？還不快退下！」

「是，奴婢告退！」四名宮女死裡逃生，趕緊翻身下床，施了個禮，衣衫不整地逃出門外。

「你要是不嫌累，朕以後就只跟你一個人修煉，就咱們倆夫妻雙修！行不行，咱們現在就可以開始！」妥歡帖木兒又拍了幾下奇氏的後背，耐心地跟對方商量。

先前服下的藏藥還沒失效，說著說著，他覺得丹田下一團燥熱，乾脆順水推舟，將奇氏直接抱上了大床。

「來人，給朕關門，今晚無論誰來打擾，都不准再開！」

「是！」怯薛千戶阿魯不花答應一聲，俐落地關上門，帶著十幾名當值的侍衛，退出二十步遠。眼觀鼻，鼻觀心，假裝封閉了六識，什麼都聽不見，也看不見，怕打攪了皇帝和皇后的雅興。

誰料寢宮中，奇皇后卻拿起了架子，雙手將妥歡帖木兒的身體撐開，低聲道：「陛下且慢，妾身今晚是有事來找你，妾身不用別人用過的東西。」

「什麼事不能明天再說！」又是賠禮，又是施展手段，卻換來了對方的拒絕，妥歡帖木兒欲火攻心，立刻就變了臉色。

「妾身真有正事！」奇氏一看，趕緊下床，跪在地上重新磕頭，「陛下息怒，臣妾有國事稟告。」

「國事？你攙和什麼國事？你平素連宮門都很少出。」妥歡帖木兒不相信對方的藉口，冷著臉質問。

「陛下，臣妾雖然不出宮門，可這天下做生意的高麗人，都是臣妾的耳目，很多事情，別人瞞得了陛下，卻未必瞞得了臣妾！」奇氏又磕了個頭。

「嗯？」這下，妥歡帖木兒不得不重視了，強壓住不耐，「那你趕緊說你聽到什麼不好的消息了？難道我的那些叔伯兄弟又起了什麼不安分的念頭了不成？」

「比那還要可怕十倍！」奇氏搖搖頭，漂亮的眼裡充滿了恐慌，「臣妾聽聞，脫脫與朱重九勾結，準備以黃河為界，平分天下！」

「這不可能，你從哪裡聽來的鬼話？」

妥歡帖木兒打了個哆嗦，長身而起，心中的所有火焰全部熄滅殆盡。

「脫脫再蠢，也不可能去跟朱屠戶勾結，那姓朱的去年剛剛發過什麼高郵檄文，誓言要把我大元君臣全都趕回漠北。脫脫再怎麼說也是個蒙古人，怎麼可能跟他劃河而治？」

話雖然說得極為理性，然而妥歡帖木兒的臉色卻是瞬息萬變。

在他即位前，大元朝已經有兩代皇帝被權臣玩弄於股掌之上；他的母親八不沙，也是死於權臣燕帖木兒之手，他登基之後，很長時間內受另外一個權臣伯顏控制，寢食難安。

這世界上，可以說沒有第二個人比他還明白權臣的可怕，而脫脫和也先帖木兒兄弟，此刻一個在外領軍，一個在內主政，門生黨羽遍佈朝野……

「皇后聽誰說的？脫脫跟朱屠戶勾結？有證據麼？如果沒有，以後誰跟你說這些話，你就直接下令殺了他！」妥歡帖木兒深深吸了一口氣，壓住心中的慌亂說道。

這不是掩耳盜鈴，而是為了不將君臣之間的猜忌暴露在明處。畢竟前方激戰正酣，有超過三十萬大軍歸脫脫統轄，沿途還有五十餘萬民壯隨時聽候調遣，接力運送糧草輜重。

如果有什麼風言風語傳到前線去，動搖了軍心不說，萬一逼得脫脫走投無路，誰知道此人會做出什麼莽撞事情來？那可就不只是黃袍加身的事了，弄不好，大元朝瞬間就要亡國滅種。

「是哈麻的妹妹敖墩今晚進宮來偷偷跟妾身說的。倉促間，妾身當然拿不出任何證據！」奇皇后回道。

妥歡帖木兒眼前立刻出現一個風風火火的影子，忍不住苦笑道：「她的話你也敢聽？她哪一次做事不是見風就下雨？」

敖墩是中書右丞哈麻的幼妹，而她的母親巴雅爾，則是妥歡帖木兒的弟弟，寧宗皇帝懿璘質班的乳母。

寧宗七歲登基，在位五十三天早夭。然後妥歡帖木兒才被流放地接回來，做了大元朝的皇帝。

當時朝中大權被太皇太后弘吉剌•卜答失里和權臣燕帖木兒兩人瓜分，皇帝實際上不過是傀儡而已。而妥歡帖木兒的父親明宗和世㻋，母親八不沙，全都是死得不明不白，所以妥歡帖木兒一直認為自己的弟弟懿璘質班也是死於謀殺。

至於太皇太后弘吉剌•卜答失里和權臣燕帖木兒兩人為什麼會對才七歲的懿璘質班下手，則是因為懿璘質班不聽話，被殺之後，還有自己這個看起來更聽話的哥哥可以成為他的替代品。

故而妥歡帖木兒內心深處始終對早夭的弟弟存著一份愧疚，對弟弟當年的乳母一家也愛屋及烏。等真正掌權後，他對哈麻、雪雪、敖墩三個大加憐惜，給了他們兄妹隨意出入皇宮的特權，彼此間像朋友一般親密無間。

作為大元朝的二皇后，奇氏當然知道在自家丈夫心中，敖墩是直心腸的傻姑娘一個，說出來的話沒有什麼說服力。但她卻認為，越是這種人才越沒有私心。

想到這兒，她忍不住反駁道：「敖墩的話當然未必完全屬實，可傳言都到了她耳朵裡，陛下卻什麼都沒聽說，這難道還不夠奇怪麼？」

「群臣都是穩重之人，誰會像敖墩一樣，什麼都敢跟你說。」妥歡帖木兒仍是不以為意。

「群臣是怕遭到報復不敢說吧。」奇氏小聲嘟囔道。

妥歡帖木兒無言以對，只能報以一聲長嘆。有些話，敖墩能說，但她的兩個哥哥哈麻和雪雪卻不能說，話從敖墩嘴裡說出來，只能算是女人家嚼舌根子，即便錯了，也不好深究。

可要是從中書右丞哈麻和御史大夫雪雪兩人嘴裡說出來，卻會立刻遭到脫脫一系人馬的反擊，弄不好就要落個蓄意誣陷當朝重臣的罪名，將全家流放到嶺南都不夠。

所以，他這個皇帝有時候就是個聾子和瞎子，脫脫想架空他，也先帖木兒想糊弄他，而另外一系臣子，眼下看起來忠心耿耿，誰知道要讓他們取代了脫脫之後，會不會比後者還要來得過分？

朝堂上看似一團和氣，實際上每天都是刀光劍影，絲毫不遜色於兩軍陣前的精彩。

「無論如何，陛下都要多加小心！」奇氏知道妥歡帖木兒心裡的矛盾之處，將語氣放緩了些，柔聲勸諫：「馬上就到八月了，脫脫四月出征，五月初水淹睢徐，六月兵臨淮安，隨後整整三個月，毫無寸進……」

「朱屠戶要是那麼好滅，先前就不會打得月闊察兒等人望風而逃了！」妥歡帖木兒忽然人怒，甩了下衣袖，厲聲道：

「你不要說了，朕不會因為外邊的風言風語，就犯臨陣換將的大忌，那只會便宜了紅巾賊，不會給朝廷帶來一點益處！」

「妾捕風捉影，離間君臣，死罪，死罪！」奇皇后臉一紅，立刻盈盈下拜，垂淚欲滴。

與其他朝代不同，大元朝的皇后有提拔外臣之權，中書平章政事月闊察兒一直走的就是她的門路，而妥歡帖木兒為了分脫脫的權，也默許了奇氏在朝堂中安插黨羽。

只是月闊察兒這廝實在不爭氣，當年連黃河都沒過，就被趙君用一把火燒回來了，導致奇氏聽丈夫一提起此人的名字，就覺得心虛氣短。

「你是為了我，這我知道！」妥歡帖木兒最見不得奇氏的眼淚，嘆了口氣，走過去，將奇氏拉起來抱入懷中，溫言道：「但有些事急不得。也先帖木兒阻塞言路，脫脫專權跋扈，朕其實心裡像鏡子一般清楚，但比起剿滅朱屠戶來說，這其實都算不得什麼大事。即便當初伯顏那樣權傾天下又是如何，到最後，朕不照樣收拾了他?!」

「陛下是天縱之才！」感覺到妥歡帖木兒懷裡的溫度，奇氏幽幽地道：「是妾身膽小，妾身至今半夜做噩夢，依舊是咱們在高麗那會兒，連個小小侍衛都敢問都不問，就當著妾身的面，把妾身的婢女一刀兩斷。」

那段不堪回首的日子，給妥歡帖木兒心裡也留下了極重的陰影。他又嘆了口氣，「你放心，正因為朕經歷過，所以朕才不會重蹈父皇的老路，朕的眼睛這些天也在一直盯著南方，脫脫的一舉一動，朕掌握得不比外邊那些人少。」

「那麼說，陛下早就聽過外邊的流言了？」奇氏仰起頭，眨著水汪汪的眼睛問。

第四章

兩手準備

「那，大哥你說，咱們到底怎麼辦？
今晚這麼敷衍皇上，總歸不是個事啊！」雪雪向哥哥討教對策。
「慢慢來，等皇上自己出招！期間，咱們兄弟可做兩手準備！」
哈麻想了想，緩緩豎起一根手指頭。

「沒有！」妥歡帖木兒臉色發紅，搖搖頭。「這還真沒傳到朕這兒，想必是底下人覺得過於匪夷所思吧！」

「哦？」奇氏做恍然大悟狀，笑了笑道：「那陛下可曾知道更聳人聽聞的事，兩個多月前，脫脫在芒碭山下吃了一場大敗仗？」

「兩個多月前，怎麼可能？」

妥歡帖木兒將奇氏放開，煩躁地來回走動。「兩個多月前，他不是剛剛水淹了芝麻李的十萬大軍？怎麼可能在芒碭山那兒吃敗仗？」

「臣妾聽聞，當時芝麻李被逼進了芒碭山中，已經束手待斃了。」奇氏目光緊緊追隨著妥歡帖木兒的背影。「結果，脫脫輕敵大意，主力按兵不動。讓察罕帖木兒帶了毛葫蘆兵去打，誰料察罕帖木兒派了一萬大軍過去，最後只有不到一百人逃了回來！」

「嗯？」妥歡帖木兒眉頭一跳，雙目中閃起兩道寒光，「你這又是聽誰說的？察罕帖木兒不是月闊察兒的人麼？月闊察兒怎麼沒有上報？」

消息是月闊察兒提供的，已經雪雪私下證實過，絕對可靠，但是奇氏卻不能向丈夫坦誠消息來源。想了想，回道：「妾身是聽朴不花說的，陛下您也知道，淮安那邊現在產一種罐玉鏡子，深得大都城中命婦們的追捧，朴不花的族人就想去買一面來，進獻給妾身，結果在淮安那兒，剛好看著朱屠戶押送俘虜入城。」

「什麼?!」妥歡帖木兒氣得渾身發抖，巴掌大的一塊玻璃鏡子在大都城內就能賣到萬貫以上，朴不花等人此舉不是資敵，又算什麼？

然而，他卻無法將朴不花抓了治罪。因為眼下不但兩個皇后手裡都有玻璃鏡子，大都城內，是個掌權的臣子之家都買了不止一塊。如果認真計較的話，他即便是把整個朝堂清空了，恐怕都不夠大都城內鏡子總數的十分之一。

奇氏卻早已摸透了妥歡帖木兒的脾氣，笑了笑，「妾身就暗中留了神，讓朴不花派人去詳查。結果一查才知道，察罕帖木兒之所以不上報此事，是因為脫脫怕動搖軍心，不准他上報。而脫脫先前之所以能順利收復徐州、睢寧等地，也是因為朱重九主動放棄了這些地方，帶著大軍和百姓自行撤回了淮河以東。」

「能逼迫朱屠戶主動退避，也是一樁大功！」妥歡帖木兒強壓住心中怒火。他能聽出來，奇氏在蓄意攻擊脫脫；他同樣能聽出來，奇氏話基本屬實，脫脫先前的確在虛報戰功，掩飾敗績，但脫脫為什麼要這樣做？為什麼要把自己這個皇帝也蒙在鼓裡？難道是怕自己不肯給他全力的支持麼？他把自己這個皇帝當成什麼了？當成一個老糊塗，還是一個剛剛即位，沒有半點執政經驗的小屁孩？

正氣得兩眼發黑之際，卻又聽奇氏嘆了口氣，道：「臣妾還聽聞，脫脫和朱屠戶兩人曾經在淮河上，隔著河水走船換將，他用被俘的紅巾賊頭傅友德、劉聚、王國定等賊，換回了察罕麾下的蔡子英、擴廓帖木兒和脫因帖木兒，還有他麾下的奈曼不花、白音不花、李大眼等，雙方換回來的人都毫髮無傷。」

「大膽！」妥歡帖木兒一巴掌拍在床沿上，手掌心處傳來一陣鑽心的疼。

虛報戰功的舉動他可以理解，掩蓋敗績的行為他也可以原諒，畢竟王師在最近一兩年裡連遭敗績，又剛剛炸開黃河淹死了許多老百姓，無論軍心和民心都低落到了極點，非常需要用一連串大勝來鼓舞士氣。但私下跟朱屠戶交換戰俘這種事，卻遠遠超出了他的容忍限度。

誰給了脫脫這麼大的權力？難道那些被擒獲的著名賊頭，不經自己御筆親批就可以隨便赦免麼？如果連決定賊頭們生死的權力都歸了脫脫，他這個丞相和自己這個皇帝間，到底還存在多少差別？

更何況換回來的俘虜當中，除了蔡子英這個廢物進士之外，其他幾個人都是自己聽都沒聽說過的小角色。身為臣子，戰敗了之後以身殉國，乃他們的本分，為什麼要用傅友德這種遠近聞名的大賊去贖？這不是放虎歸山又是什麼？

「這些你又是聽誰說的，還是朴不花麼？他怎麼知道得如此清楚？」看了一眼被嚇得低頭不語的奇氏，妥歡帖木兒語氣嚴厲地質問。

「臣妾……臣妾去南邊做生意的族人，帶回…帶回了幾張報紙！」

既然藥已經下足分量了，奇氏就果斷地收起毒牙，「就是朝廷禁止傳抄的那種小報，其中一份，上面寫了雙方走船換將的全部經過，還用木板雕了圖，印在報紙上。」

「報紙？」聞聽此言，妥歡帖木兒的眼神變得愈發冰冷。

報紙是脫脫沒出征前勸他下令禁絕的，理由是朱屠戶利用此物蠱惑人心，煽動漢人跟著他一道造反。

當時他本著讓脫脫放心出征的態度，想都沒想就答應了，現在回想起來，赫然發現原來脫脫在那時候就已經想著要阻隔前線的消息！是可忍孰不可忍?!

「把報紙拿來給朕，讓朴不花也一起來見朕。還有，阿魯不花，宣哈麻、雪雪兩個入宮見朕，無論他們是否睡下了，都給朕宣叫來！」

「是！皇上！」

「末將遵命！」

奇氏和怯薛千夫長阿魯不花答應著，片刻後，高麗太監、榮祿大夫朴不花抱著一大摞印滿了字的皮紙，氣喘吁吁地在門口高喊：「報，陛下，老奴奉命給您送報紙來了。」

「滾進來！」妥歡帖木兒跟朴不花也算自幼相交，看他故意弄出來的一臉油汗，火氣先消了一半，「你個殺千刀的狗賊，居然敢私藏報紙，朕今天一定要親手剝了你的皮！」

「陛下饒命！」朴不花一個跟頭撲進寢殿，肥胖的身體被門檻一絆，借著慣性，像球一樣滾到了妥歡帖木兒腳邊上，「陛下，請念在老奴也是一片忠心的分上，饒恕老奴這次，老奴下輩子一定還做個閹人，報答您的大恩！」

妥歡帖木兒抬起腿，在朴不花屁股上輕輕踢了一腳，哭笑不得地說：「別裝了，你再裝，朕這次也不會饒了你，趕緊滾起來，把報紙上有用的內容，一一指給朕看！」

朴不花撅著肥肥的大屁股向前爬了幾步，然後俐落地在報紙當中翻出最重要的那份。

「陛下請看，就是這張。老奴不是有意違抗您的聖旨，老奴的確是怕耽誤了國事，所以才冒死讓他們買了這張回來！」

「閉嘴，朕自己看！」妥歡帖木兒一把奪過報紙，目光快速在上面掃動。

對朱屠戶印製的報紙，在朝廷下令禁絕之前，他其實也沒少看，上面有許多稀奇古怪的東西，看起來像是信口胡說，但仔細一琢磨，卻未必沒有道理。

特別是關於天文、地理和曆法方面的內容，連司天監大食人看了，都覺得深有啟發。甚至還固執地認為，朱屠戶那邊一定是造出了某種新的觀星工具，希望朝廷能想辦法偷偷買幾台回來使用。

妥歡帖木兒本身就是個製器高手，難免被說得心癢，但偷偷派人去購買「神器」的計畫還沒來得及實施，脫脫已經下令封鎖了黃河的全部渡口，所以只能暫且將計畫擱置，等到平叛之戰打出個結果來再行定奪。

除了天文、地理、曆法這些東西令妥歡帖木兒感興趣之外，來自淮揚的各家報紙上，還經常會連載一些平話，如施耐庵《江湖豪客列傳》、無名氏的《風塵奇俠》、周德信的《煙花洗墨錄》等，雖然是誨淫誨盜，但讀起來，卻比老夫子所寫的道德文章討喜得多。

不過今天，妥歡帖木兒沒用任何人勸諫，就把雜學和平話兩個專版放在了一邊，目光死死盯在頭版下角的墨畫上。

那是用雕版法套印的油墨畫，單純從技巧上而言，沒任何新奇之處。新奇的是，作畫的匠人本事高超，居然在方寸間將當時的場景刻畫了個淋漓盡致。

黃河北岸的脫脫弓著腰，顯然是有求於人，而黃河南岸的朱屠戶則昂首挺胸，做智珠在握狀。滔滔滾滾的河道中間，則是兩艘交錯而行的小船，一艘船上的人興高采烈，另外一艘船上，卻是低頭耷拉腦袋，如喪考妣。

「咯咯，咯咯……」不知不覺中，妥歡帖木兒將牙齦咬出了血來，有股腥腥的味道，從嘴角一直淌到嗓子眼兒。

不用再看了，一幅雕版畫已經說明全部的問題。如果雕畫的人沒在近距離看到過脫脫，不可能刻得如此惟妙惟肖。

他私縱了敵軍將領，故意隱瞞敗績，還宣稱接連攻克了徐州、睢寧和宿遷，假造捷報頻傳，手下的將領卻被朱屠戶抓去了一個又一個，到底是誰在欺君，還不一目瞭然麼？

「皇上息怒，小心中了朱屠戶的反間計！」

明明已經將脫脫推到懸崖邊上，朴不花突然又做起了好人，替對方辯解起來，「報紙上的東西未必可全信，那朱屠戶向來詭計多端，跟脫脫兩個長時間分不出勝負，難免會用一些盤外招數！」

「嗯，你倒是替他說話！」妥歡帖木兒瞥了朴不花一眼，心中殺機湧現。

「除了這份報紙，你還知道些什麼？趕緊一起說給朕聽！」

「都是些捕風捉影的東西！」朴不花嚇得縮了縮脖子，小心翼翼地道：「說黃河決口之後，一共淹死了百姓七十餘萬，此外還有兩百餘萬流離失所。脫脫不准他們向北方逃難，劉福通那邊也無暇收攏他們，導致很多人活活餓死在泥水裡。即便是當地的大戶人家，最後逃到淮安的，也十不存一。」

「嗯！」妥歡帖木兒皺了皺眉頭，不予置評。

朝廷不管，劉福通也不管，真正敞開了收容災民的，只有淮揚。這朱屠戶倒是懂得收買人心，連任何機會都不放過！

可他的糧食從哪來？揚州城六十多萬張嘴，已經夠他焦頭爛額了，如果再逃過去百餘萬人口，莫非他朱屠戶真的能煉出仙丹不成？給每名黔首發一粒，就能令對方一整年不用吃飯？

「還有就是幾場水戰了，朱賊仗著船堅炮利，以淮河、洪澤湖、黃河為憑藉，阻擋官軍，他們自己在報紙上吹噓，說是每一仗都大獲全勝，但老奴以為，他們卻有打腫臉充胖子之嫌！」

「垂死掙扎而已！」妥歡帖木兒冷笑。心中卻明白，報紙上的文字未必是單純在胡吹大氣。否則的話，也解釋不清楚朱賊手裡怎麼會俘虜了那麼多有名有姓的官軍裨將。

「還有就是，紅巾賊毛貴帶領麾下兵馬去了濠州。」朴不花又道：「與郭子興、孫德崖等賊一道據河死守，將察罕帖木兒麾下的義兵也給擋在淮河北面！」

「這是應有之事，毛貴那賊向來以顧全大局聞名，朱屠戶在淮安跟脫脫殺得難解難分，他當然要頂到濠州去，好讓朱屠戶沒有後顧之憂！」妥歡帖木兒分析道。

賊人們尚且知道齊心協力，反觀朝廷這邊，當臣子的卻像防賊一樣，防著自己這個皇上插手軍務。

這奶奶的算什麼?!枉你脫脫讀了一肚子書，還被外邊稱為一代賢相，如果這樣都叫「賢」的話，曹操和王莽可以被尊為聖人了！

「還有一件事，老奴不知是真是假！」朴不花偷偷看了看妥歡帖木兒的臉色。

妥歡帖木兒狠狠瞪了他一眼，「別耍心眼，否則朕饒不了你！」

「是，是！」朴不花連連點頭，撅著屁股，將另一份報紙挑出來，送到妥歡帖木兒眼前。

「這上面說，有個叫王宣的淮賊，趁著脫脫和朱屠戶打成一團無暇他顧的功夫，偷偷帶領一萬多嘍囉渡河北上，打下了安東，然後沿著沭陽、海寧等地一路向北，沿途官庫裡的夏糧都被他洗劫一空！」

「這群該死的狗賊！」妥歡帖木兒覺得眼前一黑，天旋地轉。

不用問朱屠戶從哪裡變出來的糧食了，中書省東南那一片，夏糧剛好在五月份前後收割，再算上入庫時間。紅巾賊打上門去，連裝糧食的袋子和牛車都不用準備，官府早已替他們準備好了。

「陛下息怒！」朴不花沒想到自己隨便捅了脫脫一刀子，居然會讓妥歡帖木兒也受了重傷，趕緊撲過去，用雙臂將自家主子抱緊，「陛下息怒，這都是紅巾賊的瞎話，未必屬實！」

「陛下息怒，陛下息怒！」早已恭候在外的哈麻和雪雪兩兄弟趕緊也衝進來，跟朴不花一道攙扶住妥歡帖木兒。

有道是一朝天子一朝臣，他們幾個都沒什麼根基，這輩子的榮華富貴，全都依賴於妥歡帖木兒的信任。一旦妥歡帖木兒被氣得駕崩，他們三個就徹底成了喪家的野狗，誰見了不順眼，都可以狠狠踢上幾腳。

好在妥歡帖木兒自幼坎坷，吃過足夠多的苦頭，所以心臟也夠強大。短暫的眩暈過後，慢慢又緩過了精神。

他將哈麻、雪雪兄弟一一推開，盯著二人的眼睛，咬著牙道：「你們哥倆兒莫非也是第一天聽說紅巾賊打到了中書省的消息？如果不是紅巾賊自己在報紙上炫耀，你們還準備瞞著朕到什麼時候？」

說著話，他突然悲從中來，覺得心中萬分淒苦不知如何排解，眼淚流了滿臉。

哈麻和雪雪見狀，嚇得跪倒在地，放聲哭道：

「陛下息怒，我們兄弟倆真的不知道此事，真的不知道此事啊！那邊是益王的領地，無論發生了什麼事，他都有權選擇是否向朝廷上報，臣等從沒見到益王的奏摺，也沒見過他的告急文書。」

「沒見到告急文書？」妥歡帖木兒聽了，心中的焦急稍減。

益王買奴是個老成持重的人，沒向朝廷發告急文書，說明他還有把握對付得來。當然，也有另外一種可能，那就是他的告急文書被人偷偷扣下了，滿朝文武誰都沒機會見到。

「在賊軍沒進入中書省前，即便打下了安東、海寧兩州，也屬於脫脫丞相的管轄範圍，所以可以當作是賊軍的圍魏救趙之計。」哈麻補充。

權力傾軋也要講究技巧，不能打擊面太廣，眉毛鬍子一把抓，所以像紅巾軍北渡黃河，朝廷卻不知情這種事，最好把責任全推到脫脫和也先帖木兒兄弟倆頭上，剩下的什麼益王，什麼樞密院事脫歡，什麼宣慰副使釋嘉納，就全都可以主動忽略。

果然，當聽聞此事又是脫脫的責任範圍，妥歡帖木兒表情瞬間變得無比冰冷。

不錯！臨出征前，他曾經給了脫脫全權處理戰事的許諾，可那並不意味著脫脫就可以在前線為所欲為，更不意味著任何事情都不用向他請示彙報。

「朴不花，幫朕擬一份聖旨，召脫脫速速回京師見朕，手中大軍交給哈麻代為執掌！」

「不可！」

沒等朴不花答應，哈麻立刻緊緊抱住妥歡帖木兒的大腿，厲聲勸阻，「陛下慎思，臨陣換將乃兵家大忌，脫脫丞相與朱屠戶兩個激戰正酣，臣帶著聖旨去接替他，肯定會造成軍心大亂。」

「嗯？」妥歡帖木兒沒想到哈麻居然抗命，愣了愣，眼睛裡湧起一團謎霧。

「若無陛下賞識提拔，就沒有臣的今天！」哈麻不是脫脫，沒勇氣放任妥歡帖木兒心裡的疑團增大，立刻磕頭解釋道：

「脫脫雖然驕橫跋扈，但此刻從整體上來說，他還是在壓著朱屠戶打。臣在這個節骨眼上拿了聖旨去接替他，名不正言不順啊！此外，太不花、蛤蝲、賈魯、李漢卿等，都是脫脫一手提拔起來的臂膀，萬一他們結起夥來鋌而走險，臣死固不足惜，可耽誤了陛下之事，縱使臣到了九泉之下也不敢合眼啊，陛下！」

「嗯——」妥歡帖木兒鼻孔裡噴出一股粗氣，胸口上下起伏。如果不懂得什麼是擁兵自重，儘管去看脫脫！可嘆自己將三十萬精銳交給脫脫的時候，居然沒想過有朝一日，此人會對自己包藏禍心！

解決起來風險太大，但是任由脫脫像現在這樣跋扈下去，終究不是個事！否則等哪天此人羽翼豐滿，效法當年燕帖木兒故事，自己就只有束手待斃的份了！

「皇上，臣素聞打虎忌急！」哈麻知道自己的話起了作用，繼續剖析道：「皇上如果真的下定了決心，要法辦脫脫和也先帖木兒兩兄弟，只能先忍下這口惡氣，然後派遣心腹，假借增援或者送糧餉輜重為名，進入平叛大軍當中，攤薄脫脫的權力，然後再找一個合適理由，調脫脫回京師輔佐皇上處理朝政。只要他離開了那三十萬大軍，就似魚兒到了沙灘上，皇上是炸了他也好，蒸了他也罷，皆可以隨心所欲！」

「嗯———」妥歡帖木兒沉吟著。

哈麻的辦法很妥當，只是需要自己先耐住性子，多等待一段時間。在兩軍交戰正酣的關頭把脫脫換掉，的確容易引起前線將士們的反彈。

他嘉許地看了哈麻一眼，「起來說話，朕依你便是。」

「多謝陛下！」哈麻趕緊又磕了個頭，從地上爬起來，弓著身子站到了一邊。

「雪雪，你也起來！」妥歡帖木兒吩咐：「來人，給朕燒一壺奶茶過來，朕要跟哈麻、雪雪兩兄弟品茗夜談！」

「謝陛下賜茶！」雪雪打了個滾兒站起身，看向自家哥哥哈麻的目光中充滿了欽佩。

無論脫脫此番南征是勝是敗，失寵已是必然的事，趕走了脫脫和也先帖木兒後，自己兄弟倆就可以分別取而代之。從此之後位極人臣，將那些曾經瞧不起他們的傢伙統統踩在腳下！

「都坐吧！」妥歡帖木兒嘆了口氣，無力地坐在床沿上。

十三年前，自己跟脫脫就在這所寢宮裡暗中謀劃，如何才能剷除權臣伯顏，沒想到今天輪到自己和別人合謀一道去對付脫脫了。兩相比較，讓人如何不唏噓？

妥歡帖木兒悵然道：「倉促之間，寡人手裡拿不出更多的兵馬，只能先從禁軍中撥兩萬出來。雪雪，你回去準備一下，後天出發，帶著禁軍去前線增援脫脫！」

「謝陛下信任，臣即便粉身碎骨，也不敢辜負陛下所託！」雪雪又跪了下去，重重叩頭。

「起來吧！」妥歡帖木兒輕輕擺手，「去了那邊之後，你一定要隱忍，在沒得到朕的旨意前，一切唯脫脫馬首是瞻，千萬別讓他看出什麼端倪出來！」

「是，微臣一定牢記陛下叮囑！」雪雪大聲答應著，緩緩站起身，躊躇滿志。

「還有，如果他讓你去打仗，你一定要竭盡全力。朕跟他之間的事，可以拖一拖再解決，但那朱屠戶卻是朕的心腹大患，絕不能任由他再成長下去！」妥歡帖木兒特意叮囑道。

「臣遵旨！」雪雪將手按在胸前彎了下腰，以蒙古人的禮節回應。

妥歡帖木兒又嚴肅地道：「此外，朕不能給你任何密旨，也沒有任何憑據，如果在朕準備好之前，你讓脫脫抓住了把柄，拿去執行軍法，朕救不了你，也絕對不會救你，甚至連今晚的事，朕也絕對不會承認。雪雪，你可明白朕的意思？」

「雪雪願為陛下粉身碎骨！」雪雪將手舉過頭頂，鄭重立下誓言。

「嗯，你明白就好！」妥歡帖木兒嘉許地點點頭，「你也不是孤軍深入虎穴，朕很快就會派月闊察兒帶著另外一哨兵馬前去幫助你。等月闊察兒安頓下來，朕還會繼續派第三波第四波援兵，絕不會讓你們兄弟倆做沒有把握的事！」

「謝陛下！」哈麻和雪雪躬身感謝妥歡帖木兒的推心置腹。

「唉！朕多希望這只是一場誤會！」一下子說了這麼多話，妥歡帖木兒忽然覺得形神俱疲。

「脫脫狼子野心，有負陛下信任，罪該萬死！」哈麻、雪雪、朴不花等人唯恐前功盡棄，一起大聲發出譴責。

妥歡帖木兒做事也許不夠果斷，但一旦動手，便絕不後悔，他疲憊地說：「朕當然知道他罪無可恕，但是，哈麻，雪雪，你們兩個覺得，如果朕多給他一點兒時間，他能替朕平了朱屠戶麼？」

「這……」

哈麻迅速給雪雪使了個眼色，不准自家弟弟輕舉妄動，沉吟了片刻，方才說道：「前段時間外邊還有傳言，說脫脫勾結朱屠戶，準備以黃河為界平分天下。說實話，這種無稽之談，臣是絕對不敢信的，所以也沒向陛下提起，如果哪天流言傳進了宮中，還請陛下切莫被其蒙蔽。」

「嗯……」妥歡帖木兒點點頭。

當冷靜下來後，他也不太相信脫脫真的會跟朱屠戶勾結到一起，**但他現在想拿下脫脫，卻不是因為脫脫勾結敵酋謀反，而是脫脫已經具備了謀反的所有條件和資格，他必須防患於未然。**

這一點，他自己知道，在座其他三個想必也心知肚明。

皇宮裡的御膳房向來是全天候備著火，很快，一壺熱騰騰的奶茶，就由膳食房的小太監端了上來。

妥歡帖木兒自己喝了一碗，也讓太監給哈麻、雪雪兄弟兩個各倒了一碗。

「喝吧，這是董摶霄特地派人從海路進獻的茶磚，自打運河被朱賊佔據之後，朕這邊想喝口好茶都不太容易了。」

「謝陛下！」哈麻和雪雪兄弟兩個謝過賞賜，端起茶碗大口地喝光，然後齊聲道：「陛下不用擔心，朱賊已是日薄西山，馬上要灰飛煙滅了！」

「希望如此！」妥歡帖木兒疲倦地點頭。

除了憂心脫脫擁兵自重之外，他還憂心一旦自己動了脫脫，就給了朱屠戶喘息機會，好不容易扳回來的局面，有可能會再度被弄得一團糟。

想到這兒，他試探著問哈麻，「如果脫脫一個月後還沒能成功剿滅朱屠戶，朕派你去替換他，你有沒有把握？」

「以微臣陋見，眼下脫脫手中光戰兵就是朱賊麾下全部力量的三倍有餘，火器上又不再像先前那樣比對方差得太多，如果穩紮穩打，未必不能將朱屠戶碾成齏粉！」

哈麻心裡打了個哆嗦，不敢跟妥歡帖木兒對視，低下頭含糊地道。

他這個人向來有自知之明，那麼多經驗豐富的宿將都先後敗給了朱屠戶，換了他去，怎麼可能創造出奇蹟？最穩妥的策略，當然是脫脫先衝上去，跟朱屠戶拼得兩敗俱傷了，他再瞅準機會去摘桃子。

「呵呵，朕也不相信朱屠戶真的是個神仙下凡！」妥歡帖木兒沒聽到自己希望的答案，低下頭去慢慢品茶。

產自兩浙的茶團，用牛奶、黃油、鹽巴等調製後，香氣十分濃郁，只是那股新茶的青澀味卻怎麼都壓不下去，讓人每喝上一口，都有股苦味縈繞在心頭。

「但陛下也不可掉以輕心，最好讓江南的董摶霄也動一下，騷擾朱賊的身後；此外，答失八都魯既然已經成功掃平了孟海馬，不妨再趁勢向東推進一些，給徐壽輝和劉福通兩人製造更大的壓力，讓他們誰也騰不出手來支援朱屠戶！

「宣讓王和威順王他們也該出來了，總不能對付不了朱八十一，連個朱六十四也打不過！」知道自己的答案不能令妥歡帖木兒滿意，哈麻趕緊補充道。

「嗯，你的話很有道理！」妥歡帖木兒隨口敷衍著。

同樣的策略，脫脫出征前就當面跟他討論過，哈麻不過是拾人牙慧罷了。比起前者來，後者無論謀略、擔當還是執行能力，都差了脫脫十萬八千里遠。唯一的好處，也就是讓人放心罷了，無論自己什麼時候想將他拿下都輕而易舉。不像對付脫脫這般提心吊膽。

見妥歡帖木兒興致還是提不起來，哈麻又說道：「這也是臣先前勸阻陛下不要急於動脫脫的另一個理由。如果能讓他將朱屠戶平掉，以強烈手段殺上一批人立威，陛下再派文官過去收拾兩淮，就會比較容易一些。此外，憑著討賊之功，陛下如果想給脫脫一個做富貴閒人的機會，群臣想必也說不出什麼來！」

「愛卿所言甚是！」妥歡帖木兒吐對著茶碗吹了口氣，意興闌珊地點頭。「他如果不是存心謀反，即便有種種錯處，朕也會念著他的功勞，讓他平安到老。」

「陛下寬宏，那些居心叵測之輩真是該活活羞死！」哈麻、雪雪兩個又異口同聲地大拍馬屁。

皇宮裡向來不缺馬屁精，妥歡帖木兒對此早就麻木了，擺擺手道：「好了，咱們君臣用不到這些。你們努力做事，朕自然會讓你們富貴一生。時候不早了，再喝一碗奶茶，然後回去休息吧！」

「謝陛下體恤！」哈麻和雪雪趕緊將小太監倒上的奶茶一口喝光，然後行禮告退。

兄弟兩個都敏銳地覺察到，自己今晚的表現並沒有讓妥歡帖木兒滿意，所以都心事重重，誰也提不起精神說話。

直到出了皇宮，各自爬上馬背，雪雪才長長地吐了口氣，低聲抱怨，「大哥，你剛才為什麼不肯把皇上安排的事情應承下來，早點奪了脫脫的兵權，不是早點兒安生麼，皇上對你也會更加看中。」

「這話還用你說?!問題是我得有那本事！」哈麻橫了弟弟一眼，悻然回應。隨即又看了眼跟上來的一眾親兵，不高興地吩咐道：「都給我滾遠點兒，我們哥倆要商量皇上交代的事，誰嫌自己活得太滋潤，就儘管湊到跟前兒偷聽！」

「是！大人！」眾親兵嚇得臉色煞白，趕緊用力拉住了戰馬的韁繩。

哈麻狠狠夾了一下馬肚子，讓坐騎先跑起來。雪雪則策馬跟上，兄弟二人在漆黑的街道上跑了足足一里遠，才先後勒住韁繩。

「呼！」哈麻朝天空噴出一口氣，彷彿要把身體裡積聚的想法全都噴到外邊一般。

雪雪也學著哈麻的樣子吐氣，然後跳下坐騎，替哥哥拉住馬韁繩。

兄弟倆互相看著，搖頭苦笑，笑著笑著，眼裡隱隱有了淚光。

「大哥是怕脫脫被逼急了，真的會起兵造反?」雪雪抬手在自己臉上抹了一把，幽幽地問道。

「脫脫不會謀反！」哈麻迅速抹乾淨自己的眼角，用力搖頭，「這話，我只能跟你一個人說。滿朝文武裡頭，如果只剩下最後一個忠臣，肯定還是脫脫。他不會謀反，即便皇上賜給他一杯毒酒，他也會毫不猶豫地喝下去。他這個人，讀漢人的書讀癡了，相信『君讓臣死，臣就不得不死！』」

「那大哥你還擔心什麼？直接取代了他便是！」聞聽此言，雪雪愈發丈二和尚摸不著頭腦。眼巴巴地望著哈麻，等待下文。

「小聲點！」哈麻呵斥道，回頭看了看親兵們跟自己的距離，又仔細搜尋了一下路邊，確定沒有第三隻耳朵在聽，才解釋道：「我是怕皇上不肯賜他死啊！如果不能一下子弄死他，咱們兄弟兩個就麻煩大了！」

「此話怎講！」雪雪嚇了一跳，也迅速四下看了看，低聲問。

「你記得上次脫脫被罷相的事麼？皇上那會兒其實已經不信任他了，奈何手中卻沒人可用，不得不又把他官復原職。你看看，那些當初揣摩著皇上的意思對他落井下石的傢伙，有哪個得到了好結果？」哈麻警告道。

「這……」雪雪頓時覺得頭皮一陣發麻，臉色也變得煞白。

妥歡帖木兒沒擔當，這點他早就看清楚了，包括今晚讓他去脫脫身邊分權，此人也把醜話說到了前頭，如果被脫脫發現，就自己承擔責任，甭指望他會把這事兒給扛起來。

萬一這次兄弟倆沒有弄死脫脫，哪天皇帝又改了主意，想起了脫脫的本事，將其重新啟用，那他們兄弟二人肯定會和以前那些陷害過脫脫的傢伙一樣，落得個萬劫不復的下場。

「皇上已經不是忍脫脫一天兩天了！」

見弟弟終於明白了自己的想法，哈麻慘笑著道：

「假使我今天敢跟皇上拍胸脯，說自己能平得了叛亂，無論咱們先前怎麼跟他說臨陣換將的害處，用不了多久，他肯定會讓我取代脫脫。但此刻他心裡對脫脫的恨意，卻還沒到一定要置對方於死地的程度，頂多是像上回一樣，奪了脫脫的兵權，讓他閉門思過。

「然而我如果接了脫脫的攤子，卻沒能很快的打敗朱屠戶，情急之下，皇上勢必還得再啟用脫脫，到那時，咱們兩個頭上的罪名，可就任由脫脫隨便安了。滿朝文武誰也不會站出來替咱們說好話，皇上也肯定會把今晚說過的話忘得一乾二淨！」

「那，大哥你說，咱們到底怎麼辦？像今晚這麼敷衍皇上，總歸不是個事啊！」雪雪聽得額頭猛冒汗，向哥哥討教對策。

「慢慢來，等皇上自己出招！在此期間，咱們兄弟可做兩手準備！」

哈麻想了想，緩緩豎起一根手指頭。

「第一，就是像今天我跟皇上暗示的那樣，讓脫脫先鏟平了朱屠戶，然後咱們兄弟去摘果子。這樣，只要劉福通等人今後不再折騰出太多花樣，脫脫復起的機會就不大，咱們兄弟牢牢控制了兵權，自然能保證一家人富貴平安！」

「第二，」見雪雪聽得似懂非懂，他又豎起另外一根手指頭，「就是咱們兄弟等著脫脫打敗仗。只要他真正輸上一場，那怕只損失了一兩萬人馬，皇上對他的耐心也就徹底到了頭，屆時他以前得罪過的那些人，就會跑出來彈劾他，咱們只要再加一把火，就可以直接要了他的老命。無論局勢接下來如何發展，哪怕紅巾軍打過了黃河，咱們都不用再擔心受到報復了！」

「這，怎麼可能？」雪雪咧開嘴，懷疑道：「他光戰兵就帶了三十萬，還有董摶霄、宣讓王等人協助他，即便一時半會兒拿不下淮安，也不至於吃什麼大虧吧！他可是脫脫，當朝第一謹慎人！」

「正因為他是脫脫，所以才會打敗仗！打那種損失不是很大，卻足以讓陛下認為他在養賊自重的敗仗！」

哈麻又四下看了看，聲音壓得更低了。

「換了你、我，還有朝中任何人去領兵。都會以泰山壓頂之勢強渡黃河，要麼大勝，要麼大敗，絕無第三種可能；而脫脫不然，他想一戰而竟全功，所以不會給朱重九任何機會，他寧願一步步慢慢地將朱重九耗死，也不肯做任何賭博。」

「那他怎麼還會打輸了？莫非朱重九真懂得妖術不成？」雪雪越聽越迷糊。

「因為咱們這邊有人會幫倒忙啊！」哈麻冷笑道：

「你應該知道，脫脫他們兄弟兩個自詡公正廉潔，這些年來，可沒少得罪人。前陣子有劉福通、芝麻李，朱重九這些外來威脅，大夥怕亡國，所以誰都不會扯脫脫的後腿，現在芝麻李生死難料，劉福通自有搭矢八賭魯去對付，朱重九也眼瞅著要完蛋，大夥還會任由他脫脫繼續一個人把所有功勞都掙了麼？所以，該玩的花樣，一件都不會少。

「偏偏朱屠戶又是個特別擅長敗中求勝的，如果朝廷這邊有人給他製造機會，臨死之前跳起來狠狠咬脫脫一大口，對他來說也不算太難，如此一來，相當於朝廷和朱屠戶聯手在對付脫脫，他脫脫即便渾身是鐵，弄碾得了幾根釘子？他一定會吃個大虧，並且還要打落牙齒往肚子裡吞，那時咱們兄弟登場的時候就到了！」

「啊——!」雪雪倒吸一口冷氣，瞬間明白了所有前因後果。

正是流火的盛夏，他卻覺得有股寒風從天上吹下來，一直吹進了自己的骨髓當中。

脫脫專橫跋扈，也先帖木兒志大才疏，自命清高，這兩兄弟近年來把持著朝政，的確結下了無數冤家。但為了出一口惡氣，就把上萬弟兄白白往朱屠戶的屠刀下送，這還是智者所為麼？

他們可都是如假包換的蒙古人啊！而全天下的蒙古人加在一起才多少？這樣送下去，即便最後成功滅掉了朱屠戶，大元朝還能堅持得了幾天？

「怎麼，你心軟了？」察覺出自家弟弟情緒不太穩定，哈麻皺起眉頭。

「沒，沒有的事！」雪雪從小就怕哥哥，聽後者語氣不善，趕緊解釋道：「我只是覺得，代價未免太大了些而已。」

「大？以前兩都之爭和天曆事變的時候，哪一回不是殺得屍山血海？即便脫脫當年剷除伯顏，遭牽連橫死的恐怕也不下萬人，你有可憐別人的工夫，還是多想想咱們自己吧。皇上和脫脫都不是好相與的，你今天可憐別人，將來誰可憐咱們?!」

「這……」雪雪覺得心裡越來越冷，渾身的血液都幾乎凝結成冰。

見把弟弟嚇成如此模樣，哈麻又柔聲說道：「無論如何，你已經拿到了兩萬禁軍在手裡，比原先咱們什麼都沒有強，趁著出征前這幾天好好準備一下，多安插些自己人進去。等到了脫脫那邊，一定不要讓他看出破綻。遇到可以分兵外出的機會，就千萬不要錯過。記住了，在皇上真正下定決心動手之前，你距離脫脫越遠越是安全。」

「是！」雪雪將信將疑地點頭稱是。

兄弟兩個又低聲商議了一會兒接下來要做的幾件重要事情，然後各自帶著親衛回府。

第二天一大早，雪雪就投入了忙碌的出征準備中。

在妥歡帖木兒的親自過問下，有司動作極快，只用了三、五天左右的功夫，就將兵馬糧草輜重全部準備停當。妥歡帖木兒聞訊大悅，先封賞若干辦事用心的官員，然後親自帶領眾文武，將大軍送出了城外。

雪雪帶領眾將士高呼萬歲，翻身上馬，沿著運河，浩浩蕩蕩一路向南殺去，發誓要打所有人一個措手不及。

後方出了這麼大變故，大元丞相脫脫雖然出征在外，卻不可能一點動靜都聽不見。實際上，沒等雪雪出發，便有一道八百里加急密報，已經沿著驛站一路送到了他的手中。

脫脫素有禮賢下士之名，身邊當然少不了一群死心塌地替他效力的嫡系，於是，當脫脫將密信交給大夥傳閱過後，所有人臉上瞬間都烏雲密布。

「皇上這是對丞相起了疑心！」參軍龔伯遂最沉不住氣，沒等脫脫發問，就搶先開口道。

「誰都知道禁軍早已腐朽不堪，說是二十萬大軍，其中恐怕有一大半都被各級將領拿去吃了空餉，剩下的一小半，至少還有四成非老即弱，真的拉上戰場，連朱屠戶的一根手指頭都擋不住。皇上明知道打不了仗，還派雪雪帶著兩萬禁軍來支援丞相，恐怕心思不是讓他們來打仗，而是來就近監視您的！」

「這不是廢話麼？」探馬赤軍萬戶沙刺班向來與龔伯遂不睦，狠狠瞪了對方一眼，悻然道：「皇上原本就不是什麼雄主。咱們三十萬大軍又幾乎是傾國精銳，恐怕出發那一刻起，就已經被懷疑上了……」

「當初就該先收拾了哈麻和雪雪兩個，然後再揮師南下。」蒙古萬戶哈刺怒不可遏，甕聲甕氣地說道。

「現在收拾了他們也不遲！那雪雪就是個廢物，手下兩萬禁軍又是剛剛拿到手，沒有來得及扶持任何心腹。等他到了這裡，丞相立刻找個由頭宰了他，併了他的部眾。有了這顆人頭掛在轅門上，我就不信還有誰敢再來囉嗦！」脫脫的絕對心腹，兵部侍郎李漢卿撇了撇嘴，冷笑道。

「對，就這麼幹，看誰還敢再來送死！」其他各族文武聞聽，立刻激動得拍起了巴掌。

·第五章·

暗藏禍心

新晉的參謀楊畢第一個站出來，
「大總管的釜底抽薪之計想必已經見了效，
否則以老賊脫脫的本事，絕不會出此下策，
其名為河中約談，實乃暗藏禍心，只要大總管不上他的當，
用不了多久，老賊就得死在其政敵之手。」

不愧有鬼才之名，李漢卿的招數就是乾脆俐落。有三十萬大軍在手，朝廷那邊即便惱怒，也只能打落牙齒往肚子裡吞。而自家親弟弟死了都無力為其報仇的話，哈麻的威望定然會遭受空前打擊，平素跟他同流合汙的那夥人，很快也就會棄之而去。

然而無論眾人如何憤怒，如何激動，脫脫卻始終不置一詞。直到李漢卿再度低聲催促，勸他早下決心。才用力揮了下手，喟然道：「殺人立威的話就不要再提了。雪雪到了之後，打發他帶領本部兵馬去追殺那個王宣就是，益王那邊眼下正缺人手！」

「大人……」蒙古萬戶哈剌立刻跳了起來，大聲勸阻道：「大人您要自己找死麼，今天您放過了雪雪，用不了多久，皇上肯定會接二連三派人過來。」

「那就讓他們在旁邊看著便是，老夫問心無愧！」脫脫聲音陡然轉高，暗青色的血管在額頭上瘋狂跳動。「自古以來，凡領兵在外的大將，有幾個不受猜疑的？即便當年的中興大唐郭子儀，身邊還免不了有個魚朝恩呢。只要老夫行得正，走得直，身邊多幾個眼線，皇上反而更能安心。」

「所以郭子儀在相州城下被史思明打了個潰不成軍！」沙剌班兜頭就是一盆冷水。「無數忠臣良將的屍骨成就了他郭令公的美名。」

這盆水的確夠涼，讓脫脫的臉色剎那間由赤紅變成了青黑色，喘息半晌才回道：「本相自然不會去做那郭令公，但誅殺雪雪立威的話，你等也休要再提。且不說哈麻與雪雪兩個當年曾經對本相有恩，就是雪雪此番前來，難道光是因為有人在皇上面前說了老夫壞話麼？老夫和爾等連續兩個多月來被擋在黃河岸邊寸步難行，莫非不是事實？」

後半句話一出，讓四下頓時萬籟俱寂。

最近這兩個月，大夥的戰績的確都不怎麼樣。造成這種結果的原因，一方面是由於脫脫用兵過於謹慎，不肯給朱屠戶任何鑽空子的機會；另外一方面，則是由於姓朱的所採用的戰術過於賴皮，讓朝廷空有三十餘萬大軍卻每天只能望河興嘆，半點力氣都使不出來。

兩個多月前，剛將芝麻李、趙君用等人從絕境中救走，姓朱的就果斷放棄了徐州；隨即又放棄睢寧、宿遷、虹縣、泗洪等地，搶在朝廷的大軍四面合圍之前一路逃回了淮安。

到了淮安之後，他立刻亮出了牙齒，先派船隊封鎖了淮河，又在淮河與黃河交匯的清江口處以最快速度修築了一座炮臺，擺上了數十門火炮。

於是，待朝廷大軍追上來時，形勢急轉直下，先是曼不花、白音不花兩個冒失的傢伙，在洪澤湖上被淮賊常浩然給打了個落花流水，從統軍萬戶以下三十餘名將領盡數被人家抓了俘虜。

脫脫聞訊大吃一驚，趕緊下令眾將，嚴禁他們在自己到來前輕舉妄動。誰料沒等命令傳達到位，剛剛追到黃河岸邊的漢軍萬戶李大眼，就被朱屠戶帶著兩萬紅巾賊，在北岸一個名叫大清口的地方給包了餃子，連半天時間都沒堅持住就全軍覆沒。

然後，脫脫和蛤蝲、李漢卿等人就遇到了自己最不願面對的情況，朱屠戶撈夠了便宜，迅速帶領麾下精銳返回了黃河南岸，從此龜縮不出。官軍如果想跟他交手，要麼從下游強渡黃河，要麼在淮河與洪澤湖上先打一場大規模水戰，除此之外，根本沒有第三條路可選。

而這兩種選擇當中任何一種，朝廷的兵馬都很難占到便宜，來自北方各地的蒙古、探馬赤和漢軍精銳上了船之後，站都站不穩，更甭說於甲板上操炮張弓了。而強渡黃河的話，與淮水交匯之後，黃河末段的河面足足有五里寬，在淮安軍的炮火打擊下，三十萬官軍至少得死上兩成，才有機會登上南岸。

脫脫當然不肯冒著非大勝即大敗的風險，跟朱屠戶來個水上決戰，於是乎，最近兩個多月來，蛤蝲、沙剌班、李漢卿等人智計百出，每個人都用盡了渾身解數。

但無論他們如何出招，**朱屠戶應對方式只有一個，死守！**

死守住淮河與黃河交匯處的三角地段按兵不動，任由對岸的元軍露出什麼破綻，都絕不回應。如此一來，雙方的戰爭徹底陷入了僵局。除了偶爾隔著淮河來一通炮戰之外，沒有任何進展。

而炮戰方面，脫脫這邊仍然撈不到半點便宜！雖然他這邊有一種重達四千餘斤的青銅大炮，無論射程還是威力方面，都遠遠超過了對方手裡的任何火炮。但這種火炮，卻沒有絲毫準頭，除了偶爾矇中目標一兩回之外，其他時候都等於拿著鉛彈在淮河對岸嚇唬人玩。

淮安軍那邊有一種能發射六斤彈丸，還能用一頭水牛拉著就走的火炮，卻打得又遠又準，集中起二十餘門來，冷不防來一通齊射，保證將官軍這邊的炮陣給炸個七零八落。

更可恨的是，朱屠戶那邊被打壞一門火炮，隨時就可以拖進城裡去回爐重鑄，官兵卻是被打壞一門就少一門。再這樣僵持下去，甭說殺過河對岸，就是保證不被朱屠戶派炮船過來偷襲都日漸艱難了。

所以，此時此刻，脫脫不想抱怨大元皇帝妥歡帖木兒多疑，也不想抱怨哈麻和月闊察兒等人鼠目寸光，他只想先從自己身上找原因。只要自己沒有任何短處被人抓在手裡，眼下遇到的所有責難當然就煙消雲散，得勝班師後，再於滿朝文武的面前向哈麻等人問責，也更理直氣壯。

「其實，大人剛才說的未必沒有道理！」沉默半晌之後，李漢卿終於帶頭向脫脫妥協，「只要能儘快打敗了朱屠戶，來一個雪雪也好，還是再來七八個哈麻也罷，都使不出什麼歪招來！」

「話誰都會說，辦法呢？你莫非還有錦囊妙計不成？」探馬赤軍萬戶沙剌班掉過頭來，一口咬向李漢卿。「要依著我，先放過朱屠戶這一次，他還能反上天去？光是逃到淮東的上百萬災民就能活活吃窮他，趁著他緩不過氣來的機會，咱們揮師北上，先清君側，殺光那些搬弄是非的小人，自然就沒有了後顧之憂！」

「閉嘴！」脫脫忍無可忍，「啪」地一巴掌，將木製的帥案瞬間拍散了架，筆墨紙硯滿地亂滾。

「將他給我叉出去，找間帳篷關起來，閉門思過！」

踢開衝進來收拾地面的親兵，脫脫手指著滿臉不服的色目將領沙喇班，大聲命令：「期間只給水喝，不給飯吃，什麼時候學會管好自己的嘴巴了，什麼時候再出來帶兵。」

「大人不聽逆耳忠言，早晚有殺身之禍！」沙喇班不服氣，衝著脫脫行了個禮，轉身跟著親兵們大步往外走。

臨出中軍帳之前，又回過頭來，衝著李漢卿、龔伯遂等人叫嚷：

「你們這些漢人，沒一個好東西，明知道大人犯傻，還推著他去做岳飛。天日昭昭！哈哈，丞相，您就等著上風波亭吧！看大元朝亡國之後，朝廷那兒有沒有人記起您的好處來！」

「拖出去，立刻給老夫拖出去斬了！然後把腦袋挑在旗桿上，示眾三日！」脫脫被氣得兩眼冒火，跺著腳咆哮道：「有圖謀不軌者，今後都以此為例！」

「是！」眾親兵答應著，上前按住沙喇班的肩膀。

「我不服！」沙喇班也不掙扎，只是梗起脖子大喊道：「末將這條命是丞相的，丞相什麼時候都可以拿走，但丞相這樣殺末將，末將死不瞑目！」

「丞相！」蛤蜊、李漢卿、龔伯遂等人不約而同跪在地上，替沙喇班說情，「丞相三思，臨陣誅殺大將，必損軍心！」

「我不服！我沙喇班打仗時從沒落在別人後邊，我沙喇班對朝廷忠心耿耿，但是朝中有小人作祟，丞相你不敢去管，反倒要殺我滅口。我不服，死也不服！」沙喇班卻不知道好歹，繼續聲嘶力竭地叫嚷著。

「拖出去！拖出去用馬糞把嘴巴堵上！」脫脫心裡也明白沙喇班罪不至死，氣急敗壞地道：「等老夫騰出功夫來，再剝他的皮。」

「還不趕緊把他拖走！」李漢卿給親兵們使了個眼色，「把他那張臭嘴現在就堵上，省得他整天瞎叫喚！」

「是！」眾親兵們齊聲答應，用刀子割開中衣下擺，團成一個團，塞住沙喇班的嘴巴，然後拖著他往外跑。

「有再敢勸老夫清君側者，殺無赦！」

脫脫憤憤地抽出腰刀，猛的插向地面，刀徑沒入半尺多深。

「都給我退下，退下去仔細想想如何打破眼前僵局！老夫現在需要的是破敵之策，不是要你們教老夫如何自相殘殺！」

「是！丞相！」眾人尷尬互相看了看，陸續走向軍帳門口。

「老四留下！」脫脫突然道：「老夫找你還有別的事！」

「屬下遵命！」李漢卿詫異地回過頭，拱手答應。

正在收拾地上雜物的親兵們將令箭、信札和筆墨紙硯等物歸置好，快速退了出去。

「沙喇班將軍的嘴巴雖然臭了些，卻是出於一片忠心。」

李漢卿知道脫脫心中餘怒未消，小心地勸慰道：「如果他想明哲保身的話，儘管裝聾作啞就行了。沒必要主跳出來自討苦吃！」

「老夫知道！」脫脫嘆了口氣：「老夫知道，你們今天的話都是為了老夫著想，正是這樣，老夫才覺得一肚子無名業火不知道找誰發！」

聞聽此言，李漢卿不覺微微一愣，欲言又止道：「哈麻雖然曾經對丞相有恩，但丞相此刻……」

「不要再說了，老夫知道私恩和國事不能混為一談！」脫脫用力揮了下胳膊，「你想說的，老夫都懂，但是，老四，咱們回師清洗了哈麻，就能永遠斷絕後顧之憂了麼？或者說，咱們再立一個新君，就可以一勞永逸了？新君的翅膀總會長硬的，到那時，又有無數人會給他出謀劃策，教唆他去除掉老夫。老夫當年和皇上就是這樣對付伯顏的，現在不過是把伯顏換成老夫罷了。」

「這……」李四瞬間無言以對。**脫脫這個人，最大的問題不是糊塗，而是看問題太透澈，透澈到幾乎沒有人能影響他決斷的地步。**

「或者老夫就效仿燕帖木兒，殺一個皇帝，毒死一個皇帝，再讓第三個皇上死得不明不白。但是你可知道，那些年，我大元有多少蒙古人無辜慘死？三十萬，至少有三十萬！」

脫脫一臉慘然之色，「整個大元帝國，連現在不服王化的四大汗國的蒙古人都算上，也只有兩百五十餘萬而已！再這樣殺下去，不用漢人造反，蒙古人自己就把自己殺乾淨了！」

「唉——！」李漢卿不知道該說什麼好，只能報以一聲長嘆。

脫脫卻好像要把肚子裡的心事都倒出來般，搖著頭道：

「你知道老夫最佩服誰麼？老夫最佩服的是漢人的大將岳飛。當年，岳飛豈會不知道自己早晚會死在趙構和秦檜兩人手中，可他寧可自己死，也不肯造大宋的反。不是他愚忠，而是他明白，如果他反了，大宋肯定會內戰不休，金人就會趁機南下，最後大宋國連半壁殘山剩水都保不住，江南各地不知道要有幾百萬人得死在女真人之手！」

「可是他不光是自己死，還拖累兒子跟部將。」李漢卿反駁。他雖然從血統上算是漢人，卻一直在脫脫府長大，根本沒有任何民族概念，所以也理解不了脫脫此刻的情緒。

「可大宋又堅持了一百五十餘年，若非我蒙古人受長生天庇佑，突然崛起，最後滅掉金國，一統河山的未必不是宋人！」

有一縷淡淡的失望，迅速掠過脫脫的眼睛。

「他們漢人老是說，胡人無百年之運，就是因為我們這些胡人，只懂得自相殘殺，卻不知道還有君臣大義，還有天理倫常。算了，咱們不說這些了，說了你也未必會懂，總之，你記住一句話，老夫寧做岳飛而死，也不會學那燕帖木兒，讓自己手上沾滿了族人的血。」

「這……」李漢卿輕輕打了個冷戰，趕緊拱手道：「大人不必如此喪氣，其實形勢遠還沒糟到那種地步，只是我們需要多加些小心，不能再給哈麻任何從背後捅刀子的機會。」

「怎麼做，你來教我！」脫脫不想打擊李漢卿，強打起精神回道。

「首先，大人今後別再跟朱屠戶有任何書信往來，像前段時間那種走船換將的事，千萬別來第二次！」李漢卿鄭重地抗議道。

跟紅巾賊交換俘虜，是朱屠戶主動提出來的，並且立刻得到了脫脫的積極回應。李漢卿當時無論如何苦勸，都不能讓脫脫改變主意，接下來發生的一連串事情證明，他的擔心不是多餘的，朱屠戶的目的根本不是換回被俘虜的徐州軍眾將，而是借此抹黑脫脫，離間大元君臣。

「老夫當時也知道朱賊肯定還藏著後招！」脫脫耐心地跟李漢卿解釋，「但老夫身為大元丞相，卻不能比朱屠戶一個草寇還不如。他每次抓到我大元將士，都好吃好喝地招待，然後收一筆贖身錢遣散，老夫如果坐視奈曼不花和李大眼他們幾個被朱屠戶抓了，卻不肯拿幾個賊頭去交換。將士們知道後，怎麼可能還甘心替朝廷賣命?!」

「還有，那個王保保。」不待李漢卿反駁，脫脫又說道：「老夫換回他，是為了察罕帖木兒。此人散盡家財，起兵效力朝廷，不到一年就成了劉福通的心腹大患，這樣的豪傑，老夫豈能不替皇上拉攏？若是拒絕了朱屠戶的換將之議，察罕帖木兒即便不恨老夫，今後恐怕也不會再全心全意替朝廷出力了！」

「他可是月闊察兒舉薦給皇上的！」李四憂心忡忡地提醒道。

「無論是誰舉薦他的，他都是我大元朝的萬戶！」察罕帖木兒鐵青著臉回道：「老四，你看著吧，此人前途不可限量，如果哪天老夫真的出事了，今後能扛起大元朝半壁江山的，肯定是這個察罕帖木兒。屆時，如果你還活著的話，一定要去輔佐他。這是老夫對你最後的要求！」

「丞相何出此言！事情哪會糟到那種地步，況且，如果沒有了您，小四活在世上還有什麼意思！」李漢卿聽得鼻子一酸，眼圈也不禁泛紅起來。

整個晚上，脫脫都像在交代後事，可見受打擊之重。身為脫脫的心腹，他卻眼睜睜地看著災難一步步迫近而無能為力，這讓他如何對得起鬼才之名？如何對得起脫脫多年來的知遇之恩？

「老夫說的不是戲言！是心裡話！」脫脫慘笑著道，眼角的皺紋清晰可見。他今年才剛四十歲，看上去卻像六七十歲的老人一樣，滿臉滄桑。

「老四，剛才周圍都是外人，老夫有些話無法說給你你聽。其實老夫在出兵前就知道，無論這仗打輸打贏，等著老夫的，都不是什麼好結果，所以老夫只想盡全力，在皇上準備拿下老夫之前，搶先一步把朱屠戶平掉，這樣，老夫即便是死了，大元朝也不至於立刻就亡國。而有了這樁大功勞在手，皇上處置老夫時，說不定也會多少念些當年的舊情！」

「丞相……」李漢卿心中大悲，低下頭去，淚如雨下。

如果脫脫心裡已經存了死志，作為謀士，他還能想出什麼有效的辦法？總不能帶領一群親兵把脫脫軟禁起來，然後再假傳號令反攻大都吧？那不是唯恐脫脫死得不夠踏實麼？

猛然間想到反攻大都這件事，他眼前突然一亮。軟禁脫脫肯定不行，可如果找人做件黃袍，冷不防披在脫脫身上呢？已經生米煮成了熟飯，脫脫還能將黃袍再脫下來不成？

「抓緊幫老夫剿滅朱屠戶！老夫的時間不多了，趁著皇上還沒下定決心。你不瞭解他，老夫卻跟他是總角之交。他不是恨老夫，他是恨天下權臣。等剿滅了朱屠戶，老夫就將兵馬全都交出去，然後避居塞外。他心裡不怕了，自然就不會再想盡辦法瞎折騰！」

除了讓脫脫黃袍加身之外，這也許是唯一的兩全之策，李漢卿點點頭，「小四知道，丞相儘管放心。方國珍已經答應派遣戰艦，協助董摶霄跨江閃擊揚州，只要我軍順利登岸，無論能不能順利把揚州城拿下來，短時間內，也不會再有人從南方給朱賊運送糧食了。屆時，光是餓，也能將朱賊跟他的手下嘍囉活活給餓死！」

「方谷子答應出兵了？他想要什麼好處？」聞聽此言，脫脫的精神登時為之一振，蒼白的臉上瞬間湧起一團病態的潮紅，「答應他，只要他提的要求不太過分，你儘管先替老夫答應下來！」

「他想做江浙行省平章，咱們的人跟他討價還價之後，以丞相之名答應事後舉薦他為行省左丞。」李漢卿回道。

事實上，雙方目前還在討價還價之中，尚未達成任何協議，但是為了激勵脫脫振作精神，他故意把好消息提前了些，反正方國珍這個人沒太大野心，只要朝廷給足了好處，不難實現這驅虎吞狼之策。

果然，聽聞方國珍只求一個行省左丞就肯出動水師對付朱屠戶，脫脫的精神立刻大幅好轉，想都不想就迫不及待地說：

「給他，不用再討價還價了，行省丞相以下，任何官職都可以答應他。如果他願意的話，待剿滅了朱賊之後，老夫甚至可以舉薦他做河南江北行省平章政事。如今當務之急，是將他的具體出兵日期敲定下來。」

在他看來，眼下戰事之所以僵持不下，主要問題便出在自己麾下缺乏一支強大的水師上，如果方國珍肯出兵，就彌補了朝廷方面最後的短板。

「消息是今天下午剛剛送回來的，具體出兵時間，還需要跟董摶霄那邊商量。畢竟方谷子的力量主要集中於水面上，真正登了岸，還得依靠董部官軍。」

李漢卿偷偷看了看脫脫的臉色，悄悄給自己留出足夠的退路。「但最遲也就是下個月中旬的事，只要董摶霄那邊一準備好，就可以揚帆起錨！」

「嗯，你說得也對！」脫脫眼神立刻黯淡了許多，有氣無力地回著。

江浙行省參知政事素來驍勇善戰，深得他的器重，然而此人性子狡詐如狐，從來不做對自己沒好處的事。以前脫脫權傾朝野，此人當然唯前者馬首是瞻，如今朝廷形勢不明，姓董的在執行軍令時就有些拖拖拉拉了。

「據細作彙報，芝麻李傷重難癒，肯定熬不過這個夏天了！」存心給脫脫打氣，李漢卿又拋出了一個利好消息。

「噢，消息確定麼？」脫脫的眼神果然又是一亮，卻很快就又恢復了黯淡。

「確定！」李漢卿故意裝作很誇張的模樣，手舞足蹈地說：「芝麻李在睢陽附近就受了箭傷，隨後又因為躲避洪水撤進芒碭山中，倉促之間找不到郎中和藥材，導致傷口潰爛流膿，如今已經毒氣攻心，縱使朱屠戶那邊的醫館再用心，也回天乏術了。」

「他不過是朱賊等人名義上的共主而已！」脫脫艱難地笑了笑，「如果是數月之前死了，那趙君用和彭大兩個，憑著手中實力還能跟朱屠戶爭上一爭，如今趙君用和彭大等人手中的殘兵敗將加在一起都湊不出一萬人，芝麻李一死，朱屠戶正好順勢上位，誰還有膽子說什麼廢話出來？」

「淮西義兵鎮撫康茂才、江浙義兵萬戶朱亮祖，還有建平毛葫蘆兵萬戶陳也先，均已答應出兵圍攻張士誠。」李漢卿不願意眼睜睜地看著脫脫繼續頹廢下去，想方設法鼓舞他的精神。

「他們幾個實力如何？」脫脫眉頭輕皺，怎麼想也找不出與上述名字所對應的形象。

這兩年朝廷情急之下，封了一大堆肯與紅巾賊作戰的地方豪強做義兵萬戶。

這些萬戶們實力有大有小，能力也是良莠不齊，強悍者如察罕帖木兒，可獨自頂住劉福通；孱弱者不過是個山大王，朱屠戶隨便伸出跟手指頭來就能輕鬆碾死。

縱橫捭闔乃是李漢卿所長，聽脫脫如是問，立刻如數家珍般彙報道：

「康茂才是新附軍將門之後，水戰陸戰都深得其中精髓；朱亮祖曾經在宣讓王帖木兒不花帳下效力，兵敗後與其失散，才逃過了長江去重整旗鼓；陳也先祖上乃是蒙古人，素以勇力聞名鄉里，他們三個合兵，即便不能將張士誠擒獲，至少也能逼得後者自顧不暇，再也無力給朱屠戶輸送糧食！」

「噢！」脫脫笑了笑，欣慰地點頭。但是很快，他的臉色又陰沉了下去，「太慢了，還是見效太慢了，老夫原本打算將百萬災民全都逼到朱屠戶那邊去，然後再徐徐圖之，可惜朝廷不願意給老夫更多時間。」

「叫你清君側你又不肯，怪得了誰？」李漢卿在心裡嘀咕了句，然後提議道：「丞相不妨派人去走走二皇后的門路，據小四所知，那位高麗皇后素得陛下寵愛，有她在後宮替丞相解釋幾句，想必能讓皇上寬心不少！」

「她？一個高麗賤民之女，有何資格對朝政指手畫腳！」脫脫聞聽，立刻不屑地撇嘴。

如果是走大皇后伯顏乎都的路子，脫脫也許還能考慮一二，至少此女是正宗的蒙古貴冑，給她送禮不算委屈，二皇后奇氏如果不是僥倖生了個兒子，母憑子貴的話，早就該被趕出皇宮去了，憑什麼讓蒙古豪傑向她折腰？

李漢卿想了想，換一種委婉的方式建言道：「她以前替哈麻、雪雪兩兄弟撐腰，主要為的是拉攏二人支持其子愛猷識理答臘，但哈麻無論威望還是人脈，畢竟都差丞相您很遠，如今大皇后之子雪山漸漸年長，並且素有聰慧賢能之名，如果丞相肯給愛猷識理答臘指點一下文章的話，奇氏肯定會感激不盡！」

身為臣子，對六月剛剛被封為皇太子的愛猷識理答臘表示一下支持，算不得什麼丟人事情，至少比主動向高麗人奇氏示好，也要名正言順得多，脫脫當即嘆息道：「也罷，該怎麼弄，你儘管以老夫的名義去做吧，老夫連性命都能豁出去，又何必在乎些許虛名。」

「是，小四這就去安排！」李漢卿大喜，拱手道。

「但那依舊是遠水！能不能起到效果還兩說呢，這樣吧，你以老夫名義給朱屠戶寫一封信，約他到黃河上再跟老夫再見一面，就說老夫想跟他商量讓運河重新通航之事！」脫脫想了想又道。

「這……」李漢卿遲疑道：「上次跟他走船換將之事已經被他大肆利用，況且通航後，肯定有些目光短淺之輩又從淮揚大肆採購……」

「叫你寫你就寫！」脫脫不耐地揮手道：「老夫自有主張，即便運河不通航，黃河之上，每天也有數不清的船隻偷偷跑到朱屠戶那邊去販運東西，與其讓那些奸商偷稅漏稅，還不如讓他們大大方方地去那兒做買賣，至少朝廷設在運河上的關卡還能收些錢回來！」

「是！」李漢卿不敢再勸，無奈地點頭。

揚州城出產的許多奢侈東西，在北方都深受蒙古貴胄的追捧，那些拜在王公貴族們門下的商號，也從中大賺特賺，所以封鎖運河以及黃河上的各個渡口，是一件非常得罪人的事，並且效果越來越差。甚至距離軍營僅僅十幾里遠的下游，每天夜裡都有人偷偷划著小船朝南邊跑。

對於急需養活上百萬災民的朱屠戶來說，雙方約好同時開放運河水道，絕對利大於弊，不愁他不肯答應；至於脫脫跟他在會面時，是只談通航的問題，還是會順帶著做些別的事，就不得而知了。

果然，先前一直不主張派刺客對朱屠戶下黑手的脫脫，這回徹底改變了想法，吩咐道：「如果他肯來河上會晤的話，你就替老夫準備好毒箭，也先帖木兒從草原上重金禮聘了三名神射手，不日就可以抵達軍營，只要能除掉朱屠戶，老夫不在乎跟他玉石俱焚。」

「丞相！」雖然心裡已經隱約猜到了一些，李漢卿依舊大驚失色。玉石俱焚！**脫脫居然打算跟朱屠戶以命換命**！那姓朱的不過是一介草寇，有什麼資格拉著大元朝的丞相跟他共赴黃泉？

「去準備吧，這是最快的方法！」脫脫彷彿突然放下了萬斤重擔般，臉上露出幾分輕鬆。「芝麻李已經病入膏肓，如果能再除去朱重九，餘下的趙君用、彭大、郭子興等輩，不過是塚中枯骨而已，朝廷隨便派一名虎將來，就能盡數擒之，屆時，老夫在與不在已經沒什麼分別！」

「丞相！」李漢卿頓時兩眼發紅，淚水再度滾滾而下。「丞相何必如此？想要拼掉朱屠戶，小四替您去便是！您留著有用之身，才能替大元擎起這片河山！」

「你分量不夠！那朱屠戶素來奸猾，看不到老夫，肯定會心生警覺。」脫脫輕輕搖頭，「此人也算一方豪傑，如果還有時間的話，老夫寧願在戰場上跟他一決雌雄，也不會出此下策。」

沒時間了！說一千道一萬，最關鍵的問題還要歸結於一個，**那就是脫脫根本沒有足夠的時間**。如果蒙元朝廷多給他一點時間和信任的話，脫脫完全可以把朱屠戶活活耗死，對此，李漢卿一直深信不疑。

淮東自古就不是產糧區，去年張明鑑剛剛給朱屠戶製造了六十萬災民，今年脫脫又給淮揚送去了一百餘萬，即便每天只給兩碗稀粥吊命，也足夠把朱屠戶那點家底吃個乾乾淨淨！

並且一百多萬人需要解決的，不光是吃飯、喝水。其中老弱婦孺還需要衣服蔽體，需要房屋，哪怕是最簡單的茅草棚子安身；而那些青壯，則迫切需要找到事情做，來幫助全家人重新站起來，擺脫靠人施捨度日的尷尬境地。如果朱屠戶不能給他們提供任何希望的話，情急之下，肯定有一部分人會鋌而走險。

只要內亂一起，朱屠戶就不得不從前線調兵去滅火，而只要他將刀子對準百姓，哪怕是占足了道理，先前苦苦積累下的好名聲也會毀於一旦，屆時，脫脫麾下的三十萬大軍就能從容過河，徹底將淮安軍斬盡殺絕！

所以，單純從戰略層面來說，脫脫占據了絕對上風。如果方國珍再如約封鎖住揚子江面，阻止南方的糧食進入淮東，不出三個月，淮安軍就得面臨絕境。朱屠戶根本不可能永遠龜縮下去，日漸緊張的形勢會逼著他必須殺過河來速戰速決。而一旦失去了黃河和淮河兩道天險的防護，在平原上，淮安軍即便火器再強悍，都沒有任何取勝的希望。

但是，朝廷偏偏不肯再給脫脫更多時間。哪怕是短短一個月都等不及！在李漢卿眼裡，脫脫是個蓋世英雄，驕傲且自信，如果他還有選擇的話，絕不會考慮採用刺殺手段來解決問題。

那本不是常規手段，自古以來，沒有任何一個成名的將領會使用刺殺來贏取戰爭。此計只要拿出來，就等於承認自己已經無法在戰場上打敗對手；萬一行刺失敗的話，肯定會對己方的軍心和士氣帶來滅頂之災！

「丞相三思啊！」想到行刺失敗所帶來的後果，李漢卿動情地叫了聲，哀求道：「那朱屠戶素有當世項羽之稱，萬一您有個閃失，這三十萬大軍誰來統領？如果連這三十萬精銳也喪失殆盡，朝廷還能支撐得了幾天？」

「叫你寫，你就儘管去寫！」脫脫將臉孔一板，呵斥道：「莫非你也不肯用心替老夫做事了麼？那更好，老夫這下算是徹底赤條條無牽無掛！」

他知道李四只對自己一人忠心，所以特地放了狠話去逼，果然，李漢卿聞聽後，眼淚立刻戛然而止，「好，既然丞相這樣說，小四替你寫了這封信就是，但會面時，無論如何還請丞相務必帶上小四同行！」

「好！」脫脫不想再於同一件事情上過多糾纏，毫不猶豫地答應道：「那就帶上你，咱們兄弟要麼一起建此奇功，要麼一起去閻王老子那邊做伴，誰都不拋下誰！」

「丞相勿忘此刻之言！」李漢卿咬著牙回了句，從書架上取來紙筆，將給朱重九的信一揮而就。

「再等三天，三天後，你派人給朱屠戶送去，然後跟朱屠戶約好了，在本月底前見面。」

仔細將信檢查了一遍，脫脫說話的語氣再度放緩，「在上船之前，老夫會將營中所有事情都交給蛤蜊，雪雪既然來了，相信數日內，皇上還會再派其他援兵。太不花、月闊察兒、哈麻三個亦是敢戰之將，即便老夫真的有什麼閃失，他們三個當中任何一個都足以代替老夫掌管起這三十萬大軍。」

「三個只會紙上談兵的草包而已！」李漢卿心裡嘀咕，卻不打算繼續勸阻脫脫。也先帖木兒從草原上重金禮聘的神射手還沒到，跟朱屠戶那邊書信往來也需要一些時日。這段時間，已足夠聯絡好人手，趁脫脫毫無防備時給其披上一件黃袍。

在忙碌中，三天的時間很快就過去了。李漢卿怕脫脫起疑，不敢耽擱時間，立刻派了一個能說善道的，帶著脫脫蓋了印的親筆信去給朱屠戶。

那使者上個月接洽走船換將時，已經去過淮安城一趟，很清楚自己只要不故意找死的話，朱屠戶絕不會痛下殺手，因此毫不猶豫地接了書信，坐上小船，悠哉悠哉地向南岸駛來。

因為要養活突然多出來的百萬災民，黃河下游靠近淮東一側，水面上幾乎不分晝夜都有大量的船隻在撒網捕魚，所以信使乘坐的小船還沒等駛過河中央，就被將士們發現。

旋即，水師副統領常浩然親自帶著一艘戰艦迎了上來。黑洞洞的炮口下，使者不敢托大，隔著老遠，主動站到甲板上，高舉書信說明來意。

常浩然見了，自然也不會刁難他，立即派小船將其接上戰艦，然後風馳電掣般駛回淮安城，向朱重九覆命。

如今的朱重九麾下，人才已經不像幾個月前那般匱乏，除了陳基、章溢和馮國用三個之外，通過科舉選拔，還錄用一大批前來謀取功名的讀書人，其中楊畢、詹書、劉柄三個因為名列甲等，按照上次科舉考試後人才安排的先例，直接被送到參謀本部出任參謀一職。

這個時代讀書人雖然少，但能讀出些名堂的人，肯定智商都不會太低。因此大夥將脫脫的書信傳閱了一遍，立刻就猜出了此舉背後可能暗藏殺機。

「恭喜大總管！」新晉的參謀楊畢急於表現，第一個站出來，笑呵呵向朱重九拱手，「前段時間大總管的釜底抽薪之計想必已經見了效，否則以老賊脫脫的本事，絕不會出此下策，其名為河中約談，實乃暗藏禍心，只要大總管不上他的當，用不了多久，老賊就得死在其政敵之手。」

「以屬下之見，重開運河水道這等小事，大總管直接回封信答應了即可，哪裡用得著雙方在河上面談？」另一位新晉的參謀詹書也附和道。

「是啊，大總管日理萬機，哪有功夫陪老賊閒聊。直接回一封信打發了便是。」參謀劉柄笑了笑，滿臉驕傲。

與上一批參加科舉的讀書人不同，他們這批人對淮安軍的前途更為看好，相信以目前的態勢，朱重九早晚必會定鼎九州，所以言談間充滿了自信，不認為拒絕了脫脫的邀請，會對淮安軍的士氣造成什麼不良影響。

「依微臣之見，主公不妨先答應下來！」因為對淮安軍的瞭解更深入，馮國用想法多少與楊畢等人有些差異，「反正雙方不可能共乘一舟，只要船上都不安裝火炮，脫脫想玩什麼花樣，最終結果只可能是自取其辱！」

「不可！主公不能以身犯險。」陳基聞聽，立刻大聲反對。「蒙古人狡詐無信，早在當年南下滅宋之時，就有趁著會面時謀殺宋軍大將的先例，那脫脫連炸堤放水之事都做得出來……」

「主公不妨將計就計，脫脫乃蒙元擎天一柱，越早除之，我淮揚越能反守為攻，擺脫眼前困局！」章溢與馮國用同屬激進派，巴不得立刻就將脫脫幹掉，因此認為自家主公冒些險也很值得。

這倒不是他們兩個對朱重九不夠忠心，而是淮安軍目前所面臨的局勢，其實一點都不比敵人那邊好多少，大批的災民嗷嗷待哺，大批的貨物堆積於揚州和淮安兩地的碼頭倉庫中，無法及時販運到沿河各地，工坊裡的貨運不出去，淮揚商號和大總管府就無法回流足夠的現金，沒有足夠的銀子，就甭想從來自南方的黑心商販手裡換來糧食……

更何況，眼下大總管府所轄的五個軍中，有四個都集中於淮安。僅剩下吳永淳和陳德兩個帶著第四軍沿江佈防，揚子江北岸卻有揚州、泰州、江灣和海門四個戰略要地不容有失，萬一被敵軍偷襲得手，後果不堪設想。

兩派各執一詞，誰也無法說服誰，便不悅而同地將目光轉向朱重九，等待其做最後決斷。

「你們都認定了脫脫會鋌而走險？」朱重九掃了眾人一眼。

事實上，他對脫脫的印象倒沒有那麼差，雖然後者曾經炸堤放水，犯下了滔天大罪，但脫脫對被其俘虜的紅巾軍將領卻沒做任何虐待。這一方面是由於有淮安軍義釋俘虜的例子在先，老賊不想絕了今後所有被俘元將的生路；另一方面，說明了此人生性驕傲，不願意做的比他眼裡的反賊都不如。

誰料在對脫脫人品的判斷上，眾參謀卻是異口同聲，「胡虜素來不知義為何物，主公不得不防！」

「那就多帶幾名好手跟朱某一起去就是！」朱重九大笑著做出決定，「讓傅友德和王胖子陪著我一起去，朱某就不信，有他們兩個在場，誰還能近了朱某的身！」

也不是朱重九小瞧了天下豪傑，自從前年八月十五稀里糊塗跟著芝麻李造反，到現在差不多已經快兩年了，算起來硬仗沒少打，他卻從沒見過武藝比傅友德還好的人，而大胖子王弼，則硬是憑著每天揮刀不懈，使他自己硬生生擠進了一流高手行列。

帶著這兩個絕世猛男做貼身侍衛，甭說脫脫那邊只有一船人馬，即便人數再增加三倍，也照樣被殺落花流水。

此外，朱重九也不相信，在這個時代還有什麼冷兵器的威力能大過線膛火繩槍。要知道，這東西裝了軟鉛子彈之後，有效射程可是達到了三百餘步，五十步內輕鬆撕破雙層皮甲，十步之內沒有任何甲冑，包括淮安軍的板甲都照樣能打個對穿。

除非脫脫那邊真的有人練過葵花寶典，能空手接住子彈，否則，在三十桿線膛槍下，任何武林高手都是擺設。

他這裡自信滿滿，誰料話音剛落，就聽到了一片反對之聲：

「不可，主公乃萬金之軀，豈能把安危繫於一名懦夫之手？」

「主公三思，傅友德貪生怕死。身手再好，也不足擔此重任！」

「傅友德喪師辱國，苟且偷生，主公看在趙君用的面子上，沒殺了他祭旗，已經是天大的恩情了。豈可再委以重任？」

……

林林總總，大夥不去質疑朱重九的決定，卻對傅友德一百二十個不放心，理由加起來只有一個，幾個月前紅巾軍在睢陽兵敗，傅友德曾經做了敵人的階下囚，這種人武藝再高，也不值得信任。

類似的話，當初朱重九在決定走船換將時，已經聽大夥說過一次，沒想到被自己反駁後，眾人仍然念念不忘，當即心中湧起了幾分火氣，豎起眼睛反問：

「這是什麼話？諸君莫非以為，在洪水到來之時，傅友德該自己立刻棄軍而逃，而不是留下來與弟兄們同生共死麼？」

「臣等不敢！」很少看見朱重九發火，章溢等人被嚇了一跳，趕緊拱手解釋：「臣等只是覺得，傅友德被俘之後，脫脫一直對他以禮相待，二人再次相遇之時，他難免會念一份恩情！」

「滿嘴胡言！」朱重九橫了眾人一眼，質問道：「照這麼說來，那些被朱某人放掉的蒙元將領，包括那王保保，應該領兵來投才對，怎麼他們現在還沒見任何動靜？」

「這……」眾人被問得瞠目結舌，猶豫半晌，才硬著頭皮回道：「王保保非我族類，而傅友德卻是……」

「是啊！」朱重九氣極而笑，「王保保非我族類，所以朱某對他再好，他回去後都會對大元朝忠心耿耿；而傅友德是個漢人，所以他得了脫脫星點好處就念念不忘，甚至連家人朋友也都拋在腦後。你們是不是想告訴朱某，那些異族比咱們更懂道理，更忠義無雙，更能明辨是非？」

第六章

驚天秘密

「你是朱重九，不是朱重八，也不是朱八十一。
兄弟，你能告訴我，你到底是從哪裡來的麼？」
「啊！」如同被閃電劈中，朱重九瞬間僵直，頭暈目眩。
這是他最大的秘密，連枕邊人都沒敢告訴，
芝麻李怎麼會知道？

甭說朱重九心裡一直覺得傅友德被俘情有可原，即便傅友德理虧，把後世網路論壇上胡攪蠻纏的功夫使出來，章溢和馮國用等人也照樣招架不住。

當即，眾大小參謀們全都紅了臉，又呼哧呼哧喘息了半晌，才憋出一句，「臣等，臣等不是那個意思，臣等只是覺得他當初就不該成為敵軍階下囚！」

「他被俘之時，可曾血戰到最後？」知道眾人一時半會未必能接受得了自己的想法，朱重九將語氣放緩了些，反問道。

「這……」

眾人都讀了一肚子聖賢書，拉不下臉來顛倒黑白，猶豫片刻才如實回應，「據跟他一道換回來的王國定說，傅友德是被水淹暈了後，才被察罕帖木兒的人撈到木筏子上去的。」

「那他被俘之後，可曾答應為蒙元效力？」朱重九繼續追問。

「沒聽說過！」眾人一齊搖頭，「至少咱們這邊的細作沒聽說過。」

「他被換回來之後都做了什麼？替蒙元刺探軍情了麼？還是念念不忘脫脫的好處？」

「沒有！」眾人依舊搖頭，臉色浮現了幾分羞愧之色，「他被換回來後，就把自己關在了帳篷中，很少出門，平素連飯菜都是交給親兵打回來的，馮國勝去看他，他也只是隨便支應兩句，就再沒有任何話說了！」

「你看，他既不是主動投降敵軍，被俘後又未曾接受脫脫的拉攏，回來之後還沒說過敵軍的任何好話，朱某為何就信任他不得？」朱重九接過眾人的話道。

「這，這……」眾高參們說朱重九不過，開始從傳統上做文章，「華夏自古以來，從無重用被俘之將的先例，主公這次對傅友德既往不咎，他日再到危難關頭，難免有人會效仿傅某，隨便找個藉口就降了對手。」

「如果他也像傅友德這般血戰到最後，朱某一樣不會對他另眼相待！」朱重九堅定地說道。

如今他手下的讀書人越來越多，相應的，那種不考慮實際情況，專門袖起手來雞蛋裡挑骨頭的風氣也越來越嚴重，所以無論如何，他都要借著傅友德被俘的事，給大夥機會教育一番，以免今後自己麾下出現一群只會空談的道德君子。

「至於華夏自古以來從無先例，呵呵……」朱重九目光緩緩掃過滿臉驚詫的眾人，「我怎麼記得昔日關雲長做了曹操的漢壽亭侯，還替曹操誅殺了顏良文丑呢？劉備好像也沒懷疑過他吧！如果按照爾等剛才的說法，那關羽早就該被處斬才對，又哪有後來的水淹七軍？」

此時雖然《三國演義》還沒有誕生，有關劉備、關羽和張飛等人的平話和折子戲卻已經流傳甚廣。其中最經典的幾場裡頭，就包括土山三誓、斬顏良和水淹七軍等，因此眾人都是耳熟能詳，甚至能信口吟出一些經典段落。

與曾經投降過曹操的關羽相比，傅友德的表現要更有骨氣得多，他醒來之後雖然沒有自殺殉節，但至少也沒做蒙元那邊的高官，如果關羽都能被視為忠義無雙之典範，那傅友德豈不是更該作為忠臣而名垂青史？

當即，章溢等人的臉色變得精彩起來，紅一陣，黑一陣，無論如何都解釋不清楚蜀漢昭烈皇帝善待關雲長的舉動是否有錯；更解釋不清楚自己為什麼對待古人和對待今人採用了兩種完全不同的標準。

正難堪間，忽然看到徐洪三大步流星走了進來，衝著朱重九行了個禮，請示道：「都督，傅友德來了，他說想跟您見上一面，您看……」

「請他等一等，我這就出去迎接他！」朱重九微微一愣，隨即滿臉歡喜地回道。

受朱大鵬的思維影響，他對傅友德力竭被俘之事，始終充滿了同情。總覺得身為將領，在危急關頭留下來與弟兄們同生共死，比單獨逃生更值得尊敬，哪怕是最後做了俘虜，也是盡了自己的職責。

這也是他明知道王保保在歷史上最後成長為大元朝的擎天一柱，仍然主動跟脫脫聯絡，雙方交換被俘將士的原因之一。

明知事不可為，依舊堅守崗位的行為應該受到鼓勵，而不是歧視。否則，今後再到危難關頭，大夥乾脆爭搶著做逃兵算了，誰還肯冒著身敗名裂的風險，主動留下給袍澤們斷後？

對於眾參謀來說，傅友德這趟來得也非常及時，當即紛紛向朱重九請求回避。朱重九豈能不知冰凍三尺非一日之寒的道理，揮了幾下胳膊，示意眾人自管退下，然後整理了一下衣衫，跟在徐洪三身後，大步走出了帥帳。

隔著老遠，就看到一個落寞的身影，瘦得如同一根竹竿般，隨時都可能被風吹斷。此人的臉上，也寫滿了灰敗之氣，僅僅在聽到朱重九招呼聲時露出一絲亮色，瞬間這點亮色就黯淡了下去，宛若深夜裡熄滅的螢火。

「末將傅友德參見大總管，勞大總管親自出門來接，罪該萬死！」

沒想到才幾天的功夫，傅友德就瘦成了一個癆病鬼。朱重九趕緊加快腳步，雙手托住此人的胳膊。

「傅將軍，你這是什麼話？去年咱們兄弟倆並肩作戰時，你可從沒跟我如此客氣過！」

「當時末將年少輕狂，不知道天高地厚，虧得朱總管胸襟大度，不跟末將計較！」傅友德低著頭，有氣無力地說。

「胡說！我跟你計較什麼？我又有什麼資格跟你計較？」朱重九聞聽，立刻搖頭道：「才幾天不見，傅將軍居然跟朱某生分這麼多。別客氣了，走，剛剛有人給我送了些好茶來，咱們兄弟去喝上幾杯。」

他對傅友德是由衷地欣賞，欣賞此人精湛絕倫的武藝，欣賞此人光明磊落的性子和風流倜儻的做派，所以發覺對方心情抑鬱，本能地就想開導幾句。

然而傅友德卻沒勇氣高攀，低聲道：「大總管賜茶，傅某按說不該推辭，但傅某的雙親還在城門口等著，久了恐會心焦，所以就不叨擾了，還請大人見諒！」

「雙親？叨擾？」朱重九雙目圓睜，費了好大力氣才聽懂傅友德的意思，「你是說你要走，你要到哪裡去？」

「敗軍之將，無顏再尸位素餐，所以草民特地向趙總管請辭，準備回家務農去！」傅友德灰白的面孔上露出幾分慘笑，「臨行前，特地來向大總管告別，順便祝大總管武運昌盛，早日直搗黃龍。」

「回家？你怎麼能這樣就走了？胡鬧，朱某不准你走！」朱重九驚詫地大叫，旋即想起來傅友德是趙君用的部將，自己對其沒有任何管轄權，「趙總管答應了麼？他怎麼可能答應？」

「趙總管身邊人才濟濟，不差傅某一個！」傅友德雙目中隱隱泛起幾點淚光，「草民沒見到他，他派人出來賞了草民二十兩黃金，足夠草民回家買上一塊好地，了此餘生了！」

「胡鬧，趙君用簡直是一頭豬！」朱重九聽得氣直往上撞，脫口罵道：「他怎麼能這樣讓你離開？當日的事又怪不得你！誰他娘的都被淹暈過去了還有本事拒絕敵軍來撈?!」

「大總管慎言！」傅友德聞聽，立刻板起臉來，「趙總管畢竟是草民的舊主，草民喪師辱國，他未殺了草民以振士氣，還賜草民生計，草民不敢聽別人當面侮辱他！」

「放屁！」朱重九氣得火冒三丈，不顧形象地破口大罵，「他自己做下了這沒腦子的蠢事，還不讓人說？他就是一頭豬，老子當年殺的豬裡都找不到比他還蠢的！」

罵過之後，牢牢抓住傅友德的胳膊，「你不要走。趙君用那邊沒你的位置，朱某人這裡有！朱某人正愁分身乏術，沒空管第一軍，你留下，我把第一軍指揮使的位置騰給你！」

「多謝大總管厚愛！」傅友德頓時眼圈發紅，搖搖頭，用力掙脫朱重九的掌控。「傅某乃敗軍之將，實在無顏竊居高位。」

自從被換回來後，他無論走到哪裡，都受盡人們的白眼，非但昔日那些仰望他的同僚避之如蛇蠍，就連他捨命為之斷後的趙君用，也覺得麾下部將給自己丟了人，只在回來的第一天虛偽地說了幾句客套話，從此就避而不見。

所以這些日子裡，傅友德每天都是在油鍋中煎熬，恨不得找個人多的地方大叫幾聲，然後拔出刀自殺明志，沒料到在朱重九這兒，自己還能得到禮遇，依舊被當作朋友。

「胡說，以你的本事，一方諸侯也做得，怎麼算是竊居高位？朱某就是暫時沒有力量，否則，甚至可以單獨組一支軍隊給你！」朱重九的話，讓傅友德心如刀割。

朱重九對自己的欣賞，傅友德清清楚楚，所以他才在臨離開紅巾軍前，冒著被奚落的風險，趕過來道別。但是此時此刻，越是被當作人看，傅友德心裡就越感到自卑，越覺得沒理由以有罪之身玷汙了淮安軍的戰旗。

想到這兒，他紅著眼，給朱重九大大行了個禮，「大總管過獎了，傅某真的當不起大總管如此厚愛，家中雙親一直擔心刀箭無眼，傅某此番回鄉務農，剛好可以盡孝膝下。大總管，草民對不住您了！知遇之恩，請容傅某來生再報！」說罷，用手在臉上胡亂抹了兩把，轉身邊逃。

「站住！」朱重九大急，追上前去，拉住傅友德，「你給我站住！傅友德，你真的甘心回家去種地麼？朱某心裡可是一直記得你去年冬天單騎奪城的模樣！」

對一個英雄來說，最痛苦的，恐怕就是在其落魄時候，讓他看到自己曾經的輝煌。眼下的傅友德便是如此。聞聽「單騎奪城」四個字，頓時覺得心如刀割，兩行熱淚如斷線的珠子般滾滾而落。

「如果打一次敗仗就該回家種地，那關雲長早就成了土財主，徐世績也該是個鄉巴佬，根本沒資格名標凌煙閣！千載之後，誰還會記得他們的名字？」

朱重九拉住傅友德，用力將他往自己的帳裡頭拖，邊激動地喊道：

「傅友德，你如果不想這輩子都抬不起頭來，就別給我推三阻四。你缺兵，老子給你招！你要炮，老子給你造！在誰身上栽的跟頭，就給我在誰身上找回來！老子就不信，你堂堂傅友德，連這麼一個小坎都過不了！老子不信，不信！告訴你，只要老子在，你就甭想離開！老子看上你了，老子知道你早晚會有一天，讓那些看不起的人全都後悔得把眼珠子摳出來！」

「大總管！」傅有德被拉得踉蹌了幾步，軟軟地跪在地上，放聲嚎啕，「大總管，傅某，傅某，嗚嗚……」

「別說廢話了，如果拿朱某當個朋友，就給我站起來，自己走進去！」

朱重九彎下腰，用肩膀將傅友德扛起來，搖搖晃晃地往自家軍帳裡行去。

「你傅友德註定是要名留青史的人物，怎麼可能就此躺下？走，跟我進去。別人那兒沒你的地方，朱某這裡有！不信你去問，朱某剛才還跟人說呢，準備勞煩你給朱某當個侍衛，陪朱某去赴脫脫的鴻門宴，既然你自己來了，正省得朱某去趙君用那兒找你！」

「大總管！」傅友德又悲憤地叫了一聲，掙扎著站直了腰桿。

已經進了中軍帳，再說什麼多餘的話就是矯情了，別人以國士待我，我必然以國士報之。

「大總管請放下傅某，傅某這條命，從今後賣給你便是，哪怕是刀山火海，傅某都追隨左右，永不他顧！」

「請你做侍衛，是防備脫脫動什麼歪心思！」見傅友德終於重新振作，朱重九放下他的胳膊，解釋道。「這幾天你先跟在我身邊熟悉一下情況，此番鴻門宴後，就去第一軍出任指揮使，這是朱某起家的老班底，你帶著他們，一定會把舊帳全討回來！」

「末將寸功未立，不敢竊居此位！」傅友德擦了擦眼睛。痛哭過一場之後，他的精神看起來比先前好了許多，憔悴的眼神中也湧現了幾絲生氣。「如果主公恩准，末將寧願先做一名親衛百夫長，反正以淮安軍現在的勢頭，今後末將不愁沒功勞可立。」

「嗯？」朱重九想了想，方才恍悟傅友德是不想壞了淮安軍的規矩和升遷制度。欣然點頭說：「也好，那便先給你一個親兵連帶，等打敗脫脫後，職位再另行安排。」

「多謝主公成全！」傅友德感激地拱手道謝，又支吾道：「末將原本是趙總管的屬下，雖然已經被棄之不用，但……」

「無妨！」朱重九擺手打斷他，「趙總管那兒，等會兒我親自去跟他說，剛好他前些日子要求跟朱某賒購五十門火炮，朱某白送他就是！」

「主公！」傅友德不禁低喚了聲，心潮澎湃不已。

眼下各路紅巾跟元兵惡戰不休，武器輜重供應極為緊張，就連淮安軍自身，很多從大食人手裡新買回來的戰艦都沒能裝備上足夠的火炮，然而為了他區區一介敗將，朱總管竟然毫不猶豫地拿出五十門炮去跟趙君用交換。這份知遇之恩，傅某人這輩子恐怕結草銜環，都報答不完！

猜到傅友德在想什麼，朱重九笑了笑，打氣道：「再好的兵器都不如人值錢。你放心，朱某向來不做賠本買賣，用五十門炮換你，細算下來，朱某其實賺了一個大便宜。你看著，趙君用將來肯定會後悔得將腸子都吐出來。」

傅友德感動得兩眼發熱，哽咽著說：「蒙主公如此器重，末將縱使粉身碎骨也難報萬一，他日若能領軍出征，末將定然讓這五十門炮每一門都十倍於它的價值！」

「你不用著急，只要頂住了脫脫這一輪狂攻，三年內，朱某定然會打過黃河去，為父老鄉親們討還這筆血債。屆時，有你單獨領兵的機會！」朱重九豪氣萬丈地說。

不是他盲目樂觀，據他透過各種管道得來的消息，蒙元朝廷此番南征，可謂集中了傾國之力，只要淮安軍能夠成功擊敗脫脫的三十萬大軍，接下來一兩年內，蒙元朝廷肯定無法再發動另外一場同等規模的戰役。

而有上一兩年緩衝時間，長江講武堂就能將各級軍官輪訓個遍，淮揚百工技校和淮揚府學的第一批新生就能畢業，淮揚的新作坊就會沿著運河遍地開花，新的生產方式和作戰方式都將從幼苗長成大樹，將還奉行著四等奴隸制度的蒙元帝國遠遠地甩在時代後面。

「願領一部先登，為主公開路搭橋！」傅友德聽得心神激蕩，立下洪願道。

「好！咱們擊掌為誓！」朱重九伸出手。

傅友德紅著眼，立即也伸出手與朱重九的手掌對擊了三下，豪情萬丈。

擊過之後，他迅速將目光落回眼前現實，進諫道：「主公這幾天沒去見過李平章吧？如果能抽出功夫來，末將勸主公勤去淮安醫館幾趟，某些人正眼巴巴地等著接李平章的印信呢！」

芝麻李在兩個多月前因為箭傷沒得到及時醫治，膿毒入血，雖然被朱重九從芒碭山區接回來後立即就送進了淮安醫館，但以這個時代的醫療水準，能否好轉完全要看老天爺開不開恩了。

所以最近這兩個多月，朱重九幾乎是一抽出時間就會往醫館裡頭跑，將自己所知道的各種辦法都讓醫館裡的郎中嘗試看看，然而情況依舊不是非常樂觀。

更令人鬱悶的是，眼下淮安城中，不止蒙元朝廷的細作盼著芝麻李早點死掉，某些作戰外行但擅長權謀的傢伙，幾乎住在了醫館裡頭，只待芝麻李指定繼承人，就毫不客氣地接收整個東路紅巾。

因此，聽了傅友德的提醒，他的眼神頓時就是一黯，原來的興奮之情立馬被沖了個乾乾淨淨。

「最近戰事比較緊，兩三天我才顧得上去醫館一次。李平章的情況還好吧？色目醫生不是說他有很大希望挺過這一關麼？」

「末將不通醫術，但是恐怕不太容易！唉！」傅有德嘆了口氣，「關鍵還是要看李平章自己，他的心態與末將先前有些類似，對於是否痊癒已經不怎麼在乎了！」

兩個多月前，包括宿州軍在內的十餘萬紅巾精銳，盡數被黃河水吞沒。這場慘敗，從身體和精神兩方面徹底擊垮了芝麻李。

作為一個心氣極高的義軍領袖，他認為是自己無能，才導致這麼多弟兄葬身魚腹，而唯一的贖罪辦法，就是把自己的一條命也捐出去，陪著弟兄們共赴黃泉。

對芝麻李的自暴自棄心態，朱重九在很早之前就已經有所察覺，只是一時半會兒拿不出什麼好辦法來開導。此外，蒙元三十萬大軍在河對岸虎視眈眈，也容不得他把精力全都放在芝麻李一個人身上，所以一來二去，雙方間的關係在外人眼裡就日漸疏遠，東路紅巾的繼承權問題也日漸成為懸念。

今天聽了傅友德的話，朱重九少不得又幽幽地嘆了幾口氣，道：「那我現在就去醫館探望一下他吧！正好，你也趁這會兒去把二老接到總管府旁邊的宅院來，我叫洪三給你騰出一座。」

「謝大總管！」傅友德又是感激地道。

「去吧！別讓二老等急了！」朱重九笑著揮揮手，示意傅友德自己去忙，然後叫過徐洪三，命對方幫傅友德安置家眷，隨即收拾一下行裝，讓親兵買些時鮮瓜果，大步流星朝醫館而去。

芝麻李今天看起來神色不錯，正斜躺在病榻上，讓大光明使唐子豪用龜甲為自己占卜。

聽到朱重九的問候聲，高興地道：「朱兄弟，你怎麼又跑我這裡來了？不是跟你說過麼，戰事要緊，別在我這將死之人身上浪費功夫！」

「大總管這是哪裡話來！」對眼前這位始終盡最大努力支持和包容自己的紅巾領袖，朱重九心中一直懷著幾分敬意，笑道：「末將再忙，也不至於沒功夫來探望您老，只是不能每天都守在這裡陪伴伺候罷了！」

「你可別來！」芝麻李大笑道：「你要是天天都在病榻邊伺候我，李某身後肯定又得留下一片罵聲，說我該死不死，卻耽誤了紅巾的反元大事！」

「大總管說笑了！」朱重九沒聽出對方話裡的語病，走到床榻旁，替芝麻李整了整墊在背後的枕頭，「您老感覺好些了麼？該及時用藥就不要拖，別讓郎中為難，也別信那些裝神弄鬼的東西。」

「我知道，我這不是閒著無聊麼，自己給自己找些樂子玩。」芝麻李被抓了個現行，訕笑著道，隨即將目光轉向滿臉尷尬的唐子豪，揮手道：「你先出去吧，我有些話想跟朱兄弟私下說！」

「是！」唐子豪不滿地瞪了朱重九一眼，收起龜甲，退著離開。

「看不慣他裝神弄鬼，是不是？」沒等他的腳步聲在門外消失，芝麻李就看著朱重九問。

在朱重九看來，有病不求醫，卻去求一個神棍，絕對不是什麼理智之舉，因此他對芝麻李毫不掩飾自己的想法：

「您老也知道，我不推崇這個，眼下咱們揚州工坊裡，已經造出一種叫做放大鏡的東西，用不了太久，就能把導致各種疾病的罪魁禍首找出來。」

「我知道，佛觀一缽水，八萬四千蟲麼。」芝麻李笑了笑，順著朱重九的話頭說道。

「差不多就是那個意思！」沒想到芝麻李的領悟力這麼強，朱重九愣了下，笑道：「眼下造的放大鏡倍數不夠，我也沒太多功夫去跟工匠們一起鼓搗，否則，造幾架顯微鏡出來，便可以說清楚很多疾病的成因。不管怎麼說，病人的體質和心態也決定了痊癒的快慢，至於算卦燒香，求神問卜，無異於緣木求魚！」

「我知道，我知道！」芝麻李像個做錯事的孩子般，躲閃著朱重九的目光，「不用你的那個什麼顯微鏡，我心裡也清楚得很，求神拜佛還不如求己，不過……」他認真的說：「這明教也並非一無是處，雖然在你看來是裝神弄鬼，但它畢竟喚起了這麼多人，讓他們提起刀來跟咱哥幾個一道造反，而不是繼續如牲畜那樣任韃子宰割！」

「這……」朱重九從沒站在此種角度看待過明教的作用，一時間竟找不出任何話來反駁。

看他發愣的模樣，芝麻李滿臉得意，「滿城都是火，官府到處躲；城裡無一人，紅軍府上坐。我老李這輩子最長臉的事，就是終於又造了一次反，殺了無數狗官，搶了無數大戶，只可惜……」

想到被黃河水吞沒的十餘萬弟兄，他臉上的笑容迅速逝去，「只可惜俺疏忽大意，竟然事業剛剛開了個頭時，就著了韃子的道！」

「勝敗乃兵家常事，大總管不必過於自責，誰也沒想到韃子會如此喪盡天良！」聽芝麻李情緒急速直轉，朱重九趕緊出言安慰。

「可弟兄們的命卻只有一條！」芝麻李慘笑著說：「這兩天一閉上眼，我就夢見弟兄們來找我，讓我帶著他們一起去造閻王老子的反。八十一，我的時間不多了，其實，你今天不來，我也會派人去喊你，我快撐不下去了，今後，咱們東路紅巾軍能不能修成正果，就看你的了！」

「啊！」朱重九沒想到芝麻李忽然起了傳位的念頭，嚇得立刻站起來，拱手拒絕道：「大總管且慢，我剛剛問過郎中，您的身子骨一點問題都沒有，況且趙總管、彭總管和毛總管，他們三個的資格和功勞都在我之上。大總管切莫託錯了人！」

「你小子啊！」芝麻李看了他一眼，疲憊地說：「從咱們哥倆第一次見面時，你就不肯說一句實在話，我如果傳位給趙君用，你能服他麼？還是彭大、毛貴他們幾個，有本事降服你麾下這群驕兵悍將？我老李已經害死了那麼多弟兄，不能再害了。再害，就是下到十八層地獄裡也贖不過來了！」

一番話，說得朱重九面紅耳赤，氣喘如牛，卻半個字也接不上來。

平心而論，即便芝麻李真的將位子傳給趙君用，他也不會將淮揚系的基業和淮安軍的指揮權交到後者手中，頂多是大方地對趙某人說聲恭喜，然後從此老死不相往來。

現在的他，可不是當初那個一心想著去抱朱元璋大腿的朱八十一。論地盤，他的「領土」已經不比劉福通小；論實力，淮安軍的全部兵馬加起來雖然只有十四萬掛零，但武器、鎧甲和專業程度都遠非其他紅巾諸侯能比；論威望，朱佛子之名，早就不在劉元帥、徐皇帝和彭和尚三人之下，憑什麼要求他把自己血戰所得拱手讓給一個外人？

況且即便他想交，這世界上有人能吃得下麼？芝麻李說得沒錯，無論是彭大、毛貴，還是趙君用，都降服不了淮安軍的眾將，弄不好，一場內訌就要瞬間爆發，讓芝麻李到了九泉之下也無法安生。

「你放心，俺老李雖然讀書少，卻不糊塗！」芝麻李掏心地說：「這些日子，趙君用幾乎每天都圍著我轉，彭大也是早一趟晚一趟噓寒問暖，我知道他們倆想要什麼，但是我絕對不會給他們。」

「大總管您想多了，只要您好起來，一切問題都會煙消雲散！」朱重九聽得愈發尷尬，結結巴巴地回應。

如果不是對芝麻李的性子非常瞭解，他甚至懷疑此時病房周圍是不是埋伏著一大群刀斧手，就等著有人一聲令下便衝出來將自己亂刃分屍。

然而，芝麻李不是那種人，以眼下淮揚大總管府所轄各部門的精細分工，也絕不會允許在自己的地盤上有如此荒唐的事情發生。所以，除了希望芝麻李儘快好起來，將矛盾無限期拖後之外，朱重九真的不知道自己該如何面對東路紅巾軍的繼承問題。

「俺這樣說，不只是因為你實力比趙君用和彭大他們幾個強！」芝麻李喘息片刻，又繼續說道：「而是這樣做，對咱們從徐州一道起家的眾兄弟們最好。把我的位置交給你，今後趙君用也好，彭大也罷，即便有什麼過錯，你也不至於要了他們的命；可是如果讓趙君用坐了這個位置，以他的心胸，恐怕你、彭大和毛貴三個，要麼被他殺掉，要麼把他殺掉，不會有第三種結果！」

一層細密的汗珠湧滿了朱重九的額頭。他從來沒想到，看上去粗豪無比的芝麻李，居然有如此細膩的洞察力，更從未料到，後者的胸襟氣度居然恢弘如斯。

這讓他感覺到自己非常渺小，渺小得幾乎需要揚起脖子才能看清楚半躺在床上的那個高大身軀。魁梧、偉岸，即便被病痛折磨了這麼久，依舊像是一頭剛剛睡醒的老虎，只要深吸一口氣，就能重新站起來，雄視高崗。

「大總管放心！」不知道是被對方的人格魅力所感染，還是出於一時衝動。朱重九深吸了一口氣，鄭重承諾，「不管您將來將位置交給誰，也不管您將來是否還帶著大夥一起幹，朱某有生之年，絕不會將刀子對準自己這群兄弟！朱某可以當著您老的面對天立誓！」

「不用！我相信你！」芝麻李目光明澈如水，「我一直相信你。也一直相信你會比俺做得更好。你幫我一個忙，把床底下那個箱子拖出來！那個上面掛著一把銅鎖的木頭箱子。」

「是！」朱重九答應了聲，從床底拖出一個小小的樟木箱。

「幫我打開，鑰匙在我枕頭底下！」芝麻李疲倦地吩咐。

朱重九照他的指示，從枕頭底下摸出鑰匙，打開木箱。一套用紅色絲綢包裹著的印信呈現於二人眼前。

「這是我紅巾軍河南江北平章大印，還有一枚宿州大總管的，一枚天下兵馬副元帥的，從今之後都歸你了！」芝麻李指了指箱子，道。

「這……大總管切莫如此，您肯定會好起來，我真的問過郎中。」朱重九急急說道。

「撒謊，我自己的身體我自己清楚！別婆婆媽媽的，老李拿你當兄弟，你別讓老李死不瞑目。」芝麻李豎起眼睛斥責道：「我知道你不需要這些，即便沒有這些廢銅爛鐵，別人也休想染指你的淮安軍，但有這幾件東西，我走了之後，你便能省掉許多麻煩不是?!畢竟還沒有將脫脫打跑，你哪有功夫在這些雜七雜八的事情上分神。」

「大總管！我，我……」

有股暖流在朱重九心頭和眼底不停地轉動。兩年來的包容與扶持，兩年來的肝膽相照，就像電影一樣迅速閃過他的腦海。

他不知道自己走了什麼好運，這輩子能遇到芝麻李這樣的頂頭上司。以大海一般廣闊的胸襟，包容了他的種種冒犯、胡鬧，特立獨行，甚至對他所做的一些明顯欺騙行為，也都採取睜一隻眼睛閉一隻眼睛的態度，從不追究背後真相。

「別說廢話，趕緊把這些收起來，咱們兄弟間沒工夫說廢話！」芝麻李用力揮了下手，不給朱重九任何客氣機會。「這是老李能最後為你做的事，你別讓老李死了都不得安心！」

「大總管……李大哥！」朱重九即便是鐵石心腸，也徹底碎成了齏粉，雙手捧著裝印信的箱子，跪在芝麻李的床頭，淚如雨下。

男兒膝下有黃金，然而，這是他的大總管，他的大哥，親自把他拉入紅巾軍，親自把他推上一軍主帥的位置，最後又親手把整個徐淮紅巾交給他的人。

如果不是芝麻李當初故意裝糊塗，他朱八十一兩年前就被亂刀砍死了；如果不是芝麻李故意視而不見，他「發明」的那些新訓練方式和新戰術，根本不可能在徐州左軍順利推行；如果不是芝麻李故意放任縱容，什麼淮安軍也好，淮揚系也罷，也早就煙消雲散。

「好兄弟，你很好，一直都很好！」芝麻李的心情也很激動，抬起枯乾的手掌，輕輕搭上朱重九的肩膀，「你是個註定有大作為的人，把東路紅巾交給你，老哥我即便現在就死掉，也無牽無掛了。你將來如果得了天下的話，千萬要記得咱們這些人是為了什麼而造反；千萬記得咱們紅巾並不是為了裝神弄鬼而裝神弄鬼！」

「大哥放心，兄弟我一定會牢牢記得！」感覺到芝麻李手掌的溫度在漸漸消退，朱重九強忍住心中悲痛，用力點頭。

「你一定會記得，**你是重九，不是重八**，你一定會記得！」

芝麻李的眼睛突然像彗星般亮起來，亮得令人幾乎無法直視，他在燃燒自己的生命，燃燒得義無反顧。

朱重九立刻猜測到芝麻李此刻話中有話，瞪圓了眼睛，納悶地道：「我是重九，不是重八，朱重八在和州，老哥到底您想說什麼啊？我聽著呢！」

「你是重九，不是重八！」

芝麻李的眼神越來越亮，越來越亮，帶著毫不掩飾的欣慰，「老哥我兩年前就知道，你是重九，不是重八，所以從那時起，我就故意給你機會，讓你放手為之，我想看一看你到底能做到什麼地步，你做得很好，一點也沒讓我失望！」

「李大哥……」朱重九聽得滿頭霧水。

「你是重九，不是重八！」芝麻李再次強調，唯恐別人忘記，然後就是一陣拉風箱般的喘息。

朱重九試圖將他攙扶起來，敲打脊背幫他順氣，卻被他用一隻胳膊奮力推開，「你會造火藥，會造大炮，會練兵，你是朱重九，不是朱重八，也不是朱八十一。兄弟，你能告訴我，**你到底是從哪裡來的麼？**」

「啊！」如同被閃電劈中一般，朱重九身體瞬間僵直，頭暈目眩。**這是他最大的秘密，連枕邊人都沒敢告訴，芝麻李怎麼會知道？他怎麼會突然提起這事來？他到底想做什麼？**

「好兄弟，不要怕！」正驚詫得魂不守舍間，芝麻李卻又頑皮的笑了笑，「咱們是真正的兄弟，老哥我一個做小買賣的，忽然就學會了一身武藝，忽然就膽子大得敢聚眾造反，忽然就學會了領兵打仗，你難道就從沒覺得奇怪麼？」

「您，您是……」

一道接一道閃電從晴空中劈落，將朱重九砸得坐在了地上，兩眼發直。

他從沒仔細想過芝麻李為什麼如此本領高強，也從沒思考過芝麻李為什麼對自己如此包容，更沒想過芝麻李為什麼明知自己那個彌勒教大智堂堂主身分假得不能再假，卻始終沒有戳破。現在，一切全都有了答案。

原來芝麻李也是個跟自己一樣的穿越者！在這個世界上，他是跟自己一樣的人！是自己真正意義上的兄弟！

「老哥我上輩子也姓李，家鄉鬧了災荒，大夥都開始吃樹葉和觀音土了，可皇上還要照常徵稅，周圍的父老鄉親根本交不出來，想要去逃荒，官府卻不准，勒令大夥在家中等著餓死！」

彷彿為了讓朱重九安心，芝麻李喘息片刻，閉上眼睛，緩緩說起自己上輩子的事。

「老哥我當時是個驛卒，本以為自己能夠逃過此劫，誰想到皇上忽然開了竅，要精兵簡政，讓老哥我捲舖蓋回家了，老哥我走投無路，只好造了反！」

「您，您是**李闖王**！」朱重九眼前突然躍出一個高大的身影。指著病榻上的芝麻李，驚呼出聲。

「想不到你竟然知道老夫上輩子的名字！」芝麻李青灰色的面孔上頓時露出

幾分得意，「老夫上輩子功虧一簣，死不瞑目，所以這輩子繼續造反。嘿嘿，如果下輩子托生為人，再遇到官府不講良心，老子說不定還會造反，老子就是個天生的反賊，世世代代都絕不逆來順受！」

「您老人家的名字，晚輩可是如雷貫耳！」朱重九被芝麻李身上的霸氣所感染，激動地拉住對方的手。「殺一人如殺我父，淫一人如淫我母，剿兵安民，均田免糧……」

在後世朱大鵬哪個時代，李自成的形象分為天上地下兩種，前一種說他是個心懷百姓的義軍領袖，紀律嚴明，理想高遠，雖然失敗了依舊值得尊敬；後一種，則認為他是個殺人放火的惡賊，一手斷送了大明帝國，是導致華夏沉淪於黑暗中兩百六十餘年的罪魁禍首。

朱重九分不清哪一種才是真實的李自成，但是他卻清楚地知道，在這一世，芝麻李是他的同類，是他當之無愧的大哥，他必須讓自己的哥哥走得安安心心。

「你也別光說我的好！」猜到了朱重九的想法，芝麻李輕輕搖頭。他的生命力已經消耗殆盡，眼神一點點黯淡了下去，刀削斧鑿般的面孔上，卻依舊帶著幾分驕傲，「老子逼死了朱重八的子孫，那個大明朝的糊塗蛋皇帝，老子每攻破一城，都把當地官員和士紳的家產抄沒乾淨，一粒米都不給他留，所以在他們眼裡，老子是個十惡不赦的壞蛋。如果史書還是由他們來寫的話，說不定連勾引滿清入關的罪行，最後都會硬安在老子頭上！」

「隨他們說去，不必在乎！」朱重九無法反駁芝麻李的話，只能牢牢握住對方乾枯的手臂。

在他所知道的歷史中，的確有那麼一批人矢志不渝地朝起義者身上潑髒水。不光是李自成，歷史上任何起義者，在這些人的筆下都十惡不赦，包括後來建立了大明朝的朱元璋，在這些人眼裡都是千古暴君，狡詐小人，遠不如拿漢人當四等奴隸的大元君臣形象光明。

「的確，我不在乎！」聽了朱重九的話，芝麻李的眼中又跳起幾點微弱光芒，「即便他們說是老子逼著吳三桂將山海關獻給了韃子，老子也不在乎。他們不讓老子吃飯，不讓老子逃荒，逼著老子待在家中，安生地等著餓死，還哼都不准哼上一聲。嘿，天底下哪有這種便宜事？老子就是要造反！」

說著話，他又大口大口的喘氣，幾股暗紅色的血珠順著耳朵和鼻孔淅淅瀝瀝往外淌。

朱重九嚇得魂飛天外，趕緊跳到門口大聲招呼醫生。然而，等到郎中和一直恭候在外的趙君用等人衝進來時，芝麻李已經油盡燈枯。

「老趙，老彭，癩子，還有其他兄弟……」

拼著最後的力氣，芝麻李抬手抹去鼻孔裡的鮮血，用猩紅的手指著朱重九，遺命道：「從今天起，八十一就是你們的主公，我把東路紅巾交給了他，你們去給他磕個頭，從今必須遵從他的號令，如有違抗，死了活該！」

「大哥——！」趙君用等人齊聲驚呼，無法接受芝麻李居然在彌留之際把位子傳給了他們當中資歷最淺、年齡最輕的人。

「跪下，磕頭，如果你們還當我是大哥的話。就按照我說的做！否則，我死不瞑目！」芝麻李不肯再看眾人一眼，喘息著命令。

趙君用等人無奈，只好屈膝跪倒，向朱重九行君臣大禮。

芝麻李強撐著看完整個過程，待眾人被朱重九攙扶起來後，才緩緩倒在床上，氣若游絲。

「大哥……」趙君用以膝蓋為腳，向前爬了幾步，低聲呼喚。他試圖盡最後一次努力，看看還有沒有希望勸芝麻李改變主意。

誰料芝麻李卻不耐煩地皺了下眉頭，以極低的聲音，斷斷續續地道：「沒…沒你什麼事了……你以後好自…為之。你走開，讓八十一過來，我…我還有話……問他。」

「是！」趙君用不敢犯眾怒，瞪了朱重九一眼，咬著牙站起身，倒退著往門外走。

這種時候，朱重九哪裡還有心思跟他生氣。快速撲上前，將耳朵湊到芝麻李嘴邊，低聲道：「大哥，您還有什麼話就說出來吧，我在這裡聽著呢。」

「讓……讓他們也出去！」芝麻李沒有力氣做任何動作，艱難地吩咐。

彭大、唐子豪等人互相看了看，擦了把眼淚，出了門。

第七章

試金石

戰爭是最好的試金石，兩年的磨礪下來，
依舊能獨領一軍者，智商和情商肯定都不會太差，
用自己的屍骨和血肉替別人鋪就一條青雲之路的事，
誰也不肯去做。
更何況，醫館也是淮安軍的地盤，勝算不可能超過一成。

芝麻李用目光送大夥離開，然後又艱難地露出一絲笑容，「好兄弟，我……我上輩子死了之後，誰得了天下？最後……韃子被趕出中原了麼？」

這個問題好難回答，按照朱重九所知道的歷史，此後兩百六十餘年，自然是女真統治了中國，之後是揚州十日、嘉定三屠、留髮不留頭，以及沒完沒了的文字獄和說不完的賣國條約……

然而，看著芝麻李那充滿期待的眼神，他猶豫了，不忍心說出答案。

彷彿猜到了什麼，芝麻李的眼神越來越黯淡，兩行血淚緩緩從眼眶裡淌了下來。

「是鄭成功！」朱重九咬了咬牙，附在芝麻李耳邊大聲喊道：「然後是李定國、姚之富和孫中山，大哥放心，中華自有雄魂在，幾百年後，山河重鑄，國泰民安！」

朱重九從口袋中掏出一條白色的棉布手帕，輕輕擦乾淨芝麻李的面孔。很瘦，兩個月來的病榻纏綿，已經耗盡了這具軀體主人的精力。從遺容上，很難讓人相信他就是那個帶領八名兄弟夜奪徐州的紅巾大豪。

但是，朱重九依舊擦得無比認真。

「責罰什麼，死了活該，傷了的，有膽子就自己站出來！老子先問問他，他還記得不記得自己為什麼才造了反？」芝麻李將手一擺，非常霸氣地回應，「這才把腰直起來幾天，就忘記自己原來也是窮苦人了，這種貨色，老子瘋了才會給他們出頭！」

這是得知他在徐州失陷之夜，殺了許多紅巾敗類時，芝麻李的態度。

「那得多少錢啊！」芝麻李先長長嘆了口氣，然後咬牙切齒，「你如果願意給我看，我就派人去拿，不白拿你的，我用用五匹好馬加一把寶刀跟你換，下午就叫人給你帶過去！」

這是發現他練兵有術時，芝麻李提出的交換條件。

「朱重九搞出來的，神州廣輿圖！」芝麻李臉上帶著幾分驕傲，就像家長在外邊炫耀自己的孩子一般，「你也知道，這小子幹別的不行。最擅長鼓搗這些奇技淫巧！」

這是在外人面前，芝麻李對他的力挺。

「這麼好的東西，老子怎麼可能反對！俺老李簽第一個，你們大夥跟在後邊。別人要是對八十一兄弟弄出來的盟約有什麼不滿意的地方，讓他先來找老子。」芝麻李拿起筆，毫不客氣地在高郵盟約後寫下自己的大名。

這是在他越權行事後，芝麻李的選擇。

……

很多人都說芝麻李糊塗，也有人認為，朱重九是芝麻李故意蓄養出來對付內外敵人的一頭老虎。

包括他自己，有時候都不明白，芝麻李為什麼表現得如此寬容，**現在，他才終於知道原因，終於徹底明白芝麻李在這兩年裡，到底給了淮揚系多麼大的幫助；也才終於明白，病榻上這副殘軀曾經跳躍著怎樣一個不屈的靈魂。**

「剿兵安民，均田免糧，殺一人如殺我父，淫一人如淫我母……」在此人之前，沒有任何一個反抗者把目標定得如此清晰；也沒有任何一個反抗者，到最後依舊沒有忘記自己是誰的孩子。

而在**此人之後，將註定有無數反抗者會前仆後繼，把中外奴隸主們從高高在上的神龕中拉下來，讓他們血債血償。**

病房的門被人從外邊推開了，趙君用、彭大、潘癩子衝了進來，當日陪著芝麻李飛奪徐州的八兄弟，除了遠在濠州的毛貴和已經戰死的張氏三雄外，全都到了場，身後還跟著各自的侍衛以及代表明教聯絡群雄的大光明使唐子豪。

但是，他們誰也沒勇氣走上前，將朱重九手中的手帕奪下，至少，誰都沒勇氣在這個節骨眼上，把自己的不滿與不甘擺在明處。

芝麻李在臨終前，拼著全身的力氣替朱重九做了最後一件事，此刻他屍骨未寒，任何挑頭鬧事的人，最後都難免落下個身敗名裂的下場。

戰爭是最好的試金石，兩年的磨礪下來，依舊能獨領一軍者，智商和情商肯定都不會太差，用自己的屍骨和血肉替別人鋪就一條青雲之路的事，誰也不肯去做。更何況，醫館也是淮安軍的地盤，在沒拿到任何大義名分的情況下公然挑釁朱屠戶，勝算不可能超過一成。

「大哥……」

短短數息之後，趙君用帶頭跪了下去，對著芝麻李的遺體痛哭失聲。

「大總管……」其餘人等也紛紛拜倒在地，放聲嚎啕。

芝麻李生前待屬下寬厚，處事公平大氣，不置私產，戰時每每身先士卒，不利時又親自斷後，有古代名將之風。如今忽然撒手西去，讓眾人如何不肝腸寸斷?!

當即，病房被哀哭聲所充滿，整個淮安醫館都被悲傷的氣氛所籠罩，再也容不下任何私心。

聽著四下的嚎啕聲，朱重九將芝麻李的身體仔細擦拭了過，然後蓋上一件乾淨的薄被，掖好被子四角。確定芝麻李像睡著了一樣安詳之後，他又緩緩向後退了兩步，將右手舉到額角，鄭重行了一個自己最熟悉的軍禮。

在場之人，誰也沒見過這種古怪的禮節，但從朱重九挺得筆直的後背和肅穆的面孔上，都感覺到了其中所包含的崇敬。

哭聲瞬間變低，趙君用、彭大等人，一個接一個跟在朱重九身後，或叩首，或長揖，向芝麻李拜別。

他們的大當家去了，這是誰也改變不了的事實。同樣無法扭轉的事實還有一個，東路紅巾新的名義大當家已經誕生，在脫脫沒有被擊敗之前，任何人都必須遵從這個大當家的號令，不折不扣。

施禮完畢的眾人，強忍心中悲痛，將目光轉向朱重九。他們在等待著他的第一道將令，如同他們在前年差不多時候等著芝麻李的振臂一呼一樣。

感受到眾人眼裡的期待，朱重九轉過身，面向大夥，目光掃過眾人，朱重九一字一頓的宣布：

「買一口金絲楠木棺材給大總管入殮，請大光明使按照明教尊者之禮給大總管誦經七日，七日之後，朱某必以韃子軍中上將之血，祭大總管英靈！」

「嗚嗚……」眾人聞聽，再度大放悲鳴。

朱重九穿過悲慟的人群，走向病房門口。此時此刻，他心中也痛如刀割，但眼下卻不是放縱悲傷的時候，外面還有無數人在等著他。

屬於他的挑戰，才剛剛開始。

「嗚嗚……」病房門從朱重九背後關緊，房中的人哭得愈發響亮。特別是趙君用，簡直是哭得痛斷肝腸，不斷地以頭搶地，額角上淌出了鮮血，順著眉梢、眼角，淅淅瀝瀝流得滿臉都是。

「大哥，大哥，你怎麼能這麼就去了！你帶兄弟我一起走吧！咱們紅巾軍不能沒你啊！」另外一名紅巾軍宿老，始終追隨在芝麻李身側的彭大，也是痛不欲生。

二人相交二十餘年，早在蕭縣起義之前就已經義結金蘭，不能同年同月同日生，但願同年同月同日死，如今芝麻李丟下這麼大一個爛攤子自己先走了，讓他怎麼應付得來?!

「大哥，你放心，俺小潘只要一口氣在，就一定把嫂子和侄兒給您找到，將來誰要是敢虧待了他們，俺小潘就跟他白刀子進，紅刀子出！」最乾脆的還是潘癩子，直接對著芝麻李的遺體發起了誓。

「大哥！」「大當家！」「大總管！」聞聽此言，許多人目光都是一閃，紛紛收起眼淚，大聲承諾道：「您儘管放心！少帥吉人天相，肯定平安無事，我等就是大海撈針，也一定將其給您找回來。」

芝麻李的原配早亡，兒子乃是妾室所生，今年三月才剛剛抓過周，非常聰明伶俐，所以芝麻李對這個兒子極為喜歡，即便行軍打仗時，也不忘將其與其母一併帶在身邊。

結果五月那場喪心病狂的大洪水，將十餘萬紅巾弟兄吞噬殆盡，芝麻李的小妾和兒子也在混亂當中不知所蹤。

朱重九將芝麻李接回淮安後，派出了無數人手去搜救打探這對母子的消息，甚至發出了活要見人，死要見屍的死令，但弟兄們始終沒帶回任何喜訊，以致芝麻李到後來徹底絕望，再也不跟任何人提起妻兒的事。眾人怕他傷心，也儘量不將話頭往這方向引。

然而，生前是生前，死後是死後，芝麻李只要還活在世上一天，就沒人能利用他的兒子做文章；但芝麻李突然撒手西去，走前還做了一個非常不盡人情的決定，那他的兒子就很有必要被儘快找出來，繼承其父「遺志」了。

聰明人在世界上向來不缺，聽了大夥的承諾，趙君用立刻止住了悲聲，頂著腦門子的血，抽泣著說：「大哥身後，就留下這麼一點骨血，咱們這些老兄弟一定要竭盡全力將孩子找回來，否則，待我等都百年之後，大哥的墓前連個上香火的人都沒有，他老人家在九泉之下，豈能不覺淒涼！」

「少帥當然要找回來！」彭大立刻接過話頭，甕聲甕氣地補充道；「老趙你留在淮安繼續盯著，繼續幫朱總管對付元兵，俺老彭立刻就出發，悄悄潛回睢陽那邊。我就不信了，當時少帥身邊那麼多親兵，就沒剩下一個活著的！」

「俺跟你一起去，反正俺小潘手下那點兵馬留在淮安城也幫不上朱總管的忙，不如分散出去找人，也算物盡其用了！」潘癩子不甘人後，自告奮勇道。

「咱仨聯名給毛貴去個信，他手下弟兄多，說不定能幫上一些忙！」趙君用看了看彭大和潘癩子兩個，提議道。

「找他？」對於趙君用的提議，彭大很是猶豫。「他可是兼著滁州大總管呢！算了，你想找他就找他吧。無論如何，他對李大哥的事情都不能不上心！」

「毛貴有情有義，在大事上向來不糊塗！」趙君用接過彭大的話頭，「況且他還是咱們蕭縣的老兄弟，韃子最初懸賞捉拿的徐州八大寇裡頭，也有他一個！」

蕭縣兩個字被他咬得格外重，彭大和潘癩子兩人立刻心有靈犀，先後說道：「你講得對，他畢竟也是咱們蕭縣出來的。」

「八人奪徐州，連韃子都知道咱們兄弟八個是同氣連枝，誰都不會辜負誰！」

當夜八人領著數千流民夜奪徐州，不久後張氏三雄戰歿，今天芝麻李又英年早逝，八人中，還剩下他、彭大、潘癩子和毛貴四個，於情於理，剩下的四個人都有必要齊心協力照顧芝麻李的後代。

至於在尋找芝麻李後人這件事上，還能不能附帶一些其他東西，就只能意會而不可言傳了，反正蕭縣弟兄們拼死拼活打下的基業，不能稀里糊塗地落進外人手中。

「唐大師，李大哥身後哀榮之事，還得拜託您多多費心，我們兄弟幾個，都是教中子弟，李大哥生前侍明尊也極為虔誠。」幾句話拉攏住了彭大和潘癩子，趙君用將目光對準了大光明使唐子豪。

唐子豪雖然不在八人之內，但他跟趙君用等人的關係，遠比跟朱重九這個第九人好得多，聽了趙君用的話，立刻揉了揉眼睛，悲切地回道：

「那是自然，以大總管對教中的貢獻，唐某當然要好好送他一程，剛才朱總管也曾經說過，讓唐某按照尊者之禮為大總管誦經七日，只是剛才朱總管發下宏願，七天內必以元軍一上將之血來祭奠大總管。按照教義，此乃對著大總管在天之英靈發下的開口誓，若不兌現，恐怕會令大總管去朝見明尊的路上有許多羈絆！」

在朱重九的治下，明教向來得不到任何特權，即便教中宿老來淮揚公幹，官府也從沒出面接待過，更甭說像別的地方那樣，奉上大筆大筆的金銀細軟以供傳播教義了，因此明教上層早就對朱重九極為不滿，只是始終找不到合適發作的機會罷了。

如今趙君用等人主動送刀子上門，唐子豪豈有不接之禮？立刻就把朱重九傷心過度下所說的義憤之言給挖了出來。

想到這兒，趙君用的眼神又是一閃，哽咽著道：「給大總管報仇，也不是朱總管一個人的事。但事關大總管能否位列仙班，我等自然會記得從旁催促，免得朱總管軍務繁忙，說過的話轉眼就給忘記了。」

「他敢！」彭大眼睛一瞪，咬著牙道：「大總管所有東西都給了他，他要是說了不算，休想讓老彭聽他的調遣。」

「嘿，俺小潘就在這裡看著！」潘癩子撇撇嘴，「七日之內，咱們就知道他是在糊弄李大哥，還是真心實意了！」

「是啊，這麼多雙耳朵聽著呢！」幾個蕭縣起義時就跟在芝麻李身邊的「老資格」也紛紛開口。

在他們看來，芝麻李臨終前將整個東路紅巾交托給朱重九的舉動，實在有些不公平。論資格，趙君用、彭大、潘癩子和毛貴等人，誰不比朱重九來得老？論威信和戰功，四人這兩年也多次將官兵打得屁滾尿流。雖然眼下朱重九的實力最強，那也是他朱重九偷奸耍滑，故意將隊伍拖在後邊的緣故，如果淮安軍主力當初也去了睢陽，洪水一來，未必能比別人多剩下多少。

然而，以芝麻李的威望和仁德，大夥也不好在他屍骨未寒之際，公然推翻他的遺命，那樣非但會令天下豪傑恥笑，也得不到大多數非淮揚派系的紅巾弟兄支持。所以，想要讓朱重九當不了大夥的共主，只能採用各種迂迴的方式，比如抓住他在芝麻李遺體前的激憤之言做文章，逼著他去兌現。

一旦他兌現不了承諾，就是蓄意欺騙死人。既然他連死去的芝麻李都會欺騙，那他在芝麻李生前的種種行為，則更是包藏著許多不良居心。如是種種，日削夜割，用不了太久，朱某人的形象就會轟然倒地；不用大夥去搶，他自己就只能將李大總管留下的印信拱手交出來了。

「李大哥，想當年，你帶著我們兄弟幾個，以兩筐芝麻燒餅起兵……」

就在眾人議論紛紛之際，趙君用再度撲回芝麻李病榻前且泣且訴，眼淚混著血水從臉上滴滴答答往下流。

火已經成功點起來了，不用再燒，再燒就過而不及了。眼下脫脫在淮河和黃河對岸駐紮了大軍三十餘萬，而朱屠戶能調動的，不過是淮安四個軍，滿打滿算十萬來人馬，除非他主動帶兵過河找脫脫決戰，否則怎麼可能在七天內殺掉一名元軍大將？

一旦他朱某人的承諾兌現不了，導致了芝麻李無法順利如期下葬的話，屆時，無須任何人煽動，憤怒的紅巾弟兄就能用吐沫星子將他活活淹死！

這一夜，註定很多人輾轉寤寐。

第二天一大早，朱重九的親兵團長徐洪三帶著五十餘名近衛，用一口連夜趕製出來的金絲楠木棺材將芝麻李裝殮起來，抬到淮安城內唯一的一所明教寺院的偏殿內，按教中規矩停屍七日，以供明教高人和弟子們誦經超渡。

剛剛入秋沒多久，天氣還非常炎熱，因此徐洪三特地派人從火藥作坊裡推來了冰塊和木盆，將偌大的偏殿內弄得如冰窟窿般涼爽。

儘管如此，趙君用等人對朱重九沒有親自前來給芝麻李守靈，依舊非常憤怒。

待徐洪三帶著近衛們前腳一走，後腳立刻就將彭大拉到一盆冰塊旁，小聲嘀咕道：「你昨天不是說要親自去找少帥麼？怎麼還沒動身？不用再跟朱兄弟打招呼了，你看他忙得連面都顧不上露一個，哪有功夫管你私底下去幹什麼！」

「你以為我想等他啊?!」彭大不光個頭大，脾氣大，嗓門也大，立刻豎起眼睛嚷嚷道：「我昨天去碼頭上找船，管水師的那個姓常的混帳，居然說民船早就都派光了，如果想要調用戰船的話，除了朱屠戶的手令之外，誰的話他都不會聽。」

「你沒跟他說是去找少帥麼？」趙君用皺了皺眉頭，故意揣著明白裝糊塗。

「怎麼可能沒說！」彭大一拳砸在寺廟柱子上，把殿梁震得瑟瑟土落。「但是也得管用才行！姓常的只肯買朱屠戶一個人的帳，任我跟癩子兩人磨破了嘴皮子，卻是連條舢板也不肯給！」

「該死！」趙君用罵了句，義憤填膺地說：「老彭你別急，等會兒我跟你一起去的淮安軍的議事堂去堵他。我就不信了，李大哥前腳剛走，他後腳就敢連少帥的死活都不管。」

「我才不去呢，好像我要求他一般！」彭大氣賭氣道：「俺老彭今天就在大總管的靈堂裡等著他，當著大總管的面，問問他到底給不給派船。」

「他不會來吧！畢竟他是一軍主帥，要管著十幾萬人呢！」趙君用故意說道。

「他能有什麼鳥事？」不光是彭大，其他幾個蕭縣時就追隨芝麻李的老人也氣得兩眼冒火。「韃子的戰船早就被他給轟乾淨了，哪還有力氣過河！他分明是故意不想露面，虧得大總管還把衣缽傳給他！」

「他今天要是敢不來，老子就帶兵去抓他！」潘癩子剛好鐵青著臉進門，聽了眾人的話，立刻張牙舞爪地說道。

「對，去抓他，把他揪出來，問問到底是什麼意思？大總管昨天剛剛咽氣，他今天就敢壞了心腸！」

眾人原本就憋了一肚子火，被潘癩子的話一激，立刻露胳膊挽袖子，發誓要跟朱屠戶分個是非曲直。

「要去就趕緊去，誰不去，就是他孬種王八蛋！」正叫嚷地得熱鬧間，耳畔突然傳來一聲斷喝。「要是沒那個膽子，就別在這裡充大頭，這裡是靈堂，不是他奶奶的戲園子。」

眾人立刻將眼睛轉向了說話者，只見芝麻李的親兵統領丁德興手按著刀柄，毫無畏懼地跟大夥對視著，黑鍋底般的面孔上寫滿了不屑。

「黑丁，你什麼意思。大總管屍骨未寒，你就打算改換門庭了麼？」眾人被他看得心虛，跳著腳指責。

「你們還知道大總管屍骨未寒?!」被喚作黑丁的親兵統領丁德興橫了眾人

幾眼，撇嘴冷笑道：「昨天是哪個當著大總管的面，答應今後唯朱總管馬首是瞻的？大總管剛閉上眼睛，你們就想把說出來的話吃回去，就不怕他老人家的在天之靈半夜去找你？要是你們有本事頂住外邊那三十萬大軍也罷，都成了喪家之犬了，不想著怎麼協助朱總管對抗蒙古人，反倒比賽從他背後下刀子，真的把朱總管放翻了，讓脫脫打過來，你們誰能保證自己落到個好下場？」

「你……」眾人被罵得面如土色，指著丁德興的鼻子，結結巴巴地反駁道：「我們只是，只是看不慣姓朱的涼薄，誰想從他背後下刀子了？」

「他涼薄？他要是涼薄，當初就不用冒著被火炮轟死的危險去芒碭山救咱們！」丁德興一巴掌將伸到眼前的手指拍開，凜然道：「只要裝作找不到人，用不了三天，咱們就得餓得連兵器都舉不起來，屆時王保保一刀一個，殺個乾淨，倒省得現在來淮安城裡頭浪費別人的糧食！」

「你，你，你……」眾人被他嗆得說不出話來，直喘著粗氣。

雖然不服朱重九接了芝麻李的衣缽，可誰也無法否認，在場所有人的性命都是人家朱總管救回來的，如果朱屠戶當初真的包藏禍心的話，完全可以借助王保保的手將他們全部剪除，然後再打出給芝麻李報仇的旗號收復失地，什麼徐州、宿州、蒙城，全都順理成章的被淮安軍收入囊中，比現在從芝麻李手中接過印信輕鬆得多。

「朱總管供咱們吃，供咱們喝，還供著底下弟兄的糧草器械，咱們別給臉不要臉。」見眾人氣焰被自己打了下去，丁德興繼續說道：「甭說大總管生前已經把印信交給了他，就是不交給他，你們其中任何人能拿得住麼？你們誰能擋住第二軍傾力一擊？」

這幾句話可是說得太直接了，直接到了不加任何掩飾的地步。如果眾人此刻惹惱了朱屠戶，引發了紅巾軍內部火拼，各自手下的殘兵敗將全都加在一起，也不是淮安五支新軍當中任何一支的對手；而朱重九想要誅殺他們，根本不需找太多理由，一個「大敵當前惑亂軍心」，就足夠砍掉他們所有人的腦袋。

當即，先前有幾個叫嚷得最來勁的，徹底變成了啞巴，將身體縮到柱子後，生怕被人記住自己的面孔。

趙君用、彭大和潘癩子三個雖然不甘心，可先前鬧事的底氣完全建立在認為朱重九不敢翻臉的基礎上，此刻聽丁德興說得狠辣，立刻氣勢弱了三分，小聲嘀咕道：「我等不過是心裡頭難過，湊在一起發洩一下罷了。大敵當前，誰還會真的去給朱總管添亂？黑丁，你有本事，就去朱總管那揭發我們，看看他不會賜給你一官半職。」

「老子既然把話說到了明處，就不會做那小人！」丁德興回道：「但是爾等也好自為之，即便泥人也有個土性，真要把朱總管惹急了，就算他看在大總管的面上不明著動手，只要把你等趕出淮安城去，斷了糧草，還東路紅巾的總瓢把子呢，誰有本事不讓腦袋被人割了去，我丁德興姓你們的姓！」

說罷，狠狠地一推刀柄，揚長而去。

「你，你……」眾宿老被氣得嘴斜眼歪，卻是誰也沒有膽子再多說一句廢話。

「丁兄弟，丁兄弟慢走！」趙君用見勢不妙，趕緊快追了幾步，從身後拉住丁德興的衣袖，「丁兄弟，你到哪裡去？」

「自然是到朱總管那邊去報到，然後聽他的調遣！」丁德興甩開趙君用的手，心裡頭一百二十個厭惡。「昨天大總管臨終前，丁某答應過他老人家，從今往後唯朱總管馬首是瞻，別人可以把說出的話當個屁再吞回去，丁某卻知道自己是個爺們，說出來話來如白染皂！」

「大夥都是傷心過度，亂了方寸麼！」趙君用被說得老臉一紅，訕訕地解釋。

「丁某剛才聽著大夥說話，可是有條理得緊！」丁德興冷笑著回了句，大步流星朝議事堂方向走去。

他手裡千餘親兵都是一等一的精銳，如果都倒向淮安軍那邊去，別人更是沒有翻盤的指望了。

想到此節，趙君用緊追幾步，求懇道：「丁兄弟，你聽我說，有些事不能做得太急，多看看，未必有錯處，也許就能看出人的好壞來呢，免得將來大夥想後悔沒地方買藥吃！」

「看，看什麼？看爾等勾心鬥角麼？丁某沒那個興趣！」丁德興冷言回道，再度將雙方的距離拉開。「姓趙的，你最好把自己的小心思收起來，這世上不止你一個聰明人，只是人家肚量大，不想跟你較真而已，否則你趙某人的腦袋，早就掛到城牆上去了！保證沒人替你喊冤！」

「你不信我，至少也等大總管過了頭七！」趙君用不敢再追，站在原地大聲叫嚷道：「至少讓他兌現了昨天的誓言，否則他在大總管靈前說的話都可以吞下去，誰能保證他將來會怎樣對待咱們？」

「不就是一員韃子上將的人頭麼？」丁德興回頭看了看趙君用，不屑地道：「丁某替朱總管取來便是！即便不成，丁某死在對岸罷了，總好過再看爾等這副嘴臉！」

自芝麻李被救回之日起，兩個多月來，丁德興每天看著趙君用如護食的土狗一般，在芝麻李病榻前轉悠，心中早就對其鄙夷到了極點，所以根本不相信東路紅巾落到此人手裡後會有什麼活路，他寧願把身家性命全押在朱重九那兒，痛痛快快搏上一場。

懷著不成功便成仁的念頭，他邁開大步，將趙君用等遠遠地甩在身後，直奔淮安軍的大總管行轅，拔出腰刀，向當值的近衛頭目說道：

「李大總管帳下親兵統領丁德興，奉大總管遺命前來向朱總管報到，有勞這位兄弟代為通傳！」

「是丁統領啊，麻煩您稍等，我進去看看我家大總管現在忙不忙！」

當值的近衛連長俞通海恰恰在今天給芝麻李的靈堂運送冰塊時見過丁德興，腦子裡還有幾分印象。客氣地應了聲，轉身入內。

片刻後，滿臉堆笑走了出來，道：「哎呀，丁將軍，讓您久等了，我家大總管正在裡邊跟第五軍的眾將議事，估計一時半會兒完不了，要不您明天再來？」

「議事？你們淮安第五軍最近有大動作麼？朱總管什麼時候能騰出空見我？」丁德興幾曾受到過如此冷遇，眉頭緊皺，不高興地問。

「那我可就不知道了，咱們淮安軍規矩嚴，不似別的地方，什麼人都可以往跟前湊。大總管給底下人安排任務的時候，像我這種級別的根本沒資格旁聽。」

俞通海打著哈哈說。

丁德興被軟釘子碰得一點辦法都沒有，無奈地道：「那就煩勞兄弟你多費些心思，什麼時候大總管騰出空來，什麼時候替丁某去通稟一聲。」

「這……」俞通海想了下，婉轉說道：「那丁將軍去旁邊的廂房裡等吧，小的讓人給您燒壺茶來。這大熱天的，可不敢勞煩您跟我一起在太陽底下曬著！」

話雖然說得極為客氣，卻將對方的腰刀遞了回來，一雙黑溜溜的小眼睛看向大門口，明擺著是巴不得丁德興立刻滾蛋，別繼續給自家大總管添麻煩。

丁德興也是個聰明人，到了此刻，如何不知道自己是受了趙君用等蠢貨的池魚之殃，輕輕嘆了口氣，強忍著滿腔怒火央求道：

「丁某的確有要緊事情必須當面向大總管稟告，煩勞這位兄弟盯得緊一些，等大總管有了空，立刻替我通傳一次。丁某是個武夫，只懂得上陣殺敵，不懂得玩什麼花花腸子，別人怎麼做，跟丁某無關！」

「丁將軍這是哪裡話來，能替您通傳，小人有膽子故意拖延麼？」俞通海知道自己的小把戲被人看穿了，連忙收起笑容，用力搖頭，「裡面真的是在商議緊急軍務，您如果不放心，就去門房裡一邊喝茶一邊等著，看看今天上午，除了咱們淮安軍的人之外，有誰會比您還先一步進去！」

這幾句話明顯又打了埋伏，不是自己人，誰也無法比丁德興先一步見到朱總管，換句話說，淮安軍眾文武則一律優先。

丁德興聽出其中貓膩，卻不得繼續不忍氣吞聲，點點頭，無可奈何地回道：「也好，那丁某就有勞這位兄弟了！」

「丁將軍您左邊請。趙虎頭，你帶丁將軍去廂房飲茶！」沒想到丁德興如此好脾氣，俞通海只好硬著頭皮，安排專人引對方去廂房休息。

眾親兵也聽袍澤們說起當天在靈堂裡受到的冷遇，對貿然來訪的丁德興一百二十個不待見，將其引到廂房中最凌亂的一間屋子內，端上一壺根本沒燒開的茶湯，兩碟又乾又硬的點心便轉頭而去，唯恐躲得慢了，沾上一身酸臭氣。

丁德興見了，心中愈發覺得淒涼，趙君用等人鼠目寸光，大總管屍骨未寒就想著搶班奪權，朱重八麾下又淨是些驕兵悍將，眼空四海，將慕名來投者拒於門外，這東路紅巾莫非真的就要徹底沒落了麼？大總管啊，你怎麼走得如此匆忙？

正借著一壺涼茶澆愁的時候，忽然聽見門外傳來一串尖厲的銅哨聲，「吱——吱……」單調卻整齊。

緊跟著，有一營外出訓練的士兵，在一名宣節校尉的指揮下，伴著銅哨的節奏，邁著整齊的步伐走了回來，一個個挺胸拔背，潮紅色的面孔上灑滿了陽光。

「這朱總管，的確練得一手好兵！」丁德興是個行家，目光立刻就被這營的士兵吸引了過去。

與他麾下的宿州精銳比起來，門外這群淮安將士在身材上還稍顯單薄，但行進間所透出來的氣勢，卻遠在宿州精銳之上。特別是每個人的眼神，都亮得如清晨的啟明星一般，沒有任何畏懼，也看不到任何迷茫。

「怒髮衝冠，憑欄處，唱！」那帶兵的宣節不知道廂房中有客人在，猛的將拴了繩索的銅哨向外一吐，下令道。

「怒髮衝冠，憑欄處，瀟瀟雨歇。抬望眼，仰天長嘯，壯懷激烈。三十功名塵與土，八千里路雲和月。莫等閒，白了少年頭，空悲切！」

竟是岳武穆的《滿江紅》，由三百多條漢子嘴裡齊聲唱出來，頓時響徹雲天。

丁德興在茶樓裡也聽優伶們唱過這闕詞，只是塗脂抹粉，手裡拿著牙板的兔兒爺，哪裡唱得出岳武穆的半分風味？此刻換成了三百餘背嵬，氣勢頓時為之一變，雖然為清唱，卻彷彿有若干銅鼓鐵瑟相伴，一句句慷慨激越，燒得人渾身上下的鮮血都沸騰起來，恨不能持刃相隨，與壯士們一道醉臥沙場。

正聽得如醉如癡間，卻見先前故意敷衍自己的那個近衛頭目從臺階上衝下來，一把搶過宣節校尉胸前的哨子，用力吹響，「吱——，吱吱——！停，不要唱了，大總管正在……」

「靖康恥，猶未雪；臣子恨，何時滅？駕長車，踏破賀蘭山缺！壯志饑餐胡虜肉，笑談渴飲匈奴血。待從頭，收拾舊山河，朝天闕——！」

三百將士正唱在興頭上，哪裡聽得見俞通海的勸阻，扯著嗓子，把後半闕唱完了，才拖著長長的尾韻緩緩停了下來。

「周俊你小子找死啊！大總管正在裡面給第五軍安排任務呢，打擾了他老人家，你親哥來了也保不住你！」俞通海氣急敗壞，跳著腳指責。

「啊——？」帶兵的宣節校尉周俊嚇了一大跳，低聲驚呼，旋即趕緊揮了下胳膊，讓隊伍中的宣節副尉帶著大夥回營，然後滿臉堆笑地問：「俞哥，大總管此刻真的就在議事堂裡頭？」

「等會兒明法參軍出來，你就知道了！」俞通海橫了周俊一眼，數落道：「我說你小子，想出風頭也不是這麼出法，若是人人路過議事堂，都像你這麼吼上幾嗓子，咱們大總管還做不做正事啊？光是吵，就被你們這幫缺心眼的傢伙給吵暈了！」

「嘿嘿，這不是怕大總管忘了咱們麼？」周俊不好意思地說：「這些日子，光看著水師吃肉了，咱們這些陸上的弟兄，連口湯都喝不上，弟兄們一個個憋得嗷嗷直叫，我這要再不讓他們吼兩嗓子，怕是是把他們憋出什麼毛病來！」

「我看你才憋出毛病來了呢！」俞通海瞪了他一眼，毫不客氣地拆穿道：「所以才故意到議事堂門口來唱歌，生怕大總管記不起你來！你等著，我去把你大哥找出來，讓他親手揭了你的皮！」

「別，千萬別，我改還不行麼？」周俊嚇得滿頭是汗，一把拉住俞通海的絆甲，哀求道。

他大哥名字叫周定，在第五軍剛剛成軍時，就做了輔兵旅的團長，隨後又多次陣前立功，如今已經高升為第五軍第四旅的戰兵旅長。武職為致果校尉，再進一步就是副指揮使，前途不可限量。

有自家哥哥在頭上關照著，周俊在第五軍的日子也過得如魚得水，只是關照歸關照，對自家弟弟，旅長周定的要求卻比任何人都嚴格，無論是訓練、指揮、執行任務能力，還是船上、步下遠近功夫，平素無不要求其力爭第一，稍有懈怠，就是拉進帳篷裡去狠狠抽上一頓鞭子。

所以周俊天不怕地不怕，就怕有人在自家親哥哥面前告自己的黑狀，趕緊扯住對方的胳膊，拜託道：

「俞哥，你是我親大哥還不行麼，我剛才真的不知道大總管在議事，我求你了，等禁酒令結束，我去城中最好的酒樓裡請你喝個痛快！」

「那還差不多！我記下了，如果你敢反悔的話，咱們老帳新帳一併算！」俞通海原本也有逗弄周俊的意思，聽他說得恭順，便翹起下巴道。

「黑魚，你又在作死麼？」

話音剛落，裡邊忽然傳來一聲怒叱，緊跟著，中兵參軍長章溢大步流星走了出來，瞪著俞通海厲聲質問道：「剛才是誰在大聲喧嘩，你這個值日官怎麼當的？幹不了就趕緊言語一聲，老子立刻讓你們徐團長換人！」

「是第五軍的周營長，剛剛帶著弟兄出去團練回來，不知道裡邊在議事，高興得有些忘乎所以，就唱了幾嗓子！」俞通海很沒義氣地將周俊給推了出去，「屬下已經制止過了，他也認了錯，所以屬下就沒向您彙報！」

「胡鬧！」章溢呵斥了一句，然後看向周俊，「你是周定的弟弟，我記得你。跟我進來，你哥此刻就在裡邊。」

「啊！」周俊立刻苦著臉，但是他軍銜遠比章溢低，不敢不從，旋即迅速抱拳補了個禮，大聲回應，「是！」

「參軍大人！」俞通海心裡老大不落忍，趕緊出面幫忙求情。「他剛才的確不知道裡邊正在議事，屬下已經呵斥過他了。」

「你也進去，把值日的臂章交給小肖！」章溢板著臉，吩咐道：「有正事，別拖拖拉拉的，章某才沒功夫找你們的麻煩！」

「是！屬下遵命！」俞通海心裡的石頭落了地，挺直身體，隨即想起坐在廂房中喝涼水的丁德興，朝窗口看了看，壓低聲音通報道：「報告大人，剛才有個姓丁的過來求見大總管，我看他態度還算恭順，就讓他在那邊候著了，如果大總管沒空搭理他……」

「是丁德興將軍？」章溢的眉毛又豎了起來，圈起手指頭，狠狠在俞通海額頭上敲了一記，「該死，你怎麼不早點告訴我？還不快去把他請出來！」

「我不是見大總管正忙著麼？」俞通海揉了揉腦袋上的包，滿臉委屈地道。眼見章溢又將手指蜷起，趕緊撒腿衝向待客的廂房，「丁將軍，我家章參軍有請！」

「看情形只是這個百夫長氣量小，故意給老子吃癟，淮安軍的其他人倒不似他一般驕橫！」坐在廂房裡的丁德興，早就透過窗子將外邊的事看了個清清楚楚，猶豫了一下，起身走出門外，「有勞俞兄弟了！對面可是章大人？丁某在這裡恭候多時！」

「不敢，勞丁將軍久等了！」章溢果然態度跟俞通海是兩個模樣，迎上前，以平級之禮抱拳相還，「剛才我家總管的確忙著處理軍務，所以底下人不敢隨便打擾，丁兄請隨在下進去，我家總管若是知道丁兄過來，一定會倒履相迎！」

「丁某不過是爪牙之輩，哪當得起朱總管如此客氣！」丁德興聽了，心中的怒氣早已散得一乾二淨，連忙說道。

「若無黃趙，先主豈能三分天下？姓陳的心胸狹窄，曲筆報仇，徒令後人恥笑耳。」章溢聽了，笑著擺手道：「丁將軍不要客氣了，且隨我進去。今晚之事，說不定正有用到將軍的地方。」

丁德興即便再狂妄，也不敢把自己比作黃忠和趙雲，聽章溢為了推崇自己，居然連陳壽都給罵了個狗血噴頭，心裡不由得湧起一股暖融融的滋味，多餘的話便再也說不出口，跟在對方身後，昂首挺胸往裡走。

待來到議事堂內，他才發現先前姓俞的傢伙還真不是完全在敷衍他，不光第五軍的正副指揮使在，其他各軍的主將，如胡大海、徐達、劉子雲等全都在場，連淮揚系中穩穩位居第二把交椅的蘇先生，此刻也跟眾人坐在同一張橢圓形桌案旁，兩眼通紅，彷彿一頭饑餓的猛獸般準備擇人而噬。

見到此景，丁德興立刻知道自己沒有列席的資格，停下腳步，向朱重九深施一禮，道：「已故先平章帳下親軍統領丁德興，奉遺命前來效力，不知大總管正在升帳議事，貿然闖入，且容末將暫且退在門外，稍後再回來領大總管責罰！」

「啟稟大總管，丁統領有要事求見，屬下覺得他不是外人，就將他領了進來！魯莽之處，還請大總管包涵！」章溢聞言，趕緊解釋道。

「章參軍這是什麼話？」朱重九旋即從章溢的急切目光中，理解了對方的良苦用心，笑著上前拉住丁德興，「丁將軍要到哪裡去？既然來了，就趕緊找個地方坐下，接下來的事，正要借助你的勇猛！」

「末將初來乍到，怎好……既然大總管不嫌末將粗鄙，末將坐了便是，今後但凡有用得到末將的地方，絕不敢辭！」丁德興掙扎了幾下，卻沒有朱重九力氣大，只好半推半就地坐了下來。

「你們兩個也坐！」朱重九又向俞通海和周俊兩人揮了揮胳膊，接著坐回到上首自己的主帥位子上，吩咐道：「陳參軍，你把當下的形勢大致再向他們三個說明一遍。」

陳基答應一聲，隨即走到牆上的輿圖前，用木棍指著下方的位置說道：

「據昨夜收到的緊急軍報，董賊搏霄在海寇方國珍的協助下，避開了我淮安第一水師的防線，於通州西側六十里處的老河口登岸。隨即攻下了泰興。如今敵軍正水陸並進朝泰州進發，吳永淳將軍已經率領第四軍的四個旅前去迎戰。但敵眾我寡，方國珍麾下的海賊又精通水戰，形勢非常緊急！」

「轟！」丁德興聞聽，腦袋立刻像炸開了一枚炮彈般頭暈目眩。

為了擋住脫脫麾下那三十萬虎狼，淮安軍絕大兵力都集中在北線，水師的戰船也被抽調過半，此刻留守揚州路的，只有吳永淳所率領的第四軍。而從揚州到海門，卻有五座城市，四百餘里的防線，吳永淳即便是三頭六臂也難以兼顧。

一旦揚州失守，淮安軍就會腹背受敵，糧草、軍械供應也全部被切斷。想要擺脫困境，就只有一條路可選，放棄黃淮防線，火速回師南下，搶在脫脫做出正確反應之前，將董摶霄擊潰，然後再回過頭去迎戰脫脫，期待老天爺降下新的奇蹟。

正驚得魂不守舍間，又聽陳基說道：

「按照我軍先前做出的應急預案，一旦水上防線被董賊攻破。則水師第一艦隊回縮揚州，與第四軍一部死保江灣，第四軍其他各部，則根據實際情況決定放棄那些城池，以空間換時間。按照這種預案，萬一泰州城下戰事對我軍不利，最遲半個月之後，吳指揮使所帶領全部兵馬將退保揚州城，以揚州和江灣新城兩地互為犄角，與董摶霄做最後的周旋。」

「嘶──！」不知不覺中，丁德興將手放到了嘴巴上，倒吸了口冷氣。

淮安軍對此種惡劣局勢，早有準備肯定比沒準備強，但憑藉揚州和江灣新城死守，卻已經落了絕對下風，頂多能保證揚州城裡的糧草輜重和江灣新城內的工坊不落到董賊手中，但再也無法沿著運河源源不斷給北線輸送物資。

一旦消息傳開，對整個東路紅巾軍的士氣打擊也將非常致命，至少讓趙君用等人找到了足夠的發難藉口，在大敵當前之時先挑起內部紛爭。

「所以，我軍的應對方案是**以牙還牙**，**跟脫脫比誰下手快**！搶在第四軍退守揚州之前，主動破局，打亂脫脫的得意部署！」

「破局？」丁德興聽得好生驚詫，卻不敢開口詢問，瞪圓了一雙大眼。

好在大夥並沒讓他等多久，很快，朱重九就接過了會議的主導權，向著剛剛跟他一起入內的周俊問道：

「周營長，你們那個營裡頭，夜間不能視物的弟兄還剩多少？」

「這……」周俊被問得一愣，旋即長身而起，挺著胸脯彙報，「啟稟大總管，第五軍第三旅三團二營，這幾個月一直按照上面的吩咐，給弟兄們吃魚和野菜，雀蒙眼只剩下五十三人，其他弟兄走夜路不成問題！」

「其他各營的情況也差不多！」第五軍指揮使吳良謀的臉色與營長周俊一樣自豪，在旁邊補充道：「我軍一直側重加強的就是火器和夜襲，每個營都定期會在夜間集合，外出訓練；伙食也按照大總管的建議，以鹹魚和野菜為主。」

「嘿嘿嘿……」聽了他的話，許多將領會心而笑。

擅於夜戰，的確是第五軍的一大專長，誰讓這個軍的指揮使是憑夜鑽排水溝而成名的呢！但伙食增加大量野菜和鹹魚，就不是第五軍一家的特色了。

自打去年接收了揚州城那六十萬饑民時起，淮安軍為了節省糧食，內部就形成了吃海魚和野菜的傳統。如今時值夏末秋初，如果不先把海魚從岸邊就地醃好了再送過來，難道弟兄們天天吃臭魚不成？

「我們第五軍吃鹹魚，是存著替弟兄們治療眼疾的目的去吃，而不是單純的為了節省軍糧！」第五軍長史逯德山被笑得好生尷尬，出言替吳良謀解圍。

「呵呵呵……」其他幾個指揮使紛紛搖頭，議事堂中的緊張氣氛倒是減輕了許多。

「俞通海，你以前生在膠西是不是？對那邊地形是否還熟悉？」朱重九將手向下壓了壓，將話頭帶回正題。

「末將的確生在膠西，家父做過膠州水軍萬戶所的達魯花赤，後來惹了皇帝，才被人削了職，跑到巢湖當水匪。」俞通海紅著臉解釋。

他的祖父做過武平郡王，是正統的蒙古貴胄。誰料到了他父親這代，不知怎麼稀裡糊塗成了燕帖木兒的餘黨，先被貶到山東道的膠州管名存實亡的水師，幾年後又被剝奪了姓氏，貶往洪澤湖旁邊做編戶。一家人受盡了地方官府的折辱。

所以在朱重九打下淮安後，俞通海父子乾脆把心一橫，直接投了紅巾，而後因為武藝過人，雙雙被選入了近衛團，擔任了營長和連長之職。

這段履歷，包括身為蒙古人卻成了下等奴隸的遭遇，俞家父子一直視為奇恥大辱，所以很少在人面前提及，今天突然被朱重九給問了出來，頓時尷尬得無地自容。

朱重九安慰道：「你不要緊張，你們父子昔日在戰場上的表現大夥有目共睹，只要跟大夥一條心，誰也不會拿你們當外人。」

「多謝大總管厚愛！」俞通海的眼睛頓時紅了起來，結結巴巴地道：「屬下願為大總管粉身碎骨在所不辭。」

「的確有一件任務要交給你，卻不是要你粉身碎骨！」朱重九笑了笑，「據情報處探知，益王已經親自領兵參戰，此刻正與王宣將軍在諸城一帶對峙，身後的膠州、萊州等地，各萬戶千戶所形同虛設！因此，參謀本部提議，以一支偏師從海路直插膠西，切斷益王退路，然後，與王宣前後夾擊，圍住此人，逼脫脫分兵去救。俞通海，你可願意為大軍先導？」

「末將誓不辱命！」俞通海又激動又緊張，雙手抱拳，聲音微顫。

激動的是，明知自己是蒙古人，朱總管依舊給與自己十足的信賴；緊張的是，當年自家雖然在水師萬戶所生活了好幾年，卻從未坐船出過海，絲毫不熟悉膠州那邊的水文，萬一把大軍給領到礁石區，那可就百死莫贖了。

非但他自己，包括他的父親，曾經擔任過大元水師萬戶的俞廷玉，都不熟悉膠州灣的水文。大元朝的水師在近二十年來基本上就是個笑話，否則也不會連方國珍都打不過，每征剿方賊一次，結果都是讓方賊官升三級。

「令尊昨晚已經帶著令弟通源混在商船中提前去那邊了，他會負責給大夥指示登岸的位置。」彷彿猜到俞通海在擔心什麼，朱重九看著他道：「那條航線，是蒙元山東的官商特地開闢出來的走私通道，自從脫脫封鎖運河之後，咱們淮揚商號銷往北方的貨物，六成以上走的都是這條航線，情報處和水師裡也有很多弟兄跟著咱們這邊的商船跑過好幾趟，可以在旁邊協助你！」

有人負責在海上領路，困難立刻減少了一大半，至於登岸後如何摸向膠州城，以及從膠州殺向諸城最短道路，俞通海閉著眼睛都能摸得清楚，當即挺直胸脯道：「大總管放心！末將一定把大夥平安送到膠州城下！」

朱重九欣慰地點點頭，信手從桌案上拿出一份手畫的地圖，交給俞通海，「好，我這裡有份輿圖，你根據自己的記憶對照一下。發現有錯誤的地方趕緊標出來，標完後，將輿圖交給馮參軍，你就在議事堂後面找間屋子睡下，養足精神，咱們下半夜登船出發！」

「是！」俞通海雙手接過地圖，攤在桌上，開始認真地校對。

朱重九將目光在眾人身上掃了一圈，命令道：「從現在起，大總管行轅封鎖，沒有指揮使以上將領簽發的手令，誰也不准出門。」

「喏！」眾文武站直身體，異口同聲地答道。

「第五軍指揮使吳良謀、副指揮使耿再成、參軍逯德山！」朱重九點名道。

「末將在！」被點到名字的三人個個挺胸拔背，滿臉喜悅。

當年夜襲淮安，為大軍打下第一片落腳點的，是他們第五軍的將領；如今為大軍破局，跨海北征的，也是第五軍的人，此戰若能獲勝，淮安第五軍必將名動四方，他們三個主事的將領，也將在青史上留下重重的一筆。

「回去挑選十五個營頭能夠夜間視物的弟兄，不要打散建制，就以營為單位，立刻吃飯休息，養精蓄銳。今夜子時在滿浦城外上船。每營一艘，上完就起錨。連夜順流而下，從北沙寨出海，明天午時，在鬱州島東側集結待命。」

「喏！」第五軍指揮使吳良謀、副指揮使耿再成、參軍逯德山躬身領命，帶著麾下幾名將校快步離開議事堂。

橢圓形的桌案旁，立刻空出了一小半位置。

朱重九繼續命令道：「第三軍指揮使徐達，從今天起，你全盤統籌淮安、高郵兩地的防務，半個月內，本總管不想看到任何韃子踏上這兩府地面！」

「末——將遵命！」徐達微微吃了一驚，卻沒有任何質疑，接下任務。

「第一軍副指揮使劉子雲，第二軍指揮使胡大海，本總管領兵北上時，你們二人以及麾下將領暫時歸徐達調遣，水師第二艦隊、情報處和內衛處也是如此！」

「不可！」

「大總管且慢！」

眾人這才明白，朱重九要親自帶隊去偷襲膠州，一個個大驚失色，紛紛勸阻：「海上風高浪急，主公豈可親涉險地？」

「主公乃萬金之軀，豈可做此魯莽之事，有第五軍便夠了，主公務必收回成命！」

「主公，末將願意替你去膠州，您坐鎮淮安便是！」

……

「笑話！」時隔一年半，朱重九終於又露出了他固執的一面，毫不客氣地將眾人的話頭打斷，「海上風高浪急，別人坐船，就比本總管安全麼？本總管去年三月的時候，還親自上陣衝殺呢，怎麼現在就成了泥巴捏的擺設了？」

「主公三思，臣等沒有那個意思！」眾人被搶白得語塞，卻絲毫不肯讓步，仍是苦口婆心地勸阻。「您如果有個閃失，讓淮安軍十萬弟兄，讓淮揚高郵三地數百萬黎庶……」

「停住！」朱重九用力拍了幾下桌子，再度打斷眾人的話，「你們提醒得好，咱們淮安軍的繼承順序問題，的確該提前做個準備了，免得哪天我有個閃失，自己內部亂成一團！」

「主公何出此言？」眾人聞聽，又七嘴八舌地道。

「主公才二十歲，說這些喪氣話做什麼？以您的武藝，誰能輕易近得了身？」

……

「天有不測風雲！昨天之前，誰曾想過大總管大業未成竟會含恨撒手西去？誰曾想過，大總管一走，趙君用等人會變成這副模樣？」朱重九嘆了口氣。

芝麻李去世後趙君用等人的反應，給朱重九帶來的衝擊非常大，他無法想像一旦自己遭遇不測後，身後的事業會變成何等模樣？小說中穿越者不死定律，顯然在目前所處的世界並不適用。

「這……」眾人知道朱重九說的全是實話，無法反駁。

「就這麼決定了！」朱重九下了最後決定，鄭重宣布，「黑丁，你剛好在，你來做個見證：萬一我遇到不測，咱們淮安軍的接位次序是，徐達為主……」

「主公！」徐達「噗通」一聲跪在地上，含著淚叩頭道，「主公切勿下此亂命，如果真的有那麼一天，末將願意追隨你一道去陰曹地府，再造一次閻羅王的反！」

「丁某擔當不起如此重任！請大總管三思！」丁德興也沒想到自己第一天來就遇到這種傳位大事，嚇得也跪倒在地，大聲推辭。

「住口！」朱重九厲聲道：「徐達，你給我站起來，淮安軍的將士只跪天地父母，莫非你忘了麼？」

「末將，末將……」徐達不敢違抗，紅著眼站起身，淚流滿臉。

「黑丁，你也起來！」朱重九雙手拉起丁德興，說道：「正因為你剛剛加入，跟任何人都沒深交，所以才讓你來做見證。我這不是說喪氣話，是以防萬一，畢竟我還沒兒子，即便有，也不能讓個穿著開襠褲的小娃娃來著大夥！」

「主公……」眾人又齊聲勸阻，聲音哽咽。

看到他們悲切的模樣，朱重九無奈地笑說：「不光是我，誰都無法保證自己永遠不死，徐達若是哪天遭遇不測，接下來就是吳良謀。然後是胡大海、吳二十二和劉子雲。咱們兄弟前仆後繼，總要保住淮安軍的薪火不滅，直到把蒙古皇帝趕出中原！」

「主公……」凡是在場被點到名字的將領，個個淚如泉湧。

死並不可怕，既然當了紅巾軍，大夥就早把腦袋別到褲腰帶上；可怕的是，在大夥死了之後，一直捨命捍衛的事業也隨之煙消雲散，所以從這一點上講，朱重九未雨綢繆，其實一點也沒有錯，畢竟戰場上刀箭無眼，誰都不能保證自己永遠不會恰巧成為炮彈的目標。

「蘇長史，把剛才的話寫在紙上！」朱重九看了眼唯一沒有相勸的蘇先生，鄭重叮囑道：「然後歸檔封存。你就不用想接位了，你負責監督這道命令的實施，所以無論什麼時候遇到緊急情況，你都可以先行撤離，無須跟任何人請示！」

「臣將來即便粉身碎骨，也替大總管看著這份命令！」蘇明哲感到自己肩頭上被壓了一座大山，雙手扶住桌案邊緣，任重道遠地說：「若是有誰知道了這份命令後就圖謀不軌，臣也絕對不會讓他遂了心意！」

跟朱重九時間最長，他也最瞭解自家主公的脾氣，一旦做出決定後，便是一百頭牛也拉不回，所以他也不費那個勸說的力氣，只管跟在後頭查缺補漏便是。

「此戰的目的，是拉動脫脫的主力，給大夥創造回援揚州的機會！」

見眾人終於不再苦勸，朱重九沉吟道：「他就是衝著本總管來的，本總管要不親自出馬，脫脫肯定不會上當；一旦我的旗號插在了益都，他繼續與大夥隔閡對峙，就徹底失去了意義。如果他帶領元軍主力趕赴益都的話，只要海上航路不被切斷，本總管就隨時可以撤回來，讓他再次空跑一趟！」

「大總管請答應末將一件事！」知道朱重九親自帶兵出征已成定局，徐達也不多勸，退求其次地道。

「說！只要本總管能做得到！」朱重九笑著答應。

「請大總管不到萬不得已，千萬別親自提刀上陣，您是咱們淮安軍的大總管，不再是區區一個左軍都督！」

「請大總管不到萬不得已，切莫親自提刀上陣！」眾將受到啟發，紛紛拱手懇請。

「有什麼差別？」朱重九毫不畏懼地說。

然而在眾人的目光逼迫下，又不得不將手舉起來，讓步說：「好，好，本總管不親自上陣跟人拼命便是！那些傢伙又不是豬，本總管殺起來還嫌累呢。」

「君子一言！」眾人紛紛要求擊掌為誓。

朱重九無奈，只好挨個跟大夥擊掌。

「在打垮益王之前，我離開淮安的消息，不准漏出大總管行轅。張松！」

「臣在！」前廬州知府張松立即應道。

「給我盯緊那幾個人，如果誰敢拖大夥後腿，你就告知胡大海，然後替我直接殺了他。朱某不想手足相殘，但也絕不會讓抗元大業毀於某個短視的匹夫之手！」朱重九聲音瞬間變得冷硬如刀。

「是！」非但內衛處管事張松，在座其他人也異口同聲的答應道。

整個淮揚三地都是朱重九帶著大夥一刀一槍打下來的，包括紅巾副帥芝麻李在內的其他紅巾將領，在這裡根本沒出過任何力氣，即便各方曾經聯手出過一次兵，但出兵者也都從中獲得了十倍甚至上百倍的紅利，淮安軍跟他們之間早就兩清了，不再欠任何人的情！

所以在大夥看來，眼下趙君用等人的性命都是淮安軍所救，每天吃著淮安軍的，喝著淮安軍的，還不時地在朱總管背後捅刀子，根本就是找死行為，只是朱總管心太軟，大夥也不願違拗了他的意思，才對趙某人的行為一忍再忍。

如今既然大總管點了頭，淮安眾文武就不用顧忌那麼多了，倘若趙君用之流還不知道收斂的話，那等待他們的，絕對不會是什麼好結果。

我佛慈悲，但也會做獅子吼，更何況是一群百戰餘生的武夫！

看到眾人擦拳磨掌的模樣，丁德興的裡衣瞬間被冷汗濕了個透，他發現自己今天來得太及時了，如果晚一步的話，即便最後能夠獨善其身，恐怕將來也是個鬱鬱而終的下場。

淮安軍根本不是憑藉陰謀詭計就能竊奪的，除了朱重九，它幾乎不受任何人的控制，與周圍的各路紅巾也沒有任何相似的地方，它依托於一套完全不同的規則運行，人與人之間的關係也與以往君臣父子那一套大相徑庭。

換句話說，淮安軍自身早已成為一個強大、驕傲而又聰明的猛獸，它不光有骨骼和血肉，而且有心臟和靈魂，它只會選擇自己相信的主公去追隨，而不是隨便某個人過來，就能令其俯首帖耳。如果某些野心勃勃的傢伙自不量力的話，除了被這頭猛獸撕成碎片之外，幾乎得不到其他下場。

·第八章·

還我河山

刀是全新的，刀身長四尺，柄長七分，刀體呈均勻的三角形，
正反開刃，上面鍛壓出四條血槽，削鐵如泥的神兵利器。
在刀身下部靠近橢圓形刀鐔位置，
則清晰地刻著四個銀鉤鐵畫的漢字：「還我河山！」

正驚恐問，又聽見朱重九笑道：「你們也別老想著殺人，只要他們不主動挑釁，誰也不准去找他們的麻煩，更甭想故意設圈套騙他們送死，朱某絕對不會感謝那個下套的傢伙！」

「遵命！」眾人回道，聲音卻比先前低了許多。

朱重九知道有人心中還暗藏殺機，卻也不去點明，更不會做更多的制止。淮安軍需要偶爾露一次牙齒，而不是總受他的影響，對盟友們一味地大度忍讓，那樣的話，不但會害死更多的人，也會拖垮整個反元大業。

的確，他朱重九不喜歡殺人，更不喜歡流同族的血，可那是在從前，那時他知道自己背後有芝麻李，知道歷史上還有一個朱元璋，知道即便自己做的事大錯特錯，最後蒙元一樣會被趕回漠北，華夏一樣會浴火重生。

現在，芝麻李卻中途撒手西去，朱元璋的實力還不如他的十分之一，現實和想像中的兩個強大支撐全都不存在了，他必須做出改變，把心中那份軟弱剔除出去，努力去做一個真正的亂世梟雄。

「如果大夥沒有其他事情的話，就各忙各的去吧！」一個合格的領導者，不但要懂得如何抓權，還要懂得如何放權，「各自負責好各自那一攤子，別把心思都花在外人上面，只要大夥齊心協力，把職責內的事情做好，他們掀不起什麼風浪來。」

「是！」眾文武齊聲答應著，收拾東西準備告退。

「張松，有關我出發去北方的消息，要一直封鎖到我的旗號在那邊豎起來為止。」

「陳參軍，軍情處負責保持聯絡暢通，每天在淮安發生的事，五日之內必須送到我手上，無論我到了什麼地方。」

「常統領，水師繼續保持對北岸的攻勢，發現有敵方船隻敢過中線，無論大小，一律開炮擊沉。」

「天德，無論排兵佈陣還是臨敵機變，你的才能都不在任何人之下，所以我帶兵北上期間，你無需蕭規曹隨，該做決斷的，就自己做決斷，即便偶爾犯些小錯，過後我也不會苛責你！」

「蘇長史，繼續打著我的名義跟脫脫泡蘑菇，把跟他會面的時間拖在半個月之後，無論他是否安排了殺招，咱們幹咱們的事，別把主動權交在他手裡！」

「通甫……」

……

朱重九叫住幾個不同部門的主事者，繼續面授機宜。

凡是被點了名的文武都鄭重點頭，心中暗暗發誓要竭盡全力完成自家主公交代的任務，才不辜負長期以來的知遇之恩。

「黑丁，你也留下，今晚跟我一起出發，我答應過大總管，要以蒙元那邊一名上將之血祭奠他，你跟我一起去取此人的首級！」叮囑完，朱重九將目光轉向丁德興，發出邀請。

「這，我……」這一早晨經歷的事實在太多，丁德興根本反應不過來，愣了半晌後，用力點頭道：「願為大總管馬前一卒。」

「好，那你就去後面找個房間睡下，養足精神，子時前後，我派人來叫你！洪三，你派幾個人照顧好丁將軍，他剛到咱們這兒，需要點時間適應！」朱重九吩咐。

「是，主公！」丁德興渾渾噩噩地答應，跟著徐洪三來到行轅後院的客房，然後如皮影戲裡的提線皮偶般被安排睡下，兩眼茫然，魂不守舍。

朱重九與他原來認識的朱重九完全不一樣，淮安軍與他想像中的淮安軍也大相徑庭，不身在其中近距離觀看，就無法認清其真實面貌。即便現在身居其中了，誰又知道是不是「橫看成嶺側成峰」呢！

「如果昨天李平章決定將基業交給趙君用，會出現什麼情況？」丁德興不由自主地開始胡思亂想。

他發現那可能是非常令人恐懼的答案，至少以他今天早晨的所見所聞，推算出來的結局將非常殘忍。

他開始感激芝麻李在臨終前做了一個英明無比的決定，卻又懷疑芝麻李做這個決定時，是否有許多無可奈何的成分？

有幾個瞬間，他甚至懷疑芝麻李之所以自暴自棄，是否因為他發現即便自己沒有中毒，東路紅巾早晚也會落入朱屠戶掌握？他這次倒下，已經不可能再捲土重來，重新成為一方霸主？

但是下一個瞬間，丁德興又強迫自己把這些古怪的想法從心中趕了出去，強迫自己不要用卑鄙的角度去揣摩人心。

「呼呼，呼呼……」隔壁的房間也有準備當晚出征的將領在睡覺，已經打起了呼嚕。

他們是安詳的，因為他們早早就和強者站在了一起，不用再做太多選擇，也不用疑神疑鬼。但是，丁德興卻無法讓自己也一樣安寧地睡著，儘管他已經盡了最大的努力。

此時，宿州軍上下，估計所有人都已經知道他奉芝麻李遺命，進入淮安大總管幕府的消息。那意味著有一支戰鬥力相對完整的兵馬也徹底倒向淮安軍，如此一來，宿州軍中很多持觀望態度的人都會做出同樣選擇。

而失去了宿州軍的支持，趙君用光憑著被救回來的殘兵敗將絕對不敢輕舉妄動，況且徐州軍內也不全是忘恩負義之輩，至少丁德興就知道，趙君用的幾個心腹：劉聚、馮國勝，還有一向被他視為手臂的李慕白，態度已經開始搖擺，未必肯繼續跟著趙君用一條路走到黑。

等到自己跟著朱重九從北方歸來的時候，淮安城中早已大局初定，只要自己拿出任何一顆蒙元上將的頭顱，哪怕只是個有名無實的下萬戶所萬戶，所有反對朱重九的人都將徹底無力回天。

圈套！陳參軍拉丁某人進來參與軍機，絕對是個圈套！

某個瞬間，丁德興又被自己嚇得睡意全無，冷汗淋漓。然後，他又發現即便今天自己不來大總管行轅，結果好像也不會差太多，雙方的實力對比在那擺著，朱重九不用任何陰謀，照樣能將反對者打得毫無還手之力。

「也許，這才是朱重九敢於放心北上的真實原因，幾隻螳螂擋不住高速奔行的馬車，而駕馭馬車者，也不會為幾隻螳螂的張牙舞爪而分心。」在睡著之前，丁德興臉上湧起幾絲嘲弄的表情，然後徹底被睏意征服，沉沉進入夢鄉。

當他被人推醒的時候，已經是午夜。徐洪三親自帶人幫他以最快速度洗臉更衣，然後摸著黑，快速奔向滿浦城外的貨運碼頭。

碼頭上，第五軍精挑細選出來的三千多戰兵早已整裝待發，朱重九一聲令下，第五軍指揮使吳良謀第一個踏上了棧橋，第一旅旅長劉魁緊隨其後，帶領著弟兄們一排接一排進入船艙。

很快，一個營頭的弟兄就裝進了戰艦當中。第一艘戰艦迅速拔起鐵錨，像幽靈般，消失於空蕩蕩的河面上。

一艘接一艘精心改裝過的仿阿拉伯式戰艦陸續裝滿了戰兵，揚帆啟錨，在熟悉黃河水紋的老艄公們的指引下，貼著黃河南岸悄無聲息地滑向了下游。

連續兩個多月來，蒙元的兵馬與淮安軍已經隔著黃河較量了許多次，眼下在水面上絕對是淮安軍的天下。

由於脫脫手中也有許多仿製和繳獲來的火炮之故，淮安軍想要在脫脫的軍營附近登陸，根本沒有任何指望，所以對南岸在夜間鬧出來的動靜，元軍的哨探早就失去關注的耐性，甭說朱重九等人刻意偃旗息鼓，就是偶爾不小心弄出點響動來，北岸也會自動視為走私船在喧嘩，根本懶得去刨根究底。

因此，十五艘戰艦悄無聲息的順著水流漂然而下，只用了三個多時辰，就抵達了黃河入海口處。

黃河水含沙量極大，而海水鹽分又遠遠高於河水，所以河水與海水交匯處，有一道非常清晰的分界線，任何船隻經過此線，都會迅速跳動一下，就像魚躍龍門。

旗艦「天樞號」第一個跳了起來。天璿、天璣、天權、玉衡、開陽、搖光緊隨其後，然後是天府、天梁、天機、天同、天相、七殺……

當十五艘戰艦排著隊跳出海面時，一道金紅色的陽光恰巧從大海裡射出來，瞬間點燃了整個海面。

海面迅速開始翻滾，紅色浪花迎著戰艦跳躍，飛舞。像是火，又像是血。

被甩在身後的陸地，也迅速變成了金紅色，彷彿一個瀕危的巨人，在血與火的洗禮當中，慢慢脫胎換骨。

這個過程，無疑將充滿了痛苦，甚至充滿了血腥，但這個巨人註定會重新站起來，因為有無數人寧願用自己的性命獻祭，也要喚醒他，催促他站起來！

因為他有一個名字，叫做華夏。

萬道霞光中，丁德興雙手扶住船上的圍欄，用力挺直了腰桿，他知道自己的選擇沒有錯。他相信自己永遠不會為昨天的選擇而感到後悔。

大海是廣闊的，單憑肉眼根本看不到邊際。天空也是廣闊的，渾圓如蓋，將地面上所有山川河流盡數倒扣於底。就在藍天與碧海的交界處，有一輪鮮紅色的太陽緩緩升起來，散發出萬道霞光，蕩盡人心中所有黑暗和汙濁……

如果不是顧忌著周圍還有許多看日出的人，丁德興很想張開雙臂，放聲高歌一曲。

這是一種完全不同的體驗，特別是於狹窄的病房中守了兩個月多月之後，再看到如此廣闊的天空和海洋，簡直讓人恨不能肋生雙翼。

芝麻李養病的房間太小了，早就盛不下那麼多欺騙與傾軋；淮安城也太小了，根本容納不了更多的英雄；甚至連淮揚三地、河南江北行省都太小了，限制了大鵬的翅膀。而真正的神鳥，將水擊三千，九萬里扶搖而上，豈會看得上夜貓子眼裡那幾頭腐爛的老鼠屍體？

「黑丁，你怎麼也來了？」正胡思亂想的時候，耳畔忽然傳來一聲熟悉的問候。

丁德興聞言回頭，恰巧看見傅友德那刀削一般的面孔。

「傅將軍？怎麼會是你，天！你怎麼瘦成了這般模樣？」

「前段時間大病了一場！」傅有德不願說趙君用的壞話，蒼白的臉上湧起幾分淒涼。

「生病？什麼病，看過大夫了麼？」丁德興眉頭皺起。身為武將，又是二十出頭年紀，除了受傷，想生病可真不容易，除非……

「不提了，已經好了，多虧朱總管派人給開了副好藥方！」傅友德顯然不想再提過去的事，顧左右而言其他。「海上的風景不錯，看了令人心曠神怡！」

「是啊，丁某以前還從沒看過此等風景！」丁德興伸了個懶腰，將胳膊支在戰艦的護欄上，口不對心地說道。

「傅某也是第一次出海！」傅友德也將胳膊撐在護欄上，感慨道。

二人都是剛剛才加入淮安軍，也都剛剛經歷了一番艱難的選擇，所以幾句寒暄過後，彼此間忽然變得無話可說，乾脆把目光看向遠方，繼續欣賞波光瀲灩的水面。

難得天公作美，海上吹的是南風，所以只裝了一半載重的戰艦跑得極快，張開了厚布風帆之後，就像一條條貼著水面飛奔的梭魚。

而十五艘大小相同、模樣一致的三角帆戰艦排成長隊，則給人另外一種視覺上的衝擊，讓人在不知不覺間覺得自己變成了其中一艘，直掛雲帆，乘風破浪。

「這朱總管真是好大的手筆！」丁德興不禁感慨道。

兩個多月前在芒碭山獲救的時候，他記得朱重九手裡只有四艘戰艦，其中有兩艘還是河船改裝的，不是眼前這種體形適中，操作靈活的三角帆船。短短七十餘日，朱重九居然就能一下子拿出十五艘三角帆戰艦運兵北上。

這還不是淮安水師的全部力量，留在淮安和揚州兩地至少還有同樣數量的戰艦，每一艘都不比這十五艘小。

「聽說是用燒罐玉秘方跟廣州那邊的大食人交換來的。」傅友德點點頭，聲音裡帶著由衷的佩服。「也只有他有這種一擲萬金的氣魄。」

「啊？」丁德興吃驚不已，「那朱總管豈不是虧大了？」

「是不是吃了虧，傅某不清楚，但是傅某相信，換了別人絕對捨不得將秘法賣出去，只為了四十幾艘舊船。」傅友德嘆道。

罐子玉，也就是玻璃製品，如今即便在淮揚地區，價格也是高得令人咋舌，特別是那種四周鑲嵌著寶石的玻璃鏡子，已經被商販們炒到了雲彩上，以半尺見方為底，四周每大一寸，便可加價一萬貫。即便這樣，依然供不應求，只要在市面上一露面，就會立刻被人用現銀買走，根本不可能留到第二天。

而朱重九為了加強淮安水師的力量，竟然毫不猶豫地將製造罐子玉的秘方賣了出去，並且據說還跟大食人達成了某種協議，此後三十年內，不會再將秘方賣給除了淮揚商號之外的第三家。這種「殺雞取卵」的行為，不知道令多少人捶胸頓足。

聽在傅有德等有識之士耳裡，卻又是另外一番滋味。唯大英雄，才捨得身外之物，去追尋自己最需要的東西；唯真豪傑，才不會蠅營狗苟，光顧眼前。

他今天為了挽救東路紅巾，捨得一份點石成金的秘方，日後得了天下，就不會因為捨不得幾百畝良田，學那漢高祖劉邦，給昔日捨命相隨的老兄弟們來個鳥盡弓藏。

「怪不得淮安軍這兩年能崛起如此之快！」聽了傅友德的話，丁德興也是好生欽佩。

芝麻李已經是他見過最大器的人，今天看來，朱重九的胸襟氣度，顯然更在芝麻李之上。就憑著這份胸襟氣度，其他豪傑就沒資格跟他去爭什麼東路紅巾之主。當然，其他豪傑也不可能有朱重九這麼豐厚的家底。

「傅某佩服的，不光是朱總管做事情捨得下血本！」難得找到一個與自己有共鳴的對象，傅友德繼續說道：

「傅某還佩服他目光的長遠，丁兄你注意過沒有？這船上，無論是操帆的，還是收拾甲板的，有幾個不是行家高手？換了別人，即便一下子白得了幾十艘戰船，他能找出這麼多合用的水手麼？」

「這……」丁德興聽得微微一愣，兩眼旋即又睜得老大。

傅有德說得沒錯，能將十幾艘戰艦操縱得如此整齊劃一的，絕不可能是一群從沒出過海的新手，而以每艘船需要四十名水手算，十五艘戰艦，至少就得六百名水手來駕馭。

六百餘名海上行船的行家老手，倉促間怎麼可能招募得來？除非朱重九在半年前就已經打算組建一支海上力量，早早就開始為現在打根基。而那時，淮安軍不過剛剛佔據了揚州，朱重九正被六十萬災民逼得焦頭爛額。

半年前，剛剛奪下揚州城沒幾天就開始準備組建海上力量；甚至在半年前，淮安軍就已經謀劃跨過北沙和靈山之間數百里水面直搗膠州。還有可能早在半年前，朱重九便謀劃從淮安出發，借水路撲向千里之外的直沽，進而逼迫大都。

天哪，這是何等長遠的眼光？換了別人，恐怕想都不敢去想！

「還有這甲板上的弟兄們。丁兄，你在別處看過如此守規矩的弟兄麼？」傅友德意猶未盡，繼續問道。

甲板上陸續有人上來放風，都是昨天半夜登船的淮安軍將士，然而他們卻不是亂哄哄的東一簇，西一波，四下閒逛，而是嚴格遵照幾個水手小頭目的指引，均勻地分佈在兩層甲板的各個方向。如此一來，就不會破壞船隻的平衡，再多的人從內艙裡走出來，都不會給船老大和水手們帶來麻煩。

拜徐淮各地經常鬧水災所賜，將士們都不怎麼暈船，所以到了甲板上，紛紛站直了身軀，扶著護欄，四下觀賞風景。天空中，此刻南風卻突然加大了幾分，吹得風帆全部鼓了起來，推著戰艦切開碧藍色的水面上下起伏，鱗爪飛揚。

在南風的幫助之下，戰艦行得極快，沒等太陽走到天空正中央，鬱州島已經出現在前方的水面上。早有佔據此島的紅巾軍將士準備好了熱騰騰的飯菜，待艦隊一落錨，就划著木筏將吃食送了過來。

吃完午飯，戰艦先朝東北方航行了一個時辰左右，然後掉頭奔向正北。四周已經看不到岸，只有望樓裡的瞭望手，通過長長的望遠鏡，還能找到一些小山或者露出水面的礁石為參照物，不斷用旗幟和號角與舵手聯絡，矯正航向。

當太陽墜入西側的雲層後，瞭望手們也停止了工作，整個艦隊就像迷失了般，在薄暮中繼續默默地馳騁。除了艦長和舵手，誰也不清楚他們到底在朝哪個方向走，目的地還有多遠。

晚餐是半條鹹魚和一大碗占城白米，從將軍到士兵，每個人都一樣。與當地產的稻米相比，這種從海上長途販運過來的占城米，味道差了不是一點半點兒，但是丁德興卻沒心思計較米質的好壞。

坐在分配給高級將領的單間中，用手指捅了捅湊過來一起吃飯的傅友德，問道：「咱們差不多快到了吧？以這種走法，從雷州走到膠州，恐怕用不了幾天！」

「不清楚！」因為前段時間受到過冷遇的緣故，傅友德對鹹魚和糙米倒是吃得津津有味，低聲回道：「不過肯定丟不了，我聽說朱總管造過一種叫做指南針的東西，安裝在四分儀上，再配上千里眼，可以根據星星確定船隻所處的方位！」

「我倒不是擔心迷失方向，我是擔心岸上到時候接應不及時！」丁德興臉色微微發紅，解釋道：「朱總管派去提前登岸的，據說是幾個蒙古人，他們雖說早已跟蒙元朝廷那邊沒什麼瓜葛，但畢竟非我族類！」

「蒙古人裡，也有很多有情有義的英雄豪傑；正如漢人裡邊，也不缺李思齊那樣的壞種！」傅友德無奈地笑了笑。

最初占山為王時，他也是恨極了一直騎在大夥頭上作威作福的蒙古人，而這五六年在綠林和紅巾軍中打了無數個滾下來，他卻發現人的善惡不能簡單的以族群來劃分。

像朱重九麾下的阿斯蘭、俞通海這種，雖然身為異族，但是只要要你拿他們當兄弟，他們也會將腸子掏給你；而像捲了徐州軍火炮叛逃到朝廷的李思齊，則是放著好好的紅巾大將不做，寧願去給蒙古老爺當狗，令人完全無法將其視為同類。

這到底是什麼道理，傅友德自己也想不清楚。總覺得這些事情，用一句「良臣擇主而侍」根本解釋不清楚，可除了這種似是而非的論調外，其他說法與他自己看到的事實相差更遠，更無法說明身邊正發生著的一切。

「朱總管是個英雄！」丁德興想了想，忽然從嘴裡冒出了一句。

「至少，傅某還沒見過比他更有本事，有胸襟的！」對此，傅友德倒是非常同意。

正聊得熱絡時，艙外傳來輕輕的叩門聲。丁德興趕緊將門拉開，露出徐洪三憨厚的笑臉。

「丁將軍，末將奉大總管命，給您送鎧甲來了，您趕緊試試合不合身。」徐洪三捧著木托盤往裡走，目光無意中掃到傅友德，笑道：「還有您的，傅將軍，您的鎧甲，末將也讓人一起帶過來了！」

「多謝徐將軍！」傅友德客氣地還了個禮。

徐洪三向門外打了個招呼，很快便有人將傅友德的鎧甲也送進了船艙。

當兩人伸手掀開托盤上的遮蓋時，立刻被眼前的事物給嚇了一跳，愣得手瞬間僵在半空中。

金絲甲！傳說中的金絲軟甲！

完全由一根一根棉線般粗細的金屬絲編織而成，胸口和小腹等處還單獨覆蓋了幾片精鋼護板，將要害部位遮得密不透風。

更難得的是，無論是編織鎧甲的金絲，還是保護要害的精鋼護板，居然全都呈烏雲般顏色，無論是白天還是夜間穿在身上，都不會有一點兒反光。一旦混入人群，就很難被敵軍的神箭手分辨出來。

拜淮揚工坊越來越龐大的規模所賜，如今全身板甲在東路紅巾中已經不算太新鮮了。像傅友德和丁德興這種曾經身居顯赫位置的勇將，幾乎每人都曾裝備過一套，但傳聞中西域那邊能工巧匠所製，兼具防護力和靈活性的金絲軟甲，卻是平生第一次見到，誰也無法估量它的價值。

「是咱們淮揚大匠院剛剛開發出來的，全軍上下目前只有十套。大總管說你們兩個都是初來乍到，怕戰場上有所閃失，就命末將專門送了兩套過來！」唯恐傅友德和丁德興二人不夠感動，徐洪三不動聲色地補充道。

「這，丁某何德何能，敢蒙大總管如此厚愛！」丁德興只覺心裡發燙，眼眶一下子紅了起來。

無論眼前的軟甲是用烏金所編也好，頑鐵所織也罷，編織這樣一套全身甲，恐怕至少要數十丈細線，而將一塊塊鐵錠打造成線，得花多少的人工？多少的時日？說是鐵杵磨針也不為過！

所以傳說中的金絲甲，幾乎每一件都價值連城，馬上要將一件價值連城的寶物穿在身上，讓丁德興的肩膀和心臟如何不覺得沉重?!

「請轉告朱總管，傅某今晚定穿著此甲追隨左右！」傅友德早就橫下心來將性命賣給朱重九了，因此表現比丁德興鎮定許多。先捧起鎧甲，朝徐洪三躬了下身子，然後三兩下將自己原來的武將袍服剝落於地。

正是秋暑未褪時節，每個人穿得都非常單薄，因此脫掉常服之後，傅友德立刻露出一身虯結的腱子肉。

徐洪三羨慕地掃了兩眼，笑呵呵地上前幫忙，「這套軟甲分為三層，除了最外邊的一層烏鋼軟絲外，裡邊還依次襯了一層魯綢，一層棉布。即便不套裡衣，也能直接穿戴，並且還能透氣，遠比板甲涼爽！」

一邊做著說明，一邊上下移動手指，片刻功夫就將傅友德給打扮起來。

正所謂人的衣服馬的鞍，新鎧甲一穿在身上，傅有德立刻像脫胎換骨。整個人從內到外透著英氣，令旁觀者為之目眩。

「還有頭盔、戰靴和戰刀！」徐洪三又從近衛手裡接過一個托盤，放在傅友德腳下。「大小都是根據傅將軍以前留在我們大總管那裡的尺寸配的，應該剛剛好！」

上次從朱重九那邊領鎧甲，還是去年秋天的事。當時傅友德奉趙君用之命，帶著五千兵馬來協助淮安軍南下。自恃有功，覺得無論從朱重九手裡拿什麼東西都理直氣壯，所以根本沒將那套板甲當作什麼貴重之物，萬萬沒想到，時隔一年多，朱大總管手裡居然還留著自己當時所選之物的尺寸，每一件都分毫不差！

「剛好，傅某已經很長時間沒有親自上陣殺敵了，今晚有了這套盔甲，正好為大總管斬將奪旗！」

有些話，心裡知道就行了，不用說在明處，傅友德俐落地戴上頭盔，更換戰靴，隨時準備提刀出戰。

「丁某今夜願與傅將軍結伴而行！」丁德興也在其他幾名侍衛的服侍下，迅速換上淮安軍的軟甲。

與以前穿過的板甲相比，金絲軟甲在分量上至少輕了七成，並且手肘、膝蓋，腰肢等處皆可以任何角度彎折，對靈活性的影響微乎其微，正適合他這種武藝嫻熟的猛將，穿在身上，簡直是如虎添翼。

「徐某本領低微，今夜我家大總管的安全還要多多拜託兩位。」見傅友德和丁德興二人都換上了淮安軍的裝扮，徐洪三也不客氣，拱手請求。

「徐將軍放心，除非我們兩個都戰死了，否則絕不會讓人傷到大總管一根汗毛！」傅、丁二人鄭重允諾。

此時，他二人所想的，已經不是今夜的跨海奇襲能不能得手了，而是無論遇到任何情況，都不辜負徐洪三的請託，不辜負朱總管這番國士之禮。畢竟全天下找不到第二支淮安軍，也找不到第二個匆匆見過幾面就敢把性命交給自己的英雄。

「那徐某就不多廢話了！」徐洪三打量了二人一番，交代道：「差不多再半個時辰左右，咱們就能進入膠州海灣，屆時，十五艘戰艦會一道搶灘，請二位將軍務必做好準備！」

說罷，將右手舉到額頭邊，向二人行了個怪模怪樣的禮，然後帶領著一眾近衛快步離去。只留下地上的舊衣服和舊靴子，東一件，西一件，凌亂的擺著，好像二人的心情。

「這身金絲軟甲穿起來很舒服。」傅友德沉默片刻，將自己的舊衣服和舊靴子一件件拾起來，仔細擺在徐洪三留下的木托盤中。

無論過去在徐州軍中有多少遺憾和輝煌，今後都像這些舊衣服和靴子般，跟他傅友德徹底無關了，他現在不是宿州軍的棄將，而是淮揚大總管帳下一卒，只要大總管旌旗所指，就會奮勇向前，百死而不旋踵。

「這刀也不錯！丁某使著正順手。」丁德興順手抄起徐洪三留下來的秋水雁翎刀，在燈光下慢慢擦拭。

刀也是全新的，用的是淮揚工坊特有的冷鍛技術。刀身長四尺，柄長七分，二分寬窄的刀體呈均勻的三角形，正反開刃，上面還鍛壓出了四條血槽，一看就是削鐵如泥的神兵利器。

在刀身下部靠近橢圓形刀鐔位置，則清晰地刻著四個銀鉤鐵畫的漢字：

「還我河山！」

這四個字據說來自杭州的岳王廟，乃岳武穆當年親筆手書，幾乎是個讀書人都能知道其典故。

然而，岳王廟從建立起來到現在至少已經過了一百三十餘年了，漢家兒郎甭說完成武穆遺願，連江南半壁都未能保住，最後都落入了異族之手。

猛然間，有一股凜冽的寒意從刀柄上傳過來，一直傳入傅友德和丁德興兩人的心底。他們此行的方向是北方，他們就要踏上黃河以北的華夏故土，而自岳武穆被冤殺後，除了淮安軍之外，還沒有其他任何一支打著漢人旗號的軍隊曾經渡過黃河半步。

接下來的半個時辰，忽然變得極為漫長。早就不是戰場雛兒的兩人，幾乎都在豎著耳朵等待。等待從甲板上層傳來的集合號令，等待朱重九對自己的召喚。然而，他們等來的卻只有海浪拍打船舷的聲音，「嘩嘩，嘩嘩……」，不會真的迷失了航向吧？

那幾個蒙古人真的對大總管沒二心麼？

萬一戰船觸了礁怎麼辦？萬一目的地有埋伏怎麼辦？

朱總管會不會親自衝在最前方，就像傳說中唐太宗李世民那樣？

他把金絲甲都造成了黑色，是不是意味著他想打造一直玄甲軍？

……

千頭萬緒，如海浪般從心底湧起，令人越想越著急，越想，越緊張得胸悶氣短，幾欲窒息。

就在二將急得快發瘋的時候，腳下的戰艦忽然減速，令人差點向前栽倒。緊跟著，一個低低的聲音在門外響起，短促而清晰：

「近衛團，以都為單位，甲板上集合。跟著水手的燈籠走，到了指定位置後，立刻坐下待命！」

「是！」回應聲從船艙內不同的位置響起，隨即船身伴著急促的腳步聲開始微微震顫。

下一刻，臥艙門被人從外邊輕輕拉開，徐洪三探進半個頭，「兩位將軍請帶上兵器，隨我上甲板，咱們走後側的繩梯，把正式樓梯留給弟兄們！」

「給徐將軍添麻煩了！」傅有德和丁德興兩人魚躍而起，快步跟在徐洪三身後。

三人借助大艙內的微弱燈光，避開一串串忙忙碌碌的人影，快步來到通往頂層甲板的繩梯下，然後攀援著繩梯魚貫而上，幾個呼吸間就抵達了戰艦的頂層。

頂層甲板上，已經站了許多近衛團將士。每個人嘴裡都叼著根短木棒，避免發出太大的嘈雜聲。因為要保持戰艦平衡的緣故，他們沒有完全集中於一處，而是在水手的指引下，按照上來的順序，三十個人一簇，均勻地分佈在各個位置。

在甲板中央靠近主桅桿附近，有一座臨時搭建起來的指揮臺。朱重九正站在上面，一隻手扶著欄桿，另外一隻手則朝著海面指指點點。

他周圍的幕僚們顯然受過嚴格訓練，每聽完一句話，就迅速用特製的傳令燈，朝著主桅桿頂部的瞭望台位置打出數種不同顏色的組合。

瞭望臺上，立刻有人用更大號的傳令燈，將一連串五顏六色的信號打向後面的船隻。很快，整個艦隊上方燈火打成了串，好像夜空裡閃耀的星星。

「船帆怎麼降下來了？」傅友德觀察到一個微妙的細節，瞪圓了眼睛，在心裡悄悄嘀咕。

四下除了指揮臺外，都是一片靜謐，他不敢找人詢問，只能自己努力尋找答案。

很快，他就找出了答案所在。

船舷外除了海浪聲，依稀還有另外一種聲音，非常整齊卻非常低微，「刷刷，刷刷……」每響動一次，就將腳下的戰艦朝左前方推動數尺。

「是有人在划槳，怪不得落了風帆之後，船依舊在沿著同樣的方向移動。」傅友德輕輕吐了口氣，以緩解心中的緊張。

棄帆用槳，說明登陸點已經非常近了，所以需要更準確的把握戰艦的速度。但燈光呢？這個時候還用燈光傳遞命令，不怕岸上的敵軍發現麼？還是朱總管有絕對的把握，附近沒有任何敵軍？

海面上很黑，除了掛於自家艦隊桅桿上的燈火在不停地閃爍之外，根本看不到其他任何光亮。而天空中，卻不知道什麼時候起布滿了彤雲，將月亮和星星全部遮蓋了起來，一個也不見。

如果以前做響馬的時候，這絕對是個攻打地主堡寨的好時機。趁著黑夜的掩護，可以將弟兄們悄無聲息地拉到堡寨之外，然後派十幾名身手靈活的弟兄，用綁著繩子的飛抓搭住牆頭，攀援而上，搶在裡邊的莊丁做出反應之前，迅速打開大門……

「傅將軍，請跟我上指揮臺。大總管請您跟丁將軍一塊兒上去！」有人輕輕拉了一下他的絆甲絲條。

「啊！」傅友德愣了下，趕緊將紛亂的思緒收回來。

俞通海打了個手勢，示意二人跟自己走。傅友德這才發現徐洪三已經不見了，替自己領路的換成了另外一個人。他狐疑地將目光轉向丁德興，正想詢問。卻見後者將頭轉向船舷，悄悄地朝自己使了個眼色。

徐將軍去了那裡？傅友德順著丁德興眼色所指的方向望去。只見一個非常像徐洪三的背影，正從船舷上翻下，身後則跟著一隊弟兄，每人都脫光了膀子，嘴上叼著一把短刃，身後則背著一個方方整整、不知是何物的包裹。

就在此時，斜前方的黑暗中，忽然跳起一串幽綠色的火焰。像夏夜裡的鬼火般滾動了幾圈，然後迅速熄滅。

緊跟著，則又是幽綠色的一長串，閃起和消失同樣的迅捷。

「咯咯咯，哈哈哈，哈哈哈哈……」幾聲高亢的鳥鳴從鬼火熄滅處響起，穿過嘈雜的海浪聲，令人毛骨悚然。

那是夜貓子的叫聲，配上這忽明忽滅的鬼火，足以讓走夜路者嚇得魂飛魄散，但是憑著以前多年做響馬的經驗，傅友德很清楚那不是真正的鬼火。真正的鬼火沒有這麼亮，並且熄滅的速度要緩慢許多。

那是一種從腐爛動物屍骨裡熬製出來的油膏，只要小小一盒，就能製造出大片的鬼火。江湖上有一種騙子，專門用這種伎倆來敲詐不明真相的富戶，讓後者出錢請他們驅鬼，傅友德當年占山為王時，麾下正有幾個嘍囉擅長此道。

「咯咯咯，哈哈哈，哈哈哈哈……」夜貓子的叫聲越來越大，越來越多，配合著人工製造出來的鬼火，為戰艦指引正確的航向。

戰艦的速度一點點加快，將自家與鬼火之間的距離逐漸拉近。但是更快的，是海面上忽然湧起的數點星光，一樣是幽綠色，與岸上的鬼火一樣嚇人，但所有星光都迅速向鬼火附近彙聚，就像幾百年來散落在海上的孤魂，正在奔向他們夢裡的故鄉。

「是徐洪三他們，他們正駕著小船為大軍探路！」傅友德立刻明白那些星光是何人所為了。

每一艘戰艦上都會配備數條小舟，幾個月前，朱重九營救他們時，就從戰艦上放下小舟，然後由弟兄們划槳登陸，建立灘頭陣地。今夜，不過是重複了上次的戰術，只是登陸將士的數量比上次多了數倍。整個艦隊規模也比上一次大了數倍而已。

他忽然感覺到一陣輕鬆，心中所有的緊張與壓抑瞬間一掃而空，俞通海的聲音恰恰從耳邊傳過來，提醒他不要再走神：

「傅將軍，注意腳下。腳下是臺階，您小心些，不要絆倒了！」

「多謝俞兄弟！」傅友德客氣地回了聲。

指揮臺上還有給他和丁德興專門留出來的位置，站在那裡，他們兩個能更清晰地看見戰場全貌，也能更容易接受大總管的調遣。

手中的戰刀已經饑渴很久了，他能感覺到刀刃傳來的飲血欲望。

「站在這裡，跟我一起給弟兄們助威！」然而，朱重九卻掐滅了兩人衝鋒陷陣的可能。「我答應過大夥，不上岸去給他們添亂。」

每人手裡塞進兩支鼓槌，朱重九笑著說道：「等岸上的火頭點起來，就跟我一塊擂鼓，半夜偷襲，吳良謀比咱們三個在行！」

「是！」傅友德和丁德興一口答應，彷彿在朱重九帳下效力多年般，沒有絲毫遲疑。

放下戰刀，舉起鼓槌，將目光投向鬼火閃爍的位置。

夜貓子的叫聲已經消失，兩三里外的位置，則有兩行火把在快速向這邊靠近。與之相伴的，還有一連串軟弱無力的畫角聲，「嗚嗚，嗚嗚，嗚嗚嗚嗚……」

駐守在這一帶的元軍終於察覺到了異常，以盡可能快的速度做出了反應。只可惜，他們的反應太慢了。

「咚！」一個巨大的五色炮忽然從鬼火彙集處跳起來，於夜空中迅速炸開。

「咚！」「咚！」「咚！」一個又一個五色炮接連跳上夜空，陸續綻放。

剎那間，整個夜空落英繽紛，陸地和海面瞬間被照得亮若白晝。

六百多名搭乘小船登岸的第五軍將士，從身後解下油紙包裹著的火槍，朝元軍殺過來的方向排出了一個小小的方陣。

近衛團的弟兄們則在徐洪三的帶領下，將身後的包裹丟在地上，一個接一個迅速點燃。跳躍的火焰取代了夜空中漸漸黯淡下去的落櫻，照亮整個艦隊登陸的海灘。

「咚咚咚，咚咚咚，咚咚咚咚……」戰鼓聲從所有戰艦上響起，宛若在海面上滾過的驚雷。

「咚咚咚，咚咚咚，咚咚咚咚……」震耳欲聾的雷聲中，巨大的戰艦再度加速，像一頭憤怒的鯤魚般，朝被火堆照亮的沙灘衝了過去。

義無反顧！

「咚咚咚，咚咚，咚咚咚咚……」連綿的戰鼓聲掃過海灘，與海濤聲一道湧入沉睡中的膠州城。

「該死！」正在揮毫作畫的蒙元膠州「達魯花赤」耳由，恨恨地將筆擲在桌案上，怒罵道。

不用問，肯定又是僉樞密院事脫歡的人在跟海盜「激戰」了。

類似的「激戰」，膠州水師每年都會打上四、五場，場場都大獲全勝，只是每次陣斬的海盜都非常少，並且從沒抓到過任何俘虜，畢竟從高麗那邊購買死囚也是一筆開銷，能省下來的錢，脫歡大人絕不會亂花。

不過，每次水師凱旋而歸，繳獲的「賊贓」卻是非常豐厚。僉樞密院事脫歡又特別會做人，從山東道到益都路再到膠州城，各級官員都能按照相應的官職等級，從「賊贓」中拿到應得的一份，所以吵鬧歸吵鬧了些，膠州的官員們也不好意思站出來拆穿脫歡和走私商人們所演的折子戲。

當然，收了分潤之後，對於駛進駛出膠州灣的走私貨船，大夥也默契地採取了視而不見的態度，反正這種走私貿易，管了也是白管。

想想，敢不理睬色目人所把持的市舶司，直接從膠州灣往高麗、倭國發船的，哪個背後站的不是個王爺以上級別的大佛？你前腳帶兵把人家的船扣了，後腳就得上門給人家去賠禮道歉！弄不好，連官位和性命都得丟掉，還不如裝聾作啞，好歹每季還能從「賊贓」中分一份紅利，遠比刮地三尺來得痛快。

雖然也不是所有官員都肯沆瀣一氣，前些年，就有個從大都調任過來的水師萬戶，不聽下屬的勸阻，堅持要替朝廷堵住膠州灣這個巨大的走私窟窿。結果在帶隊追殺走私船時，不慎腳下打滑，一頭栽進了大海中，待被人撈上來，已經無力回天了。

自那以後，膠州城的文武官員，再也沒有人敢過問此事，甚至發現有商販偷偷從海路向淮安城販運糧食和硝石，也聽之任之。

反正從淮安城內用糧食和硝石換回來的鏡子、冰翠，和擦在身上能香小半個月的百花玉露，從沒留在膠州城裡公開銷售過。幾乎在第二天一大早，就有專門的馬車將這些價格奇高無比的奢侈品直接運往濟南裝船，然後再沿著大清河逆流而上，進入運河，迤邐送往大都、上都、冀寧等王公貴冑居住的地方。甚至還能遠赴伊利汗國，送到那些一擲萬金的貴人手裡。

可清晰照見人臉上毛孔的玻璃鏡子、由冰翠雕琢而成，夜裡能發光各色器物、採百花精華所釀製的玉露，哪一樣拿出來售價不在千貫以上？即便以膠州達魯花赤耳由的從四品官身，想每樣都買一份嘗個新鮮，都得皺著眉頭猶豫好幾天。

他就不信，這些貨物到了大都城後，會流入什麼普通的商賈之家。而當朝的宰相、平章、御史大夫們，明知道此物會導致大筆的錢糧流向淮安，流入紅巾巨寇朱重九之手，最後變成一門門火炮和一桿桿長槍、大刀，卻依舊無動於衷。這種古怪情況，就有些令人深思了。

「莫非朝廷當中，有人不希望朱賊被儘快剿滅？」命侍女關緊門窗，將戰鼓聲隔絕在外，耳由再度拿起筆，在書案旁來回走動。

脫脫和哈麻兩個勢同水火，這一點，凡是眼睛沒瞎的官員都清清楚楚，如果脫脫順利將朱重九、劉福通等賊斬盡殺絕，憑著耀眼的戰功和手中三十萬得勝之師，絕對能將哈麻徹底踩在腳下。但萬一脫脫打了敗仗呢？

不可能，絕對不可能！哈麻再混蛋也不敢拿大元朝的萬里江山開玩笑！

耳由被自己腦中突然冒出來的想法嚇得冷汗直冒，如果朱重九打敗了脫脫，那後果就太可怕了。大元朝肯定會一蹶不振，甚至轉眼亡國，同為當朝重臣的哈麻，肯定不會蠢到跟朱賊勾結的地步。

不過，如果想方設法讓脫脫跟朱賊打個平手，或者將戰事拖上四五個月，那情況就又柳暗花明了。

哈麻可以聯合月闊察兒等人，以「勞師無功，養賊自重」等理由彈劾脫脫，然後找一員上將取而代之。剛好脫脫也將朱賊給耗到了油盡燈枯的地步，替換脫脫的人一到，立刻就可以跟紅巾賊決戰，整個「平叛」之功就順勢落到了哈麻等人之手，脫脫和帖木兒不花兄弟，則徹底失去了皇上的信任……

耳由的脊背在不知不覺間濕了一大片。不是因為窗外連綿不斷的戰鼓聲，而是**為了遠在千里之外大都城內變幻莫測的政局**。

當年權相伯顏失勢，脫脫取而代之，大元朝從上到下，不知砍掉了多少顆官員的腦袋，而一旦哈麻取代了脫脫，那些站錯隊的傢伙還能落下個善終麼？

可萬一脫脫笑到了最後，為了以儆效尤，他也不會再放過哈麻和雪雪兩兄弟，屆時，大都城內那麼多鏡子和花露是從哪裡來的，恐怕就要有個交代了。作為其中一個主要走私通道，膠州肯定在劫難逃，城內的文武官員恐怕也有吃不完的掛落……

第九章

仁義之師

他們就在秋風中守護了大半夜！
他們一直這樣輪流站崗，輪流休息，片刻也沒有疏忽！
「這，這是仁義之師吶！」宿老失聲大叫，然後衝到街上，
搖著正在睡覺者的胳膊，呼喚道：
「老婆子，趕緊燒薑湯給他們暖暖身子！」

「大人，不好了，大事不好了！」

正痛苦不堪地想著，門外忽然傳來一陣惱人的喧嘩聲。緊跟著，膠州同知韓清一頭栽了進來，雙手扶住門坎，氣急敗壞地道：「大人，您趕緊去看看吧，出事了，真的出大事了！海盜在東門外黃沙灘登岸，把水師給全殲了！」

「你說什麼，不是糊弄人的吧？怎麼會真的打起來？」耳由迅速扯下耳罩，一不小心，手中的毛筆將墨汁塗得滿臉都是。

「哎呀我的大老爺哎！我什麼時候敢騙您?!」膠州同知韓清向前爬了數步，雙手抱住耳由的大腿，「哪裡是商販啊！是海盜，真真正正的海盜！咱們膠州萬戶所那個水師您也不是不知道，空餉早就吃到了七成，剩下那兩三千弟兄，上去一波敗回來一波，已經一路敗到城門口了，您再不趕緊派人去支援，賊人就直接殺進城裡頭來了！」

「派人，立刻派人！」耳由越聽心裡頭越緊張，揮舞著手臂答應，黑漆漆的墨汁，被他甩得到處都是。

「脫歡呢，你跟我一起去找他！」

「脫歡大人去諸城了，半個月前就走了，大人，您莫非忘記了麼？」韓清氣急敗壞地道：「還有府尹、通判，都跟著他一起去撈軍功了，如今膠州城裡，就咱們倆撐著！」

「啊？」耳由的身體又是一僵，手中的毛筆緩緩掉在了地上。

由於涉及到的利益過於龐大的緣故，朝廷專門派了一位名叫脫歡的二品樞密院院事常駐膠州，城內外的水路軍隊、屯墾以及走私貿易的管理和分紅，完全由後者越俎代庖。耳由這個從四品達魯花赤，一年裡頭大多數時間都只是個擺設，連日常政務都插不上手，更甭說指揮兵馬作戰了。

此刻大難臨頭，韓清卻請他調動軍隊守城，這不是趕鴨子上架麼？況且眼下膠州城內，哪還有什麼像樣的軍隊？凡是能提得動刀槍的，早就被脫歡帶去圍堵淮安賊的王宣了，留守在軍營內的，只有幾百老弱病殘。帶著他們去作戰，與插標賣首沒什麼兩樣！

「大人，大人！」見耳由只是愣愣地呆立不動，膠州同知韓清心裡更是著急，雙手拉著前者不停的搖晃，「大人，您怎麼了？您趕緊說句話啊！眼下城裡就數您官最大，萬一讓海盜打進來，搶光貨棧裡的貨物，即便他們不殺您，朝廷中那些大人們也饒不了您啊！」

耳由被最後一句話嚇得打了個冷戰，有氣無力地道：「我，我這就去調兵。快來人啊，把我的印信拿出來！」

「這個時候了，還拿什麼印信！」耳由的長子多圖倒是個精幹人，一把推開韓清，朝著自己的父親大聲道：「您派幾個親信去就行了，這膠州城總計才巴掌大小，誰還不認識誰？」

耳由魂不守舍地道：「我這就派人。派誰啊？人呢，都死哪裡去了？」

「派阿察去萬戶所叫人，有多少叫多少，只要是活著的全叫上，去城牆上殺敵！」多圖實在拿自己的糊塗父親沒辦法，只好振作精神，替他發號施令：「派咬柱去衙門擊鼓，把衙役、弓手還有他們手底下的幫閒全召集起來，沿街巡視，以免有賊人混進來殺人放火。派您的管家捌剌去找膠州商行的大管事張昭，請他出夥計幫忙守城，如果海賊殺進來，損失最大的就是他們！」

「好，好，就按你說的做！」耳由六神無主，照著多圖的話交代著：「派阿察去……」

「你們都聽見了，還不快去！再磨蹭，海賊入了城，咱們誰都活不了！」多圖衝著擠在門口的家奴和親兵們，惡狠狠地咆哮。

這種時候，誰也顧不上計較他越不越權，紛紛答應一聲「是」，撒腿跑去召集人手。

不等眾人的身影去遠，多圖又咬著牙，衝著門外的奴僕們咆哮道：「還不趕緊給大人頂盔貫甲?等著一會兒被海賊殺麼?然後攙著大人上城。大人是咱們膠州的主心骨,有他在,賊人沒那麼容易打進來!」

「是!」門口的奴僕們正不知道該怎麼辦,聽到多圖的話,齊聲答應,七手八腳服侍耳由更衣。

「還有你!」多圖朝韓清身上踹了一腳,將後者踹出了門外,喝道:「別他娘的只會哭,給我去州尹、判官和各級官吏家,無論他們在不在,都讓各家出奴僕上城據守,誰要是敢拖拖拉拉,不用海賊來殺,老子先帶人抄了他的家!」

「是,下官這就去,這就去!」

說來也怪,剛才還嚇得如同爛泥般的韓清,挨了一腳之後,反而抖擻起精神,快步朝門外衝了出去。

「賤骨頭!」多圖罵了聲。

雖然多圖從沒領兵打過仗,但此時即便是錯誤的決定,也遠比沒決定強,因此極大地鼓舞了搖搖欲墜的軍心,很快,接到號令的軍民紛紛響應,拎著各色兵器登上了膠州城的東側城牆。

耳由也被自家兒子和一眾親信們簇擁著,來到東門敵樓之上。

放眼望去,只見數不清的火把迤邐而來,宛若天上的銀河倒瀉,擋在這條銀河前面的黑影，無論是人還是物，統統被一掃而過，轉眼就蹤跡不見。

「這，這……」見了此景，赤耳由不禁又打起了哆嗦，結結巴巴地喊道：「趕緊向益都，不，向益王殿下求救，海盜太多了，咱們已經，已經盡了力。」

說罷，將扶著自己的親兵推開，轉身就要棄城逃命。

多圖見狀，趕緊衝過去揪住他的手臂，勸阻道：「阿爺，您可不能走，此刻益王殿下就在諸城，您要是丟了膠州，他那邊肯定軍心大亂，過後，咱們全家都落不到好下場。」

「鬆開！兵都被他們抽走了，罪不在我！」耳由用力甩開兒子的手，慘白著臉叫嚷著：「皇上聖明，不會亂殺無辜的。」

「黑燈瞎火的，您怎麼知道路上沒有伏兵？」多圖又羞又氣，再度拉住父親。「與其半路上被人捉了去，不如現在就死在城牆上！」

「你懂個屁！」耳由絲毫聽不進兒子的勸，破口大罵道：「老子要是活著，好歹還能在皇上面前為大夥分辯幾句，要是死了，所有責任都得自己來扛，老子做了這麼多年的官，什麼不比你個毛孩子清楚？趕緊鬆開，咱們爺倆兒接上你娘，一起出城！」

敵樓中的兵丁和民壯們原本就兩股戰戰，聽達魯花赤大人如此一說，愈發沒有士氣。紛紛丟下手中兵刃蜂擁而逃。

「給我殺！」多圖見狀大怒，不再管父親，衝著馬道兩旁的陰影斷喝。

「噗！噗！噗！噗！」立刻有十幾桿長矛從馬道兩側探了過來，將帶頭逃走的兵丁和民壯全都戳翻在地。

「誰敢再逃，殺無赦！」多圖平素受父親耳濡目染，將一身官威學了個十足。

「海盜要是入了城，誰都活不了，還不如戰死在城牆上，好歹也圖個痛快！」

「再逃，殺無赦！」平素被多圖供養的二十幾名心腹死士，紛紛從馬道兩側露出身影，舉著血淋淋的長槍回應。

這下，眾兵丁和民壯都不敢再跑了，一個個哆嗦地蹲在城牆上不知所措。

多圖見狀，再度張開雙臂，擋住正準備離開的自家父親，哭泣著懇求著：

「阿爺，父親大人，您好歹也是個達魯花赤啊，咱們蒙古人的臉不能就這麼丟了啊！」

「蒙古人的臉，哪輪到你我父子來丟！」耳由繞了幾次沒繞過去，氣急敗壞地叫道：「縱容商人走私的又不是我！養匪為患也不是我的主意！還有，吃空餉、買官位、從高麗買人頭冒功，哪一件是你我父子倆能插得上手的？蒙古人早就不是當年的蒙古人了，皇上都沒辦法，你一個小兔崽子瞎逞什麼能！」

罵罷，用力推開兒子往城牆下走。

多圖卻固執地不肯讓開，死攔著不放，父子倆正糾纏不清的時候，膠州商行的大掌櫃，走私商人的頭目張昭，忽然走上前勸解道：「少將軍請稍安勿躁，耳由大人也別急著走，外邊來得不像是海盜。」

「不是海盜，那是什麼？」耳由父子愣了愣，問。

「不清楚，但肯定不是海盜，海盜的隊形不可能如此齊整！」商行大掌櫃張昭搖搖頭，回答得非常肯定。

城牆外的燈河越來越近，速度快得驚人，然而整條燈河的形狀卻始終沒太大的變化，這說明來人不光訓練有素，而且紀律嚴明，遠非尋常的賊寇所能相比！

「是紅巾賊！紅巾賊來抄益王殿下的後路了！」沒等張昭回應，韓清已經哭叫了起來，如喪考妣。「除了朱賊，誰也想不出如此狠毒的主意。」

一句話嚇得眾人亡魂大冒，立刻蜂湧朝敵樓外邊逃。

不是海盜，當然是水師，而眼下有能力從海上發兵的，除了已經被招安的方谷子之外，就只剩下一個朱屠戶了，偏偏朱屠戶地盤距離膠州又近，順風的話，大船朝發夕至！

「別逃，不准逃，誰敢逃走，老子殺了誰！」多圖抽出寶刀，用力揮舞。阻止包括自己父親在內的眾人離開敵樓，但是，這回再也沒有人肯聽他的，包括事先安排在馬道附近的死士，也丟下長槍，搶先一步逃入城內的黑暗中。

「不准走，誰也不准走，誰走我殺了誰！」多圖舉著寶刀四下亂砍，卻不能阻擋任何人的腳步。

有名家丁打扮的人，狠狠從背後推了他一把，將他推得貼在欄桿上，差點栽出敵樓外。另外一名夥計打扮的則趁機從他手中搶過寶刀，「噹啷」一聲，丟得不知所蹤，其餘官吏、家丁、兵士則從他身邊快速擠過，一個個爭先恐後，誰也不肯多回一下頭。

來的是朱屠戶，一天破一城的朱屠戶！

連淮安、高郵和揚州這種雄城都擋不住他傾力一擊，膠州城的土牆才一丈七尺多高，在他老人家前面，還不就是個小土包？大夥誰都沒有九條命，怎麼可能聽一個毛孩子的幾句忽悠，就去捋他老人家的虎鬚?!

轉眼間，敵樓和城牆上的官吏、士兵就跑了個七八成，誰也沒能留住的多圖無法接受自己親眼看到的事實，蹲在地上，雙手捂著臉放聲嚎啕，「嗚，嗚嗚，你們把蒙古人的臉，你們怎麼能……」

從小到大，他所聽到的，都是自己的祖先如何勇敢善戰，如何以一部之力整合草原，進而向西滅國無數，向南滅金吞宋，所向披靡，萬萬沒有想到，真正在需要表現勇氣的時候，自己的父親、叔叔和同胞們，居然跑得一個比一個快。

認知和現實間的巨大落差，令他不敢再睜開眼睛，寧願就這樣蹲在城牆上，直到被殺進來紅巾軍砍成碎塊。

「行了，不要哭了，趕緊擦擦眼睛站起來！還有事情必須由你來做呢！」正哭得天昏地暗間，耳畔傳來張昭的聲音。帶著幾分焦急，但更多的是無可奈何。

「你……」多圖詫異地抬起頭，張昭將一塊面巾遞到自己眼前。

是淮揚那邊產的棉布提花面巾，遠比市面上常見的棉布柔軟，雙面還用某種很特別的技巧提出了厚厚兩層棉花絨，用來擦臉再舒服不過，只可惜價錢稍稍貴了些，尋常人家根本沒勇氣問津。

身為達魯花赤家的長子，多圖當然不會為了一塊面巾而震驚。他震驚的是，平素見了誰都點頭哈腰的商行大管事張昭，居然有勇氣陪著自己一道留在城牆上等死。

扭頭細看，發現不止是張昭，還有許多商戶帶來的家將、護院和夥計也留了下來，每個人都緊緊攥著兵器，滿臉惶恐。

「當官的都能跑，反正只要上下打點好了，換個地方照樣做官！」彷彿猜到多圖心中所想，張昭嘆了口氣，苦笑道：「但我們這些做買賣的，卻是跑了和尚跑不了廟，所以多圖少爺，接下來的事還得由您出頭，好歹你也算是官面上的人，不像我們，全都是些小商小販！」

「你們算哪門子小商小販？」多圖一把搶過毛巾，在臉上胡亂抹了幾下，嘲諷著。

平素他的父親耳由沒少叮囑，欺負誰都可以，但是絕對不能欺負西市附近那十幾家漢人和色目商販。後者雖然地位不如他高，可背後站的，全是大都城內數得著的權貴，真的把對方惹急了，甭說是他，連他老爹這個上州達魯花赤，都得一起跟著倒大楣。

「我們都是替人做事的，自己上不了臺盤！」雖然被拆穿了身分，張昭卻絲毫不覺得尷尬。

在大元朝，官商勾結是擺在明面上的事，只有鄉巴佬會少見多怪。因此，他淡定地拱了拱手道：「哪如您，生下來就帶著俸祿和職位，走到那裡都是一等人！」

「一等人」三個字，被張昭咬得極重。多圖聽了，少不得又要冷嘲熱諷一番。然而想到父親帶頭逃跑的無恥行徑，做兒子的嘴巴上說得再響亮，也賺不回什麼顏面，不覺又嘆了口氣：

「行了，別廢話了。眼下城牆上人都是你們的，想讓我幹什麼，我敢不答應麼！說吧！是把腦袋割下來，讓你們去討好敵軍，還是帶著大夥一起逃命，我都應下來就是。」

「多圖少爺果然是智勇雙全！」張昭拍了幾下巴掌，誇讚道：「如此，老夫就不繞彎子了。敵軍眼瞅著就要殺到城門外，還請多圖少爺帶領我等共同進退！」

「共同進退？什麼意思？」多圖越聽越糊塗，盯著對方那滿是皺眉的老臉問。

「很簡單，如果來的是海盜，咱們就推多圖少爺為主，一起固守待援！」張昭深吸了口氣，道：「畢竟令尊是膠州的達魯花赤，如果少爺您能帶領大夥擊敗海盜，他今夜無論做過什麼事情，都很容易被遮掩過去。」

「好，就這麼說定了！」多圖想了想，點點頭。但是很快他就把眉毛挑了起來，盯著張昭問：「如果來的是紅巾軍呢？剛才你們不是說，來的是朱賊帳下的紅巾軍麼？」

「那就請少爺打著白旗，帶著大夥出門迎降！」張昭回道。

「想得美，老子寧可去死！」多圖跳了起來，手指張昭，怒不可遏，「要投降，你們不會自己去？讓我一個毛孩子出面，你們這些人在後面縮著，這是什麼道理？」

「我們都是草民，您可是達魯花赤家的長子啊！還吃著一份千戶的俸祿！」張昭也不生氣，後退半步，皮笑肉不笑地回道：「您出去給紅巾軍開門，怎麼著也比我們面子大不是？再說了，令尊這一逃，即便平安到達了益都，過後少不得也要去大都城裡頭上下打點。屆時有我們這些人出錢出力，還怕保不住他老人家的官職和性命麼？」

「你們……」多圖聽了滿臉青紫，喘息半晌才喃喃地回道：「你們無恥！要去你們自己去，反正你們怎麼著也是開城門，還在乎由誰來開！」

「那可不一樣！」張昭搖搖頭，「少爺您帶著大夥出去裝模作樣一番，外邊的人不知道城內官兵都跑光了，咱們還能討價還價，讓他們答應進城之後，不搶不殺；可如果我們直接開了城門，獻城之功就沒了，人家進來之後，還不是想怎麼著就怎麼著？」

「這……」多圖今年只有十六歲，即便再早熟，也猜不透幾個老商人的真實想法，一時間有些猶豫不決。

他這邊遲遲不肯替大夥出頭，城外的「海賊」卻不會等著他做決斷，很快，燈光來到了東城門外。在距離城牆兩百步之外的地方猛然停頓，然後迅速變換方向和形狀，原地列陣。

「如果多圖少爺肯出面跟敵軍交涉，令尊將來的官職包在我家主人身上！」張昭不敢再耽擱，咬咬牙，拋出自己能給出的最高條件，「如果做不到，日後多圖少爺要殺要剮，張某絕不敢還手！」

「我阿爺要一個遼陽行省的上州達魯花赤！」多圖知道自己其實沒太多選擇，也討價還價起來。

遼陽行省遠在塞外，雖然寒冷了些，油水也遠遠少於膠州，卻沒有紅巾賊的騷擾，以他父親的軟爛性格，剛好可以躲在那邊混個逍遙自在。

「好！」張昭毫不猶豫地點頭。

「給我把火把挑起來，我先看看城外來的究竟是誰？」見對方答應得痛快，多圖索性也豁了出去，毫不客氣地發號施令。

張昭等人就怕沒人當傀儡，既然多圖肯出頭，其他細枝末節根本懶得計較，立刻讓夥計們把敵樓上的火把和燈球全給點了起來，將城門上下照得亮如白晝。

「膠州達魯花赤之子，大元武寧郡侯之孫，世襲上千戶多圖在此！來者何人，速速通名！」

多圖帶著幾分悲壯走到最亮的一個燈籠底下，扯開嗓子自報家門。

「膠州達魯花赤之子，大元武寧郡侯之孫，世襲上千戶多圖在此！來者何人，速速通名。」張昭使了個眼色，無數大小夥計立即齊聲扯開嗓子大聲喊道。

城外的淮安軍將士，顯然正如張昭先前判斷的，並不知道城內的官員和守軍已經逃光，正準備著等攻城器械推過來後，參照攻打寶應時的方式，對城牆進行鑿孔爆破。

聽到敵樓中傳來的喊聲，愣了愣，回道：

「我們是淮安革命軍第五軍，城裡的人聽好了，立刻開門投降。我淮安軍乃仁義之師，從來沒殺過俘虜，也沒洗劫過任何城池！」

「你們真的是淮安軍？」

多圖的心先是一沉，隨即湧起一陣輕鬆。結束了，如果來的是海盜，根據他剛剛與張昭等人達成的約定，還有機會殊死一搏；來的既然是淮安軍，除了跟對方談投降條件外，他沒有其他選擇。

「是淮安軍，否則隊伍不會這麼整齊！」

「他們的旗號我見過，應該就是淮安軍！」

「趕緊跟他們談吧，別耽誤功夫了，哪怕出些勞軍之資，咱們也認了，根本不可能擋得住的！」

……

身後的議論聲一一傳來，落入多圖的耳朵。

正所謂，桃李無言，下自成蹊，淮安軍的好名聲雖然平素看起來沒什麼用，此刻卻極大地瓦解了城中各類人等的抵抗之心。反正即便是蒙古官員，落入朱屠戶手裡，只要以往無大惡的話，也能由家人花錢贖回去。大夥都是些平頭百姓，還有什麼好擔心的？充其量是損失些財貨罷了，況且人家淮安軍還未嘗有過趁火打劫的先例。

「末將可以打開城門，但貴軍必須保證，入城後，秋毫無犯！」知道即便自己下令抵抗，也沒人肯聽從，多圖又深吸一口氣，向城下喊道。

主動投降的滋味不好受，但是他至少保住了自己的父親。當然，這一切建立在張昭等人言而有信的前提下。

「末將可以打開城門，但，但貴軍必須保證，入城後，秋毫無犯！」因為知道來的是淮安軍，商行的護院和大小夥計們，喊得格外有底氣。

一片吶喊聲中，城外的燈河又開始快速變化，中間分開一條道路，有名將領舉著個價格昂貴的玻璃燈籠，從後邊大步走了上來，操著一口流利的蒙古話，大聲喊道：「城上是誰？是多圖兄弟麼？你可認得我？你阿爺耳由大人還好麼？」

「你是誰？」

正等著對方答覆的多圖，沒想到淮安軍中還有蒙古人，並且好像還跟自己非常熟悉，愣了愣，將身體探出城牆外，瞪圓了眼睛細看，狐疑道：

「你是……」

「我是帖木兒，上萬戶秀一家的帖木兒。你不認得我了麼？」城外的紅巾將領越走越近，轉眼進入了弩箭的精確射程，腳步卻絲毫沒有停頓。

「多圖，你個小兔崽子。你又皮癢了不是！」

「帖木兒哥哥，怎麼會是你！我認出來了，你是玉里伯牙吾氏的帖木兒。」

多圖眼前立刻閃過一個憨厚的笑臉。秀一叔叔家的帖木兒，從小帶著自己下海摸貝殼的兄長，某一天忽然就被皇上下令抄了家，然後押到了不知什麼地方，從此杳無音信，沒想到兄弟倆失去聯繫多年後，今夜居然又在兩軍陣前重逢。

「快給我把城門打開，少給我裝大頭蔥！你幾時聽說過我們淮安軍，曾經殺人放火來？」俞通海在臉上用力抹了一把，換了漢語大聲喊道：

「趕緊，別瞎耽誤功夫。我們大總管是真正的英雄，從沒虧待果然任何人。麾下的人也不分三六九等，只要你有真本事，就沒人敢貪了你功。你過來，咱們哥倆一起保他打江山。就你們父子那兩下子，千萬別犯糊塗。信不信我現在就把城牆給你弄塌了，前後連半個時辰都用不了。」

「帖木兒，你是帖木兒哥哥！」多圖忽然覺得好生委屈，扯開嗓子，哭叫著朝馬道處跑去。「開門，開門，給帖木兒開門。他也是蒙古人，他現在是淮安軍的大將！」

「大管事？」眼看著多圖的身影就要衝下城牆，張昭身邊的家將悄悄將角弓拉開，低聲請示。

事情到此，已經徹底脫離商行掌控。所以最佳的選擇，可能就是把多圖殺掉，然後趁著紅巾軍沒打進來之前，大夥從西門逃走。

「不著急！」大管事張昭非常鎮定地搖搖頭，否決了對方的提議。「先派幾個人去開門。咱們剛才的條件，朱重九的人已經聽到了。這筆生意，未必不能繼續做！」

「是！」家將躬身答應，快步追過去，帶著夥計們衝向城門。

城門「吱呀」一聲，從裡邊被拉開。

日進斗金的膠州城，徹底裸露在淮安軍面前。

「甲子營抵近城門口，原地戒備；甲丑營，進城控制城門的敵樓！甲寅營，待甲子營發回信號後進城，沿著街道向西攻擊前進，一直推進到西側城門。甲卯營，上城牆，沿著兩側城牆展開！甲辰營……」

第五軍指揮使吳良謀寶劍前指，嘴裡嫺熟地發出一連串命令。

各營將士也都訓練有素，接到命令後，立刻不折不扣地執行。很快，膠州城的東西兩座城門就全被淮安軍掌握，州衙、市易署、監牢、萬戶所大營也都順利易手。

幾個大的十字路口都安排了專人負責警戒，城內最繁華的東、西兩市，亦被牢牢地控制了起來，不准任何人渾水摸魚。

一些當地的大俠、小俠們，原本在得知達魯花赤耳由帶頭逃走之後，還想趁機發一筆橫財，結果剛上街沒多久，就碰見了負責恢復秩序的淮安軍甲戌、甲庚兩個營，當即就將趁火打劫的傢伙全部生擒活捉。

「以都為單位，分頭四處巡視，任何不聽號令，借機為非作歹者，以負隅頑抗論處！」擊敗了第一波江湖人物之後，兩個營的營長迅速調整部署。

「是！」弟兄們答應一聲，立刻分成小隊，每三十人一組，梳理所有街道，將幾波試圖打家劫舍的，殺得殺，抓得抓，在第一時間鎮壓下去，城內冒起的幾處火頭也迅速撲滅。

所有混亂的端倪，統統快速扼殺在萌芽之中。

這一連串舉動，非但將其他蠢蠢欲動的人都嚇縮了回去，一些還在街上沒頭蒼蠅一般亂竄的地方小吏，見到淮安軍對不服從管束者痛下殺手後，也趕緊掉頭跑回各自的家中，緊閉大門，龜縮不出，徹底將自己的生死交給了勝利者，準備聽憑對方處置。

還有一些當地士紳、掌櫃、店東，發現淮安軍絲毫不縱容地痞流氓們的所作所為之後，悄悄舒了口氣，用脊背頂著門板，開始核計此番能不能少出點「血」，用最小的代價換取闔家老少平安……

無論懷的是哪一種心思，敢跳出來給淮安軍添亂的傢伙是半個都看不見了。大約短短數十分鐘後，整座城市就完全恢復了秩序，所有喧囂回歸沉寂，除了定時的更鼓聲和偶爾響起的幾聲狗吠外，街道上再也沒有任何多餘的動靜。

初秋的夜說長不長，說短不短。第二天卯時三刻，太陽又緩緩從海面上升了起來，將萬道金光照進了膠州城內。

在忐忑不安中度過了一夜的百姓們，不知道自己接下來該怎麼辦。紛紛壯起膽子，從門縫、窗縫和臨街的高牆後朝外邊亂瞄，觀望「風向」。

當他們第一眼看到街道上的淮安將士時，身體頓時一僵。靜謐的街道兩旁，每隔著二十幾步遠，就有兩名淮安軍士兵在那裡執勤，一個緊握兵器，像根木頭樁子般一動不動，另外一個則和衣而臥，沉沉地進入了夢鄉。

他們就在秋風中守護了大半夜！他們一直這樣輪流站崗，輪流休息，片刻也沒有疏忽！

他們背後就是一棟棟整齊的民房，砸開門進去，就能借到被褥，甚至可以直接躺在主人的房間為所欲為，但是他們卻對身後的家家戶戶碰都沒碰一下，並且和臨近的院門刻意保持了數尺遠的距離。

「這，這是仁義之師吶！」有讀過書的宿老在門後失聲大叫，然後發了瘋似地拔下門閂，衝到街道上，搖著正在睡覺者的胳膊，呼喚道：「進屋去睡！老婆子，趕緊燒薑湯給他們暖暖身子！」

「進屋睡吧。軍爺，我們昨夜睡得太沉，沒聽見你們在外頭！」

「這，你們怎麼不敲門呢？敲下門，好歹也有個遮風的地方啊！」

……

很快，大部門臨街的院門就被主人自己打開了，一個個白髮蒼蒼的老頭老太太，哆嗦地走出來，從地上拉起和衣而臥的年輕將士，不由分說往自己家裡頭拉。

老百姓見識短，分不清誰是官兵，誰是賊軍，但「凍死不拆屋，餓死不搶掠」的好漢，肯定是岳家軍那樣的仁義之師；而這種仁義之師，大夥以前卻只從平話裡聽說過，從未曾親眼見到，今天突然發現他們就在自家門外站了大半夜，怎麼可能不為之感動？

然而，那些已經累得筋疲力盡的年輕後生們，卻果斷地拒絕了大夥的好意，紛紛掙脫來拉的手臂，紅著臉拼命往同伴身邊退，「阿伯，阿婆，我們不能進門！」

「大哥，謝謝了，我們這是雙崗，沒上邊的命令，誰都不能擅自離開！」

「我們有紀律，我們革命軍，我們這邊管得嚴，跟別人家不一樣！」

……

一個個操著陌生口音，聽在當地人耳裡，卻無比的親切。膠州城內的小門小戶徹底放了心，再也不怕坐在家中禍從天降；而那些原本準備花錢免災的中等人家，見淮安軍紀律如此嚴明，也都覺得心裡踏了許多。

只有幾個背景雄厚，見多識廣的商行掌櫃，感覺與眾人恰恰相反。望著街道上那一張張害羞的面孔，一整宿未曾合攏的眼睛愈發顯得深邃。

「革命軍人個個要牢記三大紀律八項注意，第一，一切行動聽從指揮，步調一致才能得勝利；第二，不拿百姓一針線，百姓對我擁護又喜歡；第三，一切繳獲要歸公，努力減輕百姓的負擔……」

見當地百姓越來越熱情，唯恐麾下弟兄們把持不住，一名都頭乾脆扯開嗓子，唱起了大夥熟悉的歌謠。

「三大紀律我們要做到……」嘹亮的歌聲，立刻從城中幾條主要街道上響了起來，每一個唱歌的將士臉上都寫滿自豪。

金色的陽光愈發刺眼明亮，照亮他們稚嫩的面孔，照亮他們冷硬的胸甲，照亮他們沾滿泥土的護腿和戰靴，將他們一個個照得像金甲戰神般高大威猛。

百姓鬆開手臂，他們聽不懂對方的鄉音，卻能聽得懂這歌聲裡所包含的善意和驕傲。

「他們說，他們是革命軍……」幾個常去淮揚進貨的店鋪夥計，帶著滿臉的欽佩，低聲向周圍的人解釋。

「**他們是革命軍！**」眾人無論聽懂聽不懂，紛紛點頭。

革命這兩個字，出自《周易・革卦・彖傳》：「天地革而四時成，湯武革命，順乎天而應乎人……」其所包含的意思過於生僻，並不是所有人都聽聞過，但是大夥在極短的時間內，卻清楚地理解眼前這群年輕人和以前見過的持刀者不同。

他們不是為了搶掠財貨而來。他們也不是單純地為了將蒙古人趕走，換了自己去坐衙門裡的位置。至於他們到底想要做什麼，大夥猜不到。卻能感覺出，如果他們成功了，大夥的日子肯定會比現在過得更好，因為他們現在所做的事，已經在不知不覺中預先展示了他們的將來。

「只要淮安軍不撤走，大夥誰也別輕舉妄動！」

臨近西市的一棟深宅大院內，膠州商行大掌櫃張昭忽然嘆了口氣，回過頭，衝著身後的同行們低聲吩咐。

「那咱們的發船日期……」其他幾個掌櫃互相看了看，不甘心地問。

「船期照舊，大不了按照淮安的規矩，再給姓朱的交一筆稅錢！」張昭咬了咬牙。

「那可是不小一筆錢呢！」

「咱們東家那邊如果問起來，怕是不好交代！」

「那咱們還不如走市舶司呢，好歹還能疏通關係，少交一些！」

……

眾掌櫃七嘴八舌地反對。

「那你們自己看著辦吧，張某不勉強！」張昭瞟了眾人一眼，淡淡說道：「反正張某會跟自己的東家說，以後出海的貨物，全都走膠州。」

「這……」眾掌櫃們眨著眼，無法理解張昭的決定。

「天要變了，難道爾等沒發現麼？」張昭衝著眾人忽然說了句沒頭沒腦的話，隨即走下樓去，大步走向院門。

‧第十章‧

黃金家族

「我家主公是窩闊台汗的六世孫，
當年成吉思汗整合蒙古諸部，立窩闊台為汗。
窩闊台汗之後，繼位者是貴由，
然貴由卻於軍中被托雷之子蒙哥所毒殺。
從此之後，導致黃金家族骨肉相殘不斷，
朝政動盪，百姓流離失所……」

天的確已經變了，昨夜還彤雲密布，現在卻是晴空萬里。

朱重九坐在膠州城達魯花赤衙門的後花園內，一邊享受著由東方吹來的習習涼風，一邊快速翻動手裡的戰報。

至今為止，這場跨海登陸戰都非常完美，完美得有些令人難以置信。

大元朝的水師品質太爛了，將領的表現也極其外行，昨夜發現有人搶灘登陸之後，居然把手中吃空餉達到七成的部隊分為幾波，一波接一波撲了上來。

這種添油戰術乃是兵家大忌，被淮安軍憑著人數和武器的雙重優勢，來一波擊潰一波，轉眼間就打了個落花流水。

隨後的膠州城攻防戰更是輕鬆至極，沒等第五軍殺到城外，蒙元的膠州達魯花赤耳由，同知韓清已經帶著城內的最後力量逃向了益都，剩下一堆前來「協助防禦」的商販武裝，見勢不妙，乾脆直接投了降。

接下來的恢復城市秩序任務，對淮安軍來說，則是駕輕就熟了。有了去年攻打淮安、寶應、高郵和揚州等城池的經驗，吳良謀等人將一切安排得井井有條。沒將任何事情留給朱重九這個大總管來煩心，讓他幾乎是以旁觀者的身分欣賞了整個過程，然後就被接進專門騰出來的達魯花赤府邸，養精蓄銳。

「大元朝這個果子，真是熟透了！」放下戰報，朱重九拿起一杯清茶。

此戰，淮安軍總共陣亡七人，其中三人是在登陸時不小心被海浪擊倒，在黑暗中沒得到同伴的及時搶救，溺水而死，四人則是死於跟敵軍第一次發生接觸時的混戰。

重傷者五人全部是在混戰中被敵軍的冷兵器捅在了鎧甲銜接處，失去防禦而受傷。輕傷數字則為二十六，都是臉部或小臂中箭，清洗傷口後，大多數在半個月之內就能重新走上戰場。

與淮安軍如此輕微的傷亡數字相比，蒙元那邊則是被陣斬三百餘，生擒一千餘，還有差不多同樣數字的將士逃入了臨近的村落和荒山，再也對淮安軍構不成什麼威脅。

敵我雙方一百換一的戰損比，讓朱重九心中差點湧起一股北伐之志，乾脆丟下脫脫和買奴兩個老賊不管，率領第五軍重新登船，從海路直撲大都。說不定以手中這三千多精銳，就能將大都城內的蒙古皇帝生擒活捉！

不過這個堪稱宏偉的設想，只是在心中閃了閃，就被他強行壓了下去。

以三千鐵甲直搗黃龍，只有說書人口中才可能實現。從直沽到大都，至少還有三百多里路，足夠妥歡帖木兒君臣做出適當反應。而一旦遠征軍的攻擊受阻，其後勤補給就必然出現問題。畢竟直沽不是膠州，從淮安到膠州，順風順水，一日夜可將補給運到；從淮安行船到大都，再順利也得在海上漂上七天。

此外，對自己的能力，朱重九認識得也很清楚，他知道自己最大長處，在於比其他人多出了六百餘年知識積累，比其他人更瞭解人類社會的基本走向和戰爭手段的粗略變化脈絡，而在運籌帷幄和臨陣機變上面卻非其所長，不但遠不如徐達，甚至跟吳良謀、胡大海等人比起來，都不占任何優勢。

這也是他敢親自領一支精銳，海路奔襲膠州，而把剩下的淮安軍主力全都交給徐達的具體原因之一。

朱重九堅信，沒有自己在旁邊掣肘，徐達能夠發揮得更為出色。而失去了自己這個必殺目標之後，脫脫繼續跟淮安軍乾耗下去就沒有了任何意義，如果此人匆忙間改變部署，剛好讓徐達抓到戰機。

「主公，屬下有個不情之請！」俞通海匆匆忙忙從外邊跑進來，臉上帶著幾分尷尬。

「是讓我放了你那個朋友麼？」朱重九笑道：「陳參軍已經派人查過了，他只是個紈褲子弟，以往沒犯過什麼不赦之罪，昨天夜裡又立下了開城之功，如果你能確保他不再主動跟咱們做對的話，隨時都可以放他離開！」

有關俞通海父子的過往，他瞭解得非常詳細，所以並不介意這二人對同為蒙古族的多圖念幾分舊情。相反，在朱重九的潛意識裡，冒著被自己猜忌的風險替多圖求情的俞通海，反而更值得他欣賞。

「他想用自己的功勞，跟主公多換一份人情！」見朱重九如此好說話，俞通海的臉色微微發紅，結結巴巴地道：「他說，他昨天曾經跟咱們提過條件，大軍入城之後秋毫無犯。」

「咱們原本也是如此啊！」朱重九聽得輕輕皺了下眉。

「他，他，不是，他是！唉！」俞通海急得抓耳撓腮，詞不達意，想了好一會兒，才又道：「他的意思是。被咱們堵在城裡的那些海商，雖然來歷都不明不白，但也屬於條件的一部分，大總管如果肯放他走的話，還請高抬貴手，把海商和這些人的貨物一併給放了！」

「哦？他還挺貪心的！」朱重九聞聽，微微冷笑道：「他怎麼知道咱們肯定會找那些海商的麻煩？你沒告訴他，咱們淮安軍從不劫掠百姓麼？」

「屬下跟他說了，可是，他還是不放心！」俞通海被問得滿頭大汗，面紅耳赤地解釋著：「他說，他說……嗨，實話跟主公您說了吧，他當時就是別人手裡的皮偶，實際上跟咱們淮安軍提條件的是那些海商，打開城門的，也是那些海商手底下的人，那些人當時答應他，如果他肯聽令行事，就幫忙出錢替他父親打點，省得他父親因為丟失了膠州，被大都城裡的那個混蛋皇帝給砍了腦袋。」

「噢，原來還有這麼一筆交易在裡頭，怪不得他胃口這麼大！」朱重九恍然大悟。

俞通海所說的，他通過陳基麾下的細作已有所瞭解，但海商們跟多圖之間的交易，他卻是第一次聽聞，三言兩語便決定一個從四品達魯花赤的死活，恐怕脫脫自己也不敢做同樣的保證吧！這群人到底都是什麼來路，怎麼敢答應得如此有恃無恐？

「他還說，如果這回他和他阿爺能夠僥倖不死，就會想辦法活動去遼東那邊做官，從此再也不敢擋在大總管馬前。」

唯恐朱重九不肯答應，俞通海繼續說道：「屬下估計，這也是那群海商承諾給他的。那群王八蛋，本事大著呢，當年為了順利走私，就敢把一個水師萬戶推進大海裡頭活活淹死，大都朝廷那邊居然連問都沒多問一聲！」

「哦？」聞聽此言，朱重九又是微微皺了下眉頭，答應道：「行，我知道了，你儘管答應他，海商那邊，我會親自關注一下。無論後臺是誰，只要他們本人沒有直接跟咱們淮安軍做對，就可以放心地帶著船隻和貨物離開！」

「多謝主公！」俞通海興高采烈地給朱重九做了好幾個揖，「屬下這就去通知他，讓他明白，您是多麼的大度，他小子不肯留下來輔佐主公，將來早晚會悔斷腸子！」

說著話，便跑出了朱重九視線外，轉眼間消失得無影無蹤了。

「這傢伙！」朱重九笑罵了句，然後站起身，準備去前堂處理政務。

誰料前腳剛進了門，後腳俞通海又急匆匆地跑了來，朝他深施一禮，然後氣喘吁吁地彙報，「主公恕罪，這次不是私事，那夥海商的頭目，就是答應過保多圖父子平安的那個姓張的傢伙，親自上門來了，他請屬下替他通稟，說有一筆好買賣想跟主公您當面談！」

「哦？」經過剛才一番鋪墊，朱重九的興趣被勾了起來，點點頭，「那請他到正堂裡頭來。然後再派幾個人，把陳參軍、章參軍和馮參軍也都叫進來，我倒要看看，他有什麼了不得的生意，居然口氣能大到如此地步！」

「是！」俞通海答應一聲，再度飛奔而出。

望著他的背影，朱重九心道：事情越來越有趣了，還沒等自己怎麼處置這群「白手套」呢，對方居然主動找上了門來，不知道是哪家貴胄準備跟自己談一筆大生意。連蒙元朝廷都沒放在眼裡，此人的所圖也太長遠了些！

俞通海的動作很快，片刻之後，就將一個四十多歲，七尺來高的中年漢子領進了正堂。隨即板起臉，大聲威脅道：「堂上坐的就是我家主公，你那點小心思，最好別在他面前玩，否則……哼哼！」

「不敢，不敢，草民即便借三個膽子，也不敢捋大總管虎鬚！」商行大掌櫃張昭立刻後退半步，隨即面向朱重九，「噗通」一聲跪倒在地，叩著頭道：「草民張昭，見過大總管，祝大總管武運長久，百戰百勝！」

「嗯，起來說話！」朱重九做出一副威嚴的模樣，命令道：「通海，讓人給他搬把椅子來！」

「大總管面前，哪有草民的座位？」張昭抬起頭，用力擺手道：「折殺了！請大總管收回成命！」

「讓你坐你就坐！」俞通海伸手拽住此人的胳膊，喝斥道：「別廢話，我們淮安軍不行跪禮！」

「那就謝大總管隆恩！」張昭裝模作樣掙扎了兩下，順勢站起身，再度向朱重九施了個長揖，然後四下看了看，貼著木頭椅子坐了小半個屁股。

「通海，去後院讓廚房送壺茶過來！」朱重九上下打量著他，一邊吩咐著。來人生的是一副典型的北方面孔，憨厚中透著幾分剛毅，然而擁有兩世記憶的朱重九，卻絕不會因為對方長了一副憨厚相貌就掉以輕心。

「草民何德何能，敢勞大總管賜茶？折殺了，折殺了！」張昭大串大串吐著客氣話時，一邊也偷偷打量著朱重九。

他看到的，是一張古銅色的笑臉。沒多少殺氣，甚至還帶著一抹難以掩飾的稚嫩，粗壯的手指和過於魁梧的身材，證明此人的確像傳說中那樣出身於市井，久操賤業。但雙目中偶爾精光閃現，又同時給了張昭非常大的壓力，彷彿他心裡所想的任何事情，都被人一眼就看了個清清楚楚。

「張掌櫃儘管放鬆些，你既然是來跟朱某談生意的，就是朱某的客人，所以不必太客氣！」朱重九擺了擺手。

「那草民就多謝大總管厚待之恩了！」張昭迅速站了起來，再度朝朱重九作揖。

雙方此刻都存著試探之意，所以幾句客套話說得乏味至極，屋子裡的氣氛立時變得尷尬起來。好在這種尷尬的氣氛沒持續太長時間，很快，俞通海幾提著一個碩大的銅壺跑了回來。

陳基、章溢和馮國用三個心腹謀士也奉命趕到，朱重九將三人做了介紹，隨即客人與主人又再客套了一番，待所有繁文縟節都折騰完後，先前的尷尬氣氛已經一掃而空。

「張掌櫃請慢用！我淮安軍向來不會蓄意與任何人為難，哪怕你的東家是大都城內的高官，只要你本人不主動生事，商隊也沒違反我淮安軍的律例，就沒必要想那些雜七雜八！」朱重九先喝了口熱茶，然後給張昭吃了一顆定心丸。

「草民遠在北方，也曾經聽聞過朱總管的仁厚之名，所以草民其實一點兒都不為自己的貨物擔心！」張昭將茶杯放下，拱起手道：「草民只是想替同行們問一問，以後從膠州灣放貨出海，大總管這邊照例要抽多少水？草民等知道後，也好有個章程，安排各自的貨物裝船！」

「十抽一是定例，只要膠州灣還控制在我淮安軍手裡一天，就不會變！」朱重九想都不想回道。

登時，張昭臉上的敦厚瞬間消失不見，啞著嗓子哀告道：

「大總管開恩，海上風浪大，沿途危險重重，十艘船放出去，能平安回來五艘已屬萬幸，南邊幾個市舶司，三十抽一，草民已經沒有多少賺頭了，如果大總管這邊十抽一的話，草民就徹底血本無歸了！」

「是嗎？三十抽一，只是在泉州市舶司吧，其他幾個市舶司，朱某記得應該是十五，莫非周某記錯了？」朱重九反駁道。

「所以朝廷的市舶司，從當初十餘個縮減到現在的三個，但草民等依舊被逼得要偷偷下海。」張昭臉色微微一紅，不敢硬接，轉移方向。

這句話，威脅的意味就很濃了。蒙元朝廷的市舶司十五抽一，所以他們就要自己尋找港口出海，逃脫關稅，讓那些市舶司形同虛設，最後不得不被蒙元朝廷自己裁撤掉；如果淮安軍堅持十抽一的話，他們也會同樣如此應付，拋棄膠州這個出海口，讓淮安大總管府一文錢都收不到。

當即，陳基、章溢和馮國用三人皺起了眉頭，朝著張昭怒目而視，正準備出言申斥一番，不料耳畔卻傳來朱重九淡淡的聲音：

「既然如此，你以後何不讓自家的貨物走直沽，那邊好像一直也沒有市舶司管，只要打點得當，也不需要再交一文錢，朱某這裡也不用增加什麼人手，管你們這些商販的麻煩事！」

「這……」張昭沒想到傳說中唯利是圖的朱佛子，居然突然嫌起數錢麻煩來，愣了愣，額頭微微見汗。

「我這邊是單抽，無論進港還是出港，也無論你的貨物在其他地方的售價為多少！」朱重九瞥了他一眼，「如果你曾經去過淮安和揚州的話，應該知道朱某所說的規矩，並不是為你一人而設！」

說罷，也不管張昭做任何反應，端起茶盞細細品味著。

「何去何從，張掌櫃自己決定，我們淮安軍絕不勉強人！」馮國用笑呵呵幫了句腔，然後學著朱重九的模樣，慢條斯理的喝著茶。

陳基和章溢二人雖然聽得滿頭霧水，但看到自家主公如此鎮定，心中也知道姓張的在第一輪交涉中恐怕沒占到絲毫便宜去，便也把目光和精力都轉到茶杯當中。

整個達魯花赤衙門正堂轉眼間變得安靜無比，除了偶爾的海浪聲和風聲透窗而入之外，再也沒有半點嘈雜。

逢十抽一的比例，是在揚州和淮安等地經過時間檢驗的稅率，雖然在一開始，也曾經有許多商販跳起來表示反對，但隨著新稅制的執行，眾人卻全都慢慢全都消停了下去。

道理很簡單，蒙元官府的稅率雖然表面上為三十抽一，內在裡，卻又添加了單抽、雙抽，闞耗、雜捐和行釐等若干花樣。總的計算下來，即便是朝廷明令優惠的泉州市舶司，出口貨物的稅率也高達兩成以上。至於入口貨物的稅率，則還要再多增加一倍。

而淮揚大總管府的稅率，卻是貨真價實的十抽一，所有貨物抽過一次之後，就不再抽第二次。任何地方官府都無權設卡揩油，所以兩相比較，淮揚大總管所規定的真實稅率要比蒙元那邊低得許多。拿蒙元那邊的表面稅率來說事，根本就是胡攪蠻纏。

朱重九才不怕對手胡攪蠻纏。姓張的傢伙費了這麼大力氣，肯定不只是為了省一點關稅。眼下雙方甭看唇槍舌劍打得熱鬧，事實上，不過是互相試探而已。真正要做的生意，根本不是海關這塊。

這一點，朱重九相信自己沒猜錯，也相信對方心裡清楚得很。

果然，短短一兩分鐘後，張昭就主動讓步，裝作萬分肉痛的模樣說道：「既然大總管那邊規矩不能變，草民也只能認了！」

「張掌櫃千萬不要勉強。」朱重九放下茶盞，擺手笑道：「你既然是來跟朱某談生意，當然是你情我願才能長久，如果只是朱某單方面開心，怕是早晚還會生出許多麻煩！」

張昭的臉色接連變換了好幾種顏色，才訕訕地道：「大總管說笑了，草民怎敢對大總管出爾反爾？草民剛才一時情急，所以說錯話了，草民請大總管恕罪！」

「算了，談生意麼，難免會漫天要價，落地還錢！」朱重九和顏悅色地說：

「不過……」

「不過什麼？」張昭心裡頭立刻打了個哆嗦，追問的話脫口而出。

「不過，如果有人始終沒什麼誠意的話，再怎麼討價還價也是浪費口水，還不如一開始就認真些。張掌櫃，你覺得本總管的話是不是有道理？」

「是，是！大總管說得極是！」張昭額頭上的汗珠一顆一顆往外滲。

儘管從一開始，他就沒敢小瞧對手，卻沒想到這朱佛子做生意的本事遠在行軍打仗之上，幾個回合下來，就將他這名商場上摸爬滾打多年的老江湖逼得捉襟見肘。

不過對生意人來說，輸贏是再尋常不過的事，只要還沒退場，就不能算一敗塗地，是以在須臾之後，張昭就重新振作起精神，對朱重九道：

「大總管恕罪，草民剛才貪心了！大總管其實也應該知道，草民原來從膠州這邊出貨，根本沒向任何人交過稅，所以剛才一時糊塗，有些不知進退！得罪之處，還望大總管多多包涵！」

「大元朝不徵你的稅，是大元朝的事，朱某這裡向來不會為任何人破例！你要是覺得吃虧，儘管從別處再尋出海的港口。對你家主人來說，想必也容易得很！」朱重九聳了聳肩道。

「不會再找了，我家主人其實一直對朱總管仰慕得很，寧願多花點錢，跟朱總管交個朋友！」張昭立刻接過話頭。

專門幫綠林人物銷贓的馮國用、章溢和陳基明白談判終於要進入正題了，趕忙抖擻精神，凝神觀戰。

只見朱重九又慢條斯理喝了口茶，然後才將目光轉向對手，「哦，此話怎講？張掌櫃能否說得詳細些？」

張昭四下看了看，然後眨巴著眼道：「我家主人其實一直認為，朱總管之所以起兵，是因為朝廷逼迫過甚的緣故。只是如今朝堂當中，從上到下都是一群睜眼瞎，讓英雄豪傑空有一身本領，卻無出頭之日，我家主人雖然同情朱總管和其他紅巾豪傑的際遇，然而勢單力孤，也不敢主動公然表達出來！」

「如此說來，你家主人倒是個有遠見的嘍？」朱重九露出一副將信將疑模樣。

張昭把胸脯一挺，滿臉傲然地回應，「豈止是有遠見。我家主人無論胸襟氣度還是本領眼光，都遠非那竊國小兒能比，在他治下，百姓幾乎家家夜不閉戶，路不拾遺！」

「噗！」陳基、章溢和馮國用三個都放下茶盞，把頭扭到一邊，費了極大力氣，才避免將茶水噴在自己前襟上。

夜不閉戶，路不拾遺?天下居然還有這種美好的地方?

大元朝從立國以來，就貪官汙吏，鄉野間盜賊成堆。即便在大都城內，一年當中不宵禁的日子都屈指可數，怎麼可能出現張昭所說的那種世外桃源?真要有的話，老百姓們早就攜家帶口，蜂擁而投了，怎麼可能到現在還沒被外界知曉?

「嘿嘿，嘿嘿……」張昭知道自己吹破了牛皮，卻絲毫不覺得臉紅，陪著大夥乾笑了幾聲，繼續說道：「當然了，我家主公精力有限，有些照顧不到的地方，難免被宵小之徒所乘，但整體上，我家主公的治下比大元朝其他地方都要強許多，不信，大總管派人去遼東一帶打探打探，看張某是否在信口雌黃!」

「遼東?!」朱重九略作沉吟，然後微笑著擺手。「那倒不必了!那邊太遠，朱某力不能及!」

「遼東」兩個字一出，對方的用意已經非常明顯，無非是大元朝在北方的某個王爺對妥歡帖木兒起了異心，想將淮安軍引為助臂而已，在其未展示出足夠的誠意和實力之前，朱重九才不會送自家弟兄去冒那個險。

「不遠，其實一點都不遠!」張昭沒料到朱重九拒絕得這麼乾脆，急忙說道：「大總管只要向北走一走，就能順勢把登州也拿下來，然後您的人就可以乘坐海船，從蓬萊直奔獅子口，最多也就是四天左右的路程就能登岸，然後就進入了我家主公的地盤。到了那邊之後，誰也不敢動他們分毫！」

「張掌櫃剛才不是說，海上危險重重，十艘船出海，最多只能回來一半麼？」陳基立刻抓住了對方話裡的漏洞，反問道。

「這……」

張昭面孔瞬間變成了紫茄色，但是很快，緩過一口氣後，笑著解釋道：

「陳大人有所不知，從登州去獅子口和從膠州去外洋，風險是完全不一樣的。從登州到獅子口這段，海面實際上被遼東道和山東道環抱在裡邊，風浪比外洋小得多，小人每年會坐船往返十幾次，對這條航線非常熟悉，所以才敢誇口說保淮安軍派去的弟兄平安往來。」

「此話當真？」陳基將信將疑。

這個時代大多數的讀書人，學問都僅限於內陸風情，對海上的情況瞭解得非常少，因此無法判斷張昭說的是不是實話，只能裝模作樣一番，以免在談判中落了下風。

「十足的真！不信，大人一會兒可以去下面再找別人詢問，如果草民的話有半點虛假，願意領任何刑罰！」張昭悄悄鬆了口氣，滿臉堆笑地說。

朱屠戶的人對海上情況瞭解越少，在接下來的交涉中，他越容易占到上風，如果一直像先前那樣，自己無論說什麼話都被別人立刻抓到破綻，那今天這一趟險就白冒了，即便能談出些東西來，也不可能是自己想要的結果。

誰料一口氣還沒喘勻，又見朱重九用手指輕輕敲了敲桌子，沉吟道：

「嗯，你要不說，我倒忘了。這是渤海，水面最平靜不過。嗯，陳參軍，把這情況記在紙上，回去後跟商號的管事們說一聲，讓他們自組船隊專門跑這條航線，用咱們淮揚府的冰翠換遼東的高麗參和戰馬，一來一回，應該有不小的賺頭！」

「是！」陳基立刻接令。

再看商行大掌櫃張昭，剛剛正常了點的面孔，轉眼間就又擰成了一個苦瓜臉。照他原來的預想，只要自己把聯手的意思露出來，朱屠戶應該歡欣鼓舞才對，畢竟眼下脫脫大兵壓境，任何助力對淮安軍而言都是雪中送炭。

孰料姓朱的根本不按常理接招，說是做生意，就一門心思的做生意，放著送上門的強援不要，卻把腦袋整個紮進了錢眼兒裡，真是要把人給活活愁死！

正恨得咬牙切齒間，又聽朱重九笑呵呵地問道：「我這邊派商隊去做買賣，你家主公不會不准許吧？當然了，到了那邊之後，該怎麼抽水，就按照你們的規矩。朱某不干涉便是！」

張昭的心臟又是猛的一抽，強裝出一副笑臉來回應，「不會，絕對不會，我家主公高興還來不及呢，怎麼可能不許淮揚商號的人去那邊做生意！」

說罷，趁著此事還沒被釘死，迫不及待地道：「如果大總管開恩，能派一些懂得練兵的弟兄過去，我家主公必將倒履相迎。實不相瞞，我家主公早就準備豎起義旗，只是手中將士訓練生疏，唯恐……」

剛剛進入正題，就被迫再度向淮安軍示弱，他實在鬱悶得緊，最後幾句話簡直細如蚊蚋。

朱重九聽了，也不介意，笑道：「派人幫你家主公練兵，那怎麼可能？萬一將來你家主公反悔了，豈不是等同於朱某親手將弟兄們送入了虎口？畢竟他也是蒙古人，怎麼說也是妥歡帖木兒的同族！」

「不會，絕對不會，草民可以像沈萬三那樣，以身為質！」張昭舉著手賭咒，「如果真的有那麼一天，草民願被大總管千刀萬剮。草民的主公，還有草民本人，都跟昏君都有不共戴天之仇，絕不會做這種忘恩負義的事！」

「你不過是個商行掌櫃，怎麼做得了別人的主？」陳基對他的話根本不敢相信，冷笑道。

「草民其實不姓張！」張昭被逼得實在沒了選擇，只好咬咬牙，伸手扯開長袍的對襟。

一身古銅色的皮膚立刻出現在了眾人面前。兩塊結實的胸肌之間，有個銀白的狼頭上下起伏，紋身師父的手藝非常精湛，隨著呼吸，白狼就像隨時都能跳下地來一般。

「放肆！」俞通海手按刀柄厲聲呵斥。

張昭卻一改先前的市儈模樣，跪著向朱重九深深俯首，「大遼大聖大明天皇帝十九世孫劉昭，參見淮揚大都督，祝大總管百戰百勝，早日領兵北上，光復大宋舊土！」

「嗯？」朱重九這回終於有些吃驚了，從椅子上站起來伸手攙扶道：「你是契丹人？你怎麼不姓耶律，反而姓起劉來？」

「嗯，嗯哼！」背後立刻傳來一連串的咳嗽聲。

就見章溢低下頭，用力擦拭胸前的茶水，馮國用和陳基兩個也滿臉尷尬，低著頭，不敢向這邊多看一眼。

「啟稟大總管，耶律家族乃大漢高祖之後，所以除了耶律這一個姓氏之外，亦以劉為姓！」耶律昭此刻有求於人，不敢嫌朱重九孤陋寡聞，如實相告。

「這……」朱重九有些哭笑不得。

前世他讀小說，耶律楚才、耶律齊、耶律洪基，一個個俱是頭角崢嶸，所以潛意識裡，就以為大遼皇族都以耶律這個姓氏為榮，誰料人家居然認祖歸宗，硬跟漢高祖劉邦成了親戚。

耶律昭哪裡知道朱重九的思路又跑到了前世去了，見他臉色古怪，趕緊又磕了個頭，義憤填膺地說：

「我大遼耶律氏乃大漢高祖皇帝嫡系血裔，董卓之亂時避禍塞外。臥薪嚐膽近千年，才重振祖先雄風。然世道不公，天祚帝竟枉死女真牧奴之手。族中子孫雖屢屢力圖振作，卻不幸又屢屢遭異族欺凌，輾轉流離至遼東，歷盡磨難，方得再建故國，不幸蒙古人背信，竟出爾反爾，奪我社稷，令我耶律氏一脈……」

「行了，行了，我知道了。你是耶律大石的後代，曾經建立了西遼國！」朱重九最不耐煩聽人說家史，擺擺手打斷道。

「不是耶律大石。德宗雖然是天縱之才，卻出於太祖的旁支。」誰料耶律昭卻較起了真，搖頭申明道：「草民四世祖諱留哥，乃天祚帝玄孫，於偽金崇慶元年起兵，再建遼國……」

這段歷史嚴重超出了朱重九的知識範圍，聽得他兩眼發直，滿頭霧水。

參軍陳基見狀，少不得湊上前，壓低聲音解釋：「他說的是後遼王耶律留哥，曾引蒙古為外援，恢復遼國，並接受了鐵木真汗的遼王封號，被許以世代永鎮遼東。大元竊據中原後，忽必烈削藩，遼王子孫皆改為職官，遼國遂滅！」

耶律昭聞聽，兩眼立刻變得血紅，咬牙道：「我耶律氏雖然失了社稷，卻始終未忘祖先遺志，忍辱負重，以待天變，如今子弟遍佈遼東遼南，個個身居要職。如果朱總管肯仗義援手，定能召集契丹男兒，將戰火燒遍整個塞外，屆時，朱總管在南，我耶律氏在北，何愁不推翻蒙元暴政，光復漢家河山?!」

一番話，說得擲地有聲，令陳基、馮國用和章溢三人無不動容。

俗話說，敵人的敵人就是朋友，能在妥歡帖木兒背後扶植起一支實力強大的反抗隊伍，對眼下淮安軍來說，有百利而無一害，並且耶律昭還口口聲聲以漢人自居，令大夥心裡本能地就產生許多親近感。

然而，朱重九卻絲毫不為對方的言語所動，端起茶碗來輕抿了幾口，然後向下面打了個手勢，不置可否道：「耶律掌櫃請起！耶律掌櫃心懷壯志，朱某好生佩服！然而耶律掌櫃先是來跟朱某談生意，談著談著就談到了向朱某借將練兵上，這個彎子轉得實在太大了些，朱某需要仔細想一想才能做決定！」

「大總管莫非信不過我耶律氏？」耶律昭大急，站起來，紅著眼睛問：「只要大總管肯仗義援手，我耶律氏世世代代將銘記大總管洪恩，永不敢忘！」

「這話扯得太遠了，朱某不想再聽！」在三名高參期盼的目光裡，朱重九異常地冷靜。

不是他比陳基、章溢和馮國用三個人冷靜，而是上輩子他聽的豪言壯語實在太多了，什麼抬棺上陣啦，什麼死而後已啦，結果到頭來，自己得了好處後就落井下石、反目成仇的事太多太多了。

「那就繼續在商言商，朱總管如何才肯派人幫忙練兵，儘管開出個價格來！」耶律昭被逼得無計可施，回歸正題。

朱重九坦誠道：「那倒是不急，你先告訴朱某，你家主公到底是哪一個？然後朱某才能決定如何跟你繼續談下去！」

「啊！慚愧，差點又被這廝給騙了！」聽了朱重九的話，陳基三人瞬間清醒過來，對著耶律昭怒目而視。

這廝口口聲聲說替他主人來聯絡，又將話題轉到大遼皇族的血淚史上，繞了好大一圈，差一點就令大夥暈頭轉向，而他的主子是誰仍是未透露半字，還好自家大總管在做生意方面天分過人，沒有輕易讓這廝給得了逞。

「這，這……」耶律昭知道自己又被人輕鬆化解掉了一記妙招，訕訕地道：「事關重大，請朱總管暫且摒退左右！」

「他們都是我的心腹，無須回避！」朱重九很不滿意對方的裝模作樣。

耶律昭無奈，只好向前走幾步，用幾不可聞的聲音道：

「當年成吉思汗對我家祖上有恩，所以我耶律氏這些年來，一直奉窩闊台汗的後人為主。現一任主公乃大元太宗皇帝六世嫡孫，正統黃金家族血脈。妥歡帖木兒的祖輩奸雄蒙哥，謀朝篡位，以叔逼嫂……」

「大聲點，少說廢話！」朱重九聽得心煩氣躁，不高興地呵斥。

「嗯……」耶律昭被呵斥得臉色發黑，但是想到雙方聯手後，耶律家所能得到的利益，不得不強忍怒氣，解釋道：

「我家主公是窩闊台汗的六世孫，魯王阿魯輝帖木兒。當年成吉思汗整合蒙古諸部，立窩闊台為汗。窩闊台汗之後，繼位者是貴由，然貴由汗卻於軍中被托雷之子蒙哥所毒殺。從此之後，帝位一直被蒙哥兄弟篡奪，導致黃金家族骨肉相殘不斷，朝政動盪，百姓流離失所……」

「這是人家黃金家族內部的事，跟你耶律氏何干？」參軍陳基也清醒過來，帶著幾分報復的心理奚落道。

「陳大人還是有所不知！」耶律昭無可奈何地嘆了口氣，「我祖上當初能重建遼國，全賴鐵木真汗的大力扶持，祖輩們為了報恩，也全心全意輔佐窩闊台汗，為蒙古滅金，立下了不世之功。至今蒙元朝廷的許多律法，還是出自當年的族中翹楚文正公之手。然蒙哥兄弟背信棄義，先以毒酒鴆殺了文正公，然後又武力奪取了窩闊台一系的汗位……」

「他說的是廣寧王耶律楚才，死後謚號文正。蒙元律法，大多出於其手，舊傳此人是因為與貴由汗之母脫列哥那不合，憂憤而死，沒想到竟是被拖雷之子蒙哥所殺！」知道朱重九可能聽不懂，馮國用在旁邊解釋道。

「正是！」耶律昭紅著眼睛，接過話頭，「那偽帝忽必烈登基之後，為了收買人心，對文正公大肆追捧，然而，對於文正公的後人及我耶律氏的遼國，則是想殺就殺，想削就削，絲毫不肯手軟！」

「那你到底是替你耶律氏向我家總管借兵，還是替阿魯輝帖木兒向我家總管借兵？」章溢聽出重點，皺著眉問。

「都是！」事到如今，耶律昭也沒什麼好隱瞞的了，想都不想，就將自家的底牌和盤托出。

「阿魯輝帖木兒殿下以魯王之爵坐鎮嶺北，齊王、廣寧王以及其他塞外各宗室皆歸其約束，而我耶律家子弟則掌控著開元、寧昌、遼陽三萬戶府，只要時機得當，阿魯輝帖木兒殿下將在嶺北豎起義旗，弔民伐罪。我耶律氏則起三路之兵回應，旦夕間，便可令偽帝妥歡帖木兒盡失塞外之土。從此再也無法從北方抽調一兵一卒！」

這個誘惑實在有些巨大，令陳基三人在心中悄悄倒吸了口冷氣。

自從紅巾軍起義以來，將蒙元朝廷的兵馬滅掉一支又一支，然而蒙元朝廷卻能源源不斷地從塞外調集精兵，與紅巾軍血戰不斷，整個塞外和遼東幾乎成了妥歡帖木兒的大兵庫，無論其受到多大的損失，都能很快得到補充。

如果真的像耶律昭設想的那樣，由魯王和耶律氏在北方聯手造反，即便不能讓妥歡帖木兒焦頭爛額，至少也能令其在隨後數年之內都無法再從塞外得到有效兵力補充，無形中，就能給淮安軍贏得了一個難得養精蓄銳的時機。

想到這兒，三人的目光都變得有些灼熱。悄悄給朱重九使眼色，示意自家主公不妨將交易答應下來。

請續看《燕歌行》10 魔鬼交易

燕歌行 卷9 驚天秘密

作者：酒徒
發行人：陳曉林
出版所：風雲時代出版股份有限公司
地址：10576台北市民生東路五段178號7樓之3
電話：(02) 2756-0949
傳真：(02) 2765-3799
執行主編：朱墨菲
美術設計：許惠芳
行銷企劃：林安莉
業務總監：張瑋鳳

初版日期：2020年8月
版權授權：蔡雷平
ISBN ：978-986-352-844-9
風雲書網：http://www.eastbooks.com.tw
官方部落格：http://eastbooks.pixnet.net/blog
Facebook：http://www.facebook.com/h7560949
E-mail：h7560949@ms15.hinet.net
劃撥帳號：12043291
戶名：風雲時代出版股份有限公司

風雲發行所：33373桃園市龜山區公西村2鄰復興街304巷96號
電話：(03) 318-1378
傳真：(03) 318-1378
法律顧問：永然法律事務所 李永然律師
北辰著作權事務所 蕭雄淋律師

行政院新聞局局版台業字第3595號 營利事業統一編號22759935

國家圖書館出版品預行編目資料

燕歌行 ／ 酒徒 著. -- 初版 -- 臺北市：風雲時代，
2020.04- 冊；公分

ISBN 978-986-352-844-9（第9冊；平裝）

857.7 109000129